TORI MITCHELL

Heimkehr nach Sunset Cove

Sixth Street Books

Bücher von Tori Mitchell

Die Sunset Cove-Reihe

Heimkehr nach Sunset Cove
Zweite Chancen in Sunset Cove
Ein Herz für Sunset Cove
Weihnachten in Sunset Cove
Heimathafen in Sunset Cove

Die Weihnachtsladen-Reihe

Das Erbe des Weihnachtsladens
Das Geschenk des Weihnachtsladens
Die Überraschung des Weihnachtsladens
Die Hochzeit des Weihnachtsladens

1

Avery

AVERY BROWN LENKTE IHR Auto von der Autobahn auf die Straße, die sie nach Sunset Cove bringen würde. Sie hatte die Fahrt von Philadelphia ins südliche New Jersey in Rekordzeit zurückgelegt, angetrieben von Wut und wenig Verkehr.

Sie warf einen Blick zurück auf ihre Tochter und lächelte traurig. Sophia sah so friedlich aus, während sie schlief. Es war kein friedlicher Monat gewesen, aber die Dinge würden sich bald ändern.

Avery aktivierte das Bluetooth ihres Handys und rief ihren Bruder Brad an. Er nahm beim zweiten Klingeln ab.

»Ich bin fast zu Hause«, sagte sie. »Nur noch ein paar Blocks bis zum Haus.«

»Gut. Wie war die Fahrt?«

»Kein Verkehr. Sophia ist allerdings aufgebracht. Sie ist eingeschlafen, als wir die Grenze zum Sunset County überquert haben.«

Ihr Bruder seufzte. »Natürlich ist sie aufgebracht. Sie ist sechs. Sie versteht nicht, warum ihr gehen musstet. Wie kommst du zurecht?«

Avery dachte über die Frage nach. Vor drei Tagen hatte ihr Mann verkündet, dass er in seine Sekretärin verliebt sei. Er versprach eine schnelle und einfache Scheidung, solange sie Sophia nehmen und nicht nach Geld fragen würde. Ein klarer Schnitt für alle.

Seine Forderung schmerzte. Avery hatte ihre eigene Karriere aufgegeben, um seinen Aufstieg in der Geschäftswelt zu unterstützen, war bei ihrer Tochter zu Hause geblieben und hatte gesellschaftliche Veranstaltungen geplant, anstatt ihr eigenes Einkommen zu verdienen.

Wie kam sie also zurecht? Avery war sich nicht sicher. Im Moment überlebte sie mit Kaffee und Optimismus. »Ich bin auch aufgebracht. Ich bin fertig mit Männern. Man kann sich nicht auf sie verlassen und ihnen nicht vertrauen. Nichts für ungut, Brad.«

Das entlockte ihrem Bruder ein Lachen. »Zieh mich da nicht mit rein. Eric ist ein mieser Ehemann, aber wir sind nicht alle schlecht.«

Sie verbiss sich eine schnippische Bemerkung. Die Vergangenheit spielte keine Rolle mehr. Sie hatte Sophia, und sie würden in Sunset Cove leben. Sie würden dort ein neues Leben aufbauen.

Avery war in der kleinen Küstenstadt von ihrem Großvater aufgezogen worden, nachdem ihre Eltern gestorben waren. Es war ein guter Ort zum Aufwachsen. »Vielleicht hast du recht, aber ich brauche jetzt eine Pause. Ich muss tun, was das Beste für Sophia ist.«

»Nimm dir alle Zeit, die du brauchst. Ich bin froh, dass unser Haus auf dich gewartet hat.«

Avery seufzte, als Reue sie durchflutete. »Ich hätte die Stadt besuchen sollen, solange er noch am Leben war.«

Ihr Großvater war letztes Jahr gestorben und hatte ihr und Brad das Haus ihrer Kindheit hinterlassen. Avery hatte seit der Highschool keinen Fuß mehr in ihre Heimatstadt gesetzt. Ihr Mann konnte sein Büro nicht lange genug verlassen, um Sunset Cove zu besuchen – oder vielleicht konnte er einfach seine Sekretärin nicht verlassen.

»Du hast Opa zu dir kommen lassen, auch wenn Eric keinen Besuch wollte. Das zählt auch«, sagte ihr Bruder. »Außerdem brauchst du einen sicheren Ort zum Leben mit Sophia. Opa hätte gewollt, dass du zurückkommst. Er hat immer gehofft, dass wir irgendwann nach Hause kommen würden.«

Avery holte tief Luft, als die ersten vertrauten Wahrzeichen in Sicht kamen. Sie fuhren an der alten Highschool und dem Rathaus vorbei. Der Leuchtturm von Sunset Cove thronte stolz über allem.

Jetzt bin ich zurück, dachte sie und schloss die Augen, während sie an einer roten Ampel wartete. Ich kann die Vergangenheit nicht ändern, aber ich kann heute neu anfangen.

Eine Träne lief über Averys Wange, als sie in die Ocean Drive einbog und ihr Elternhaus in Sicht kam. »Oh, Opa. Was ist mit deinem Haus passiert? Brad, das sieht nicht gut aus.«

Obwohl das alte viktorianische Haus noch immer schön war, hatte es seinen Glanz verloren. Die Verkleidung brauchte einen frischen Anstrich. Unkraut erstickte den Blumengarten ihres Großvaters. Jemand hatte den Rasen gemäht, aber der Garten war mit mehr Unkraut als Grashalmen gefüllt.

»Ist es so schlimm?«, fragte Brad. »Ich habe Opa besucht, bevor er gestorben ist. Das Haus war etwas heruntergekommen, aber stabil.«

Sie hielt inne, um das Grundstück zu betrachten. Die Veranda sah robust aus. Das Dach war in gutem Zustand. Vielleicht hatte Brad recht. Wenn das Haus gute Grundsubstanz hatte, würden sie zurechtkommen.

Das Haus war seit Jahrzehnten in Familienbesitz, lange bevor Strandimmobilien beliebt wurden. Es war vom Rand des Meeres in die Stadt versetzt worden, weg von der erodierenden Küstenlinie und den strafenden Wellen.

Genau wie Avery hatte das Haus eine zweite Chance bekommen.

Ihr Zuhause hatte seine erste Etage durch eine Überschwemmung verloren, bevor es an seinen jetzigen Standort gebracht wurde. Avery konnte sich damit identifizieren – auch sie war ausgehöhlt, verpflanzt und sollte ohne ihre fehlenden Teile stark bleiben.

Dennoch war sie dankbar für die sanfte Landung. Sie hatte es geliebt, nahe am Ozean zu leben, und es gab keine Möglichkeit, dass sie sich jetzt ein Haus in Sunset Cove leisten könnte.

Avery parkte ihr Auto in der Einfahrt und verabschiedete sich von ihrem Bruder. Während ihre Tochter das Telefongespräch verschlafen hatte, wachte sie beim Knirschen der Reifen auf der Muscheleinfahrt auf.

»Sind wir schon da?«, fragte Sophia, ihre Worte von Schläfrigkeit verwaschen. »Ich will den Ozean sehen. Ich habe den Ozean noch nie gesehen.«

Avery nahm ihre Tochter in die Arme. »Der Ozean wird morgen noch da sein. Lass uns erst etwas schlafen.«

Ein Vollmond beleuchtete den Weg, als sie ihre Tochter die Verandastufen hinauftrug. Sie steckte den Schlüssel ins Schloss und öffnete die knarrende Haustür. Ihr Magen zog sich zusammen, als sie über die Schwelle traten. Laken schützten die Möbel, aber eines der Seitenfenster war gesprungen. Staubiger Teppich dämpfte ihre Schritte auf der Treppe zu ihrem alten Zimmer.

Sie zog das Laken von ihrem Bett und legte ihre Tochter auf eine Matratze, die seit ihrem Auszug vor einem Jahrzehnt nicht mehr berührt worden war.

»Es ist staubig, aber nichts, was wir nicht saubermachen können. Es ist besser als das Durcheinander, das wir zurückgelassen haben«, flüsterte sie und gab ihrer Tochter einen sanften Kuss auf die Stirn.

Avery holte eine Decke aus der Truhe am Fußende des Bettes. Die Decke war zum Glück sauber, also benutzte sie sie, um ihre Tochter zuzudecken, und schloss die Tür.

In der Küche nahm sie einen Stuhl von seinem Platz auf dem Tisch und stellte ihn aufrecht. Dann ließ sie den Kopf auf den Tisch sinken und weinte.

Wie bin ich hierher geraten?, fragte sie sich. Wo gehe ich von hier aus hin?

Nach ein paar Minuten des Selbstmitleids wischte sie ihre Tränen weg und holte ihre Taschen aus dem Auto. Sie nahm einen Notizblock und einen Stift und begann eine Liste. Es gab viel zu tun, aber die Versorgung von Sophia hatte oberste Priorität. Ihre Tochter musste zur Schule gehen, es gab kein Essen im Haus, und Avery brauchte einen Job, um das alles zu bezahlen. Sie würde auch das Fenster reparieren und die Heizung anstellen.

Ein Schritt nach dem anderen. Die Dinge würden am Morgen besser aussehen. Zumindest hoffte sie das.

Sie ging auf die Veranda und setzte sich leise hin, während sie dem Ozean lauschte, der gegen die nahe Küste schlug.

Dies war eine neue Stadt, ein neues Haus und ein neues Leben. Avery war entschlossen, das Beste aus ihrer zweiten Chance zu machen.

2

Grant

GRANT WARF SEINEN WERKZEUGKASTEN auf die Ladefläche seines Trucks und kletterte auf den Fahrersitz. Es würde wieder ein langer Tag werden. Kein Problem. Es war keine Schande, lange Stunden hart zu arbeiten.

Die Sonne ging gerade auf, als er auf die Baustelle fuhr. Seine Baufirma hatte gerade mit dem O'Neill-Haus begonnen, einem wunderschönen Strandhaus, das für die jetzigen Eigentümer zu klein geworden war. Sie würden die nächsten Wochen damit verbringen, eine neue Schlafzimmersuite und einen kinderfreundlichen Bereich im Obergeschoss zu bauen.

Sein Vorarbeiter, Nick Butler, begrüßte ihn, als er durch die Tür ging. »Hey, Boss. Wie läuft's?«

Grant brummte und blickte auf das Durcheinander, das sie um des Fortschritts willen angerichtet hatten. Seine kleine Crew füllte den Raum, transportierte Materialien und plante ihren Tag. »Sag du's mir. Hast du die bestellten Materialien bekommen?«

»Sind vor einer Stunde gekommen, während du geschlafen hast. Ich hoffe, du hast genug Schönheitsschlaf bekommen.«

Nick grinste seinen Chef an und blickte dann auf sein Klemmbrett hinunter. »Es gab ein kleines Problem mit der Bestellung. Es gibt nicht genug Gipsplatten für das Hauptschlafzimmer. Der Lieferant schiebt's auf…«

»Lieferkettenprobleme, richtig?«

»Du hast es erfasst. Wir arbeiten am Spielzimmer, während wir auf den Rest unserer Bestellung warten.«

Grant klopfte Nick auf den Rücken und nickte. »Gute Idee. Ich werde einige Abende und Wochenenden arbeiten, sobald die Gipsplatten hier sind. Wir werden unseren Termin einhalten.«

Nick hörte einen Moment auf zu schreiben und ließ seinen Bleistift über dem Klemmbrett schweben. Grant stellte sich vor, wie die Rädchen im Kopf seines Freundes sich drehten. Er wappnete sich, denn er wusste, was kommen würde. Zuerst würde Nick sich über ihn lustig machen, dann würde er mit einer Aufmunterungsrede beginnen.

Die beiden Männer waren in der gleichen Nachbarschaft aufgewachsen. Sie hatten seit der Grundschule Hämmer geschwungen und sich gegenseitig aufgezogen. Deshalb war Grant nicht überrascht, als Nick Humor einer Predigt vorzog.

»Wenn du nicht die ganze Nacht arbeiten würdest, könntest du vielleicht pünktlich aufwachen. Außerdem gibt es nachts spaßigere Dinge zu tun. Nur Arbeit und kein Vergnügen…« Nick boxte seinen Chef in den Arm und grinste.

Es war nicht leicht, der Inhaber von Grant Construction zu sein. Grant hatte in den letzten fünf Jahren lange Stunden gearbeitet, um sein Geschäft und den Ruf als eines der ehrlichsten Unternehmen in Sunset Cove aufzubauen. Es war wichtig, dass die Leute ihm vertrauten. Sunset Cove war seine Heimat und würde es immer sein.

Trotzdem zehrten die endlosen Tage an ihm. Nick hatte Recht – er hatte heute Morgen verschlafen. Er hatte eigentlich hier sein wollen, wenn ihre Lieferung ankam. Aber ihr letztes Projekt hatte den Zeitplan überschritten, und er hatte bis Mitternacht an Detailarbeiten gefeilt.

Anstatt mit Nick zu scherzen, brummte er erneut und schlurfte zurück zu seinem Werkzeugkasten im Truck.

Nick verschränkte die Arme und beobachtete, wie Grant zurück zum Haus stapfte. »Du arbeitest zu viel, wenn du um neun Uhr morgens keinen Spaß verstehst. Dieses Geschäft ist dir wichtig. Mir auch. Aber du brauchst ein Leben außerhalb der Arbeit. Wann hast du zum letzten Mal Urlaub gemacht?«

Grant verdrehte die Augen. Hier kommt sie: Meine monatliche Predigt darüber, warum ich eine Frau heiraten sollte statt meinen Job. Grant konnte Nicks Argumentation nicht widersprechen. Der Austausch versetzte ihn trotzdem in die Defensive. »Ich habe jetzt keine Zeit für Urlaub. Ich habe auch keine Zeit für eine Freundin. Was für ein Leben glaubst du, brauche ich?«

Sein Freund überflog wieder sein Klemmbrett und setzte Häkchen in Kästchen. »Ich weiß nicht. Vielleicht eine Frau und ein paar Kinder? Wenn du die richtige Person findest, wirst du Zeit für sie haben. Du brauchst jemanden, der dich jeden Abend von der Arbeit nach Hause holt.«

»Ich mag mein Haus. Außerdem haben nicht alle so viel Glück«, sagte er und schüttelte den Kopf, während er seinen Werkzeuggürtel anlegte und das Klemmbrett aus den Händen seines Freundes nahm. »Werde nicht übermütig, nur weil du eine tolle Frau getroffen hast.«

»Ich habe Glück«, sagte Nick und hellte auf. Er ging zu einem provisorischen Tisch und griff nach einer Thermoskanne mit Kaffee. Nach einem langen Schluck grinste er. »Meine Frau macht mir jeden Morgen Kaffee. Ich bin der glücklichste Kerl der Welt.«

»Du bekommst auch keinen Schlaf.« Grant lachte und nahm seine eigene Thermoskanne. »Sie hat den Kaffee aus einem bestimmten Grund gemacht. Ist das nicht der Grund, warum du um sieben Uhr morgens hier bist?«

»Der Tag beginnt früh, wenn man Kinder hat«, stimmte er zu und nahm noch einen Schluck Koffein. »Außerdem, wenn ich früh anfange, kann ich früh Schluss machen. Ich muss die Mädchen heute von der Schule abholen.«

Grant nickte und überflog die Liste in seiner Hand. Er würde dafür sorgen, dass Nick rechtzeitig von der Baustelle weg kam, auch wenn das bedeutete, dass Grant länger als üblich bleiben musste. So funktionierte das, wenn man ein Unternehmen besaß. »Lass uns den Abriss im Obergeschoss fertigstellen. Wenn wir konzentriert bleiben, können wir die restlichen Gipsplatten anbringen und beide früh nach Hause gehen.«

Grant dachte den ganzen Vormittag über Nicks Worte nach. Sein Freund hatte Recht. Er arbeitete zu viele Stunden. Meistens machte es ihm nichts aus. Grant liebte seinen Job und Sunset Cove. Er war hier aufgewachsen und genoss es, die Stadt mitzugestalten, ein Haus oder Geschäft nach dem anderen. Er war stolz auf seine Arbeit und mochte es, ihre fertigen Projekte zu sehen, wenn er durch die kleine Stadt fuhr.

Trotzdem war er fast dreißig. Er hatte bis jetzt eigentlich eine Familie haben wollen. Aber er konnte nicht viel dagegen tun. Es machte keinen Sinn, eine Beziehung anzufangen, bis man die richtige Frau gefunden hatte. Darin hatte Nick auch Recht.

Vor mehr als einem Jahrzehnt hatte er die perfekte Partnerin gefunden – oder zumindest dachte er das. Er war in der Highschool mit Avery Brown befreundet gewesen. Er hatte ein oder zwei Mal einen Funken zwischen ihnen gespürt. Trotzdem war er nie mutig genug gewesen, sie um ein Date zu bitten. Avery, Nick und ihre Freundin Brook waren überall zusammen hingegangen, aber keiner von ihnen hatte die Freundschaft überschritten.

Am Tag nach dem Abschluss verließ Avery ihre kleine Stadt für das College-Leben. Sie war nie zurückgekehrt. Er hatte sie seit ihrem achtzehnten Lebensjahr nicht mehr gesehen.

Er fragte sich, was Avery jetzt wohl machte. Grant ertappte sich dabei, wie er von ihrem langen, dunklen Haar und ihrer leisen Stimme träumte. Er nahm einen neuen Nagel und richtete seinen Hammer auf die Gipsplatte. Ein Schlag. Zwei Schläge.

»Autsch!«, schrie er.

Nick kam in den Raum gerannt. »Was ist los?«, fragte er. »Alles in Ordnung?«

Grant stand mit dem Hammer unter seinem Arm. Sein linker Daumen leuchtete knallrot. »Mir geht's gut. Ich habe daneben getroffen.«

Nick brach in Gelächter aus. »Du besitzt ein Bauunternehmen und kannst nicht mit einem Hammer umgehen? Ich hole die Verbände.«

Grant seufzte und begutachtete seine Hand. Er hatte sich den Daumen aufgeschlagen. Blut quoll aus der Wunde, tropfte auf seine gesunde Hand und bildete eine ansehnliche Pfütze.

Nick reichte ihm ein paar Papiertücher und folgte ihm dann mit dem Erste-Hilfe-Kasten ins Badezimmer. »Woran hast du gedacht, als du mit dem Hammer zugeschlagen hast?«

Grant warf seinem Freund einen Seitenblick zu, bevor er seine Hand unter fließendes Wasser hielt. Wenn er Nick von Avery erzählte, würde sein Freund das Thema nie wieder loslassen. Er wusste nicht, wo Avery jetzt lebte, aber Nick würde sie finden. Er war schon immer ein Kuppler gewesen, und Entfernung würde ihn nicht davon abhalten, sich einzumischen. Nick war verheiratet und hatte drei Kinder und dachte, dass jeder dasselbe Schicksal verdiente.

Sein Freund beendete den Verband um seinen Daumen, und Grant stand auf. »Danke. Das ist mein Zeichen, zurück ins Büro zu gehen. Ich muss Materialien für die Restauranterweiterung im nächsten Monat bestellen.«

»Gute Idee. Hast du schon die Süßigkeiten für Halloween gekauft?«

Grant schaltete sein Handy ein und prüfte das Datum. 25. Oktober – nur noch ein paar Tage bis zum Süßes-oder-Saures-Abend. Er liebte es, die Kinder der Stadt in Kostümen zu sehen und Süßigkeiten aus ihrem Büro in der Hauptstraße zu verteilen. Die Kinder wussten, dass er die besten Leckereien der Stadt hatte. Sie kamen aus ganz Sunset Cove, um ihn zu besuchen.

Er war dieses Jahr so beschäftigt gewesen, dass er das Süßes oder Saures fast vergessen hätte. Hoffentlich konnte er noch genug Süßigkeiten finden, um die Kinder glücklich zu machen.

»Ich bin noch nicht bereit, aber ich werde es sein«, sagte er. »Danke für die Erinnerung. Ich werde auf dem Rückweg im Laden vorbeischauen.«

Grant nahm ein Stück Papier und kritzelte eine Liste. Zehn große Tüten Süßigkeiten und drei Packungen Schokoriegel für die besten Kostüme. Wasserflaschen für die Eltern. Ein paar Aufkleber und Spielzeuge für Kinder mit Lebensmittelallergien. Das sollte reichen.

Nick schüttelte den Kopf. »Für jemanden ohne Kinder gibst du dir ganz schön viel Mühe.«

Grant schnappte sich seinen Werkzeugkasten und ging zu seinem Truck. Nick hatte natürlich wieder recht. Er liebte Kinder. Er hatte nur noch nicht die Zeit oder die Frau gefunden, um eine Familie zu gründen. Vielleicht eines Tages.

3

Avery

AVERY VERLIESS DIE GRUNDSCHULE Sunset Cove mit einem Lächeln im Gesicht. Sophia war offiziell in der ersten Klasse angemeldet. Während Avery wegen des Übergangs nervös war, war ihre Tochter fröhlich zum Spielplatz gehüpft, um sich ihren neuen Klassenkameraden anzuschließen. Die Belastbarkeit des Mädchens erstaunte sie. Wahrscheinlich würde sie nach Hause kommen und von zehn neuen Freunden erzählen.

Die Grundschule hatte sich seit Averys Schulzeit nicht viel verändert. Klar, das Gebäude hatte einen neuen Eingangsbereich und einen frischen Anstrich bekommen, aber vieles sah noch genauso aus. Die Flure waren unverändert. Sie erkannte sogar ein paar Leute, die am Empfang saßen.

Rückblickend war Avery nicht sicher, warum sie so lange gewartet hatte, um nach Sunset Cove zurückzukehren. Sie hätte ihren Großvater öfter besuchen sollen. Ihr Ex-Mann hatte sie nicht ermutigt, nach Hause zu kommen, aber sie hatte ein Auto, und sie waren nur zwei Stunden entfernt gewesen. Sie hätte die Fahrt mindestens einmal im Jahr machen können.

Sie hatte auch den Kontakt zu ihren Freunden nicht gehalten. Sobald sie Eric geheiratet hatte, war es, als hätte sie ihr früheres Leben vergessen.

Diese Zeit lag hinter ihr, erinnerte sie sich. Es war Zeit für einen Neuanfang, und das würde eine gute Veränderung für Sophia sein. Avery hatte hier Wurzeln geschlagen. Jetzt konnten sie beide diese Wurzeln gemeinsam neu wachsen lassen. Es war eine schöne Stadt voller toller Menschen, so ganz anders als die Großstadt, die sie hinter sich gelassen hatte.

Sie fuhr auf die Hauptstraße und steuerte auf den Supermarkt zu. Der Sunset Market war ihr Lieblingsort gewesen, um nach der Schule mit ihren Freunden Snacks zu kaufen. Heute würde sie auch Snacks einkaufen, und noch viel mehr.

Avery holte ihre Einkaufsliste heraus und seufzte. Snacks, Putzmittel, Grundnahrungsmittel für Mittag- und Abendessen. Sie fingen in jeder Hinsicht neu an, und dazu gehörte auch ihre leere Speisekammer. Das Bargeld, das sie mitgebracht hatte, würde nicht lange reichen. Einen Job zu finden hatte oberste Priorität.

Sie schob ihren Wagen durch jeden Gang, füllte ihn langsam und träumte dabei vor sich hin. Wann war sie das letzte Mal in diesem Laden gewesen – vor acht Jahren? Zehn Jahren?

»Es ist lange her«, murmelte sie. »Zu lange.«

Sie war am Abend ihrer Schulabschlussfeier mit ihren Freunden zum Sunset Market gekommen. Sie hatten den Abschluss mit ihrer üblichen Routine gefeiert: Chips, Cola und Gespräche unter dem Nachthimmel. Es war ein toller Abend gewesen, voller Vorfreude auf die Zukunft. Aber der Abend hatte auch einen Hauch von Traurigkeit in sich getragen. Sie alle hatten gewusst, dass sich die Dinge für immer ändern würden.

Sie schüttelte den Kopf bei dem Gedanken an diesen Abend mit Brook, Grant und Nick. Sie waren alle so eng befreundet gewesen. Sie hatte gehofft, dass Grant sie in dieser Nacht zum ersten Mal küssen würde. Aber er hatte es nicht getan. Am nächsten Morgen war sie zum Studium abgereist und nie zurückgekommen. Das war das Ende ihrer möglichen Beziehung gewesen.

Avery ging weiter den Gang entlang, während sie ihre Liste durchging. Fast fertig. Sie hatte noch vier Stunden Zeit, um nach Hause zu kommen, alles auszupacken, was sie gekauft hatte, und zu versuchen, das staubige Haus ihres Großvaters in ein Zuhause für Sophia zu verwandeln.

Ihr Kopf war ganz bei ihrer To-do-Liste, als sie um die Ecke bog und mit einem entgegenkommenden Einkaufswagen zusammenstieß.

»Hoppla! Vorsicht!« Ein großer Mann mit dunklem, welligem Haar griff nach ihrem Wagen und stabilisierte ihn, bevor er umkippen konnte. »Der Laden hat zwar einen Rabatt für Dosen mit Beulen, aber wir sollen die Dosen nicht selbst eindellen.«

Er lachte über seinen Witz und hob die Dose grüne Bohnen auf, die sie auf den Boden geworfen hatte. Er stellte die Dose ins Regal und betrachtete dann ihr Gesicht genauer. Seine Augen weiteten sich vor Überraschung. »Avery Brown? Bist du das?«

Ihr Blick glitt über den Mann, verweilte bei seinen breiten Schultern und blieb schließlich an seinem freundlichen Gesicht und den leuchtend grünen Augen hängen. Er war seit der Highschool größer und muskulöser geworden, als ob er wüsste, wie man richtig hart arbeitet. Seine Augen waren jedoch noch dieselben. Sie hatte wochenlang von diesen Augen geträumt, nachdem sie Sunset Cove verlassen hatte. »Grant! Was machst du hier? Ich wusste nicht, dass du noch in der Stadt wohnst.«

Er deutete auf seinen Wagen, der mit Süßigkeiten und Halloween-Dekorationen gefüllt war. »Wir bereiten uns auf Halloween vor. Können die Kinder nicht enttäuschen. Unser Geschäft verteilt mehr Süßigkeiten als jedes andere Unternehmen an der Hauptstraße.«

Ihre Augen weiteten sich, als sie im Kopf zusammenrechnete, wie viele Süßigkeiten er kaufte. »Ich hoffe, deine eigenen Kinder werden nicht neidisch. Das sind eine Menge Süßigkeiten, die du vor ihnen verstecken musst.«

»Keine Kinder zu Hause. Aber ich muss das vor meinen Kollegen verstecken«, fügte er hinzu. »Erinnerst du dich an Nick? Er ist mein schlimmster Süßigkeitendieb.«

Avery lachte und schüttelte den Kopf. »Von Nick habe ich seit Jahren nichts gehört. Ich habe gerade an unsere Freunde gedacht. Ich habe alle so lange nicht gesehen.«

Grant zögerte und schien seine nächsten Worte abzuwägen. Nachdem er sein Gewicht von einem Fuß auf den anderen verlagert hatte, nickte er. »Wir sollten alle zusammenbringen. Bist du länger in der Stadt?«

Sie dachte an ihre Tochter, die fröhlich zum Spielplatz gelaufen war, und an ihr altes Haus, das darauf wartete, in ein Zuhause verwandelt zu werden.

»Ja, wir bleiben eine Weile«, sagte sie und deutete vage auf die Stadt, in der sie beide aufgewachsen waren. »Ich würde alle gerne wiedersehen. Ich bin gerade mit meiner Tochter zurück in die Stadt gezogen. Neuanfang und all das.«

Er nickte ernst. »Manchmal müssen wir an einem vertrauten Ort neu anfangen. Schön, dich wiederzusehen.«

Die beiden Freunde tauschten Telefonnummern aus, und Grant versprach, bald eine Nachricht zu schicken. Avery wollte gerade weitergehen, als er rief: »Warte!«

Sie blieb stehen und drehte sich zu ihm um.

Er lehnte sich gegen den Einkaufswagen und sah verlegen aus. »Wir haben nicht im besten Einvernehmen geendet, als du weggegangen bist. Ich hätte den Kontakt halten sollen. Können wir auch einen Neuanfang machen?«

Avery zögerte, überrascht. War das Leben nicht komisch? Vor ein paar Minuten hatte sie noch an ihre letzte Nacht mit Grant gedacht und sich gewünscht, dass die Dinge anders gelaufen wären. Jetzt wollte er neu anfangen.

Der Zeitpunkt war nicht ideal. Sie war immer noch verheiratet, bis ihr Mann die Scheidungspapiere unterschrieb, und sie musste an Sophia denken, bevor sie große Veränderungen vornahm. Ihre Tochter hatte bereits so viel durchgemacht. Sie konnte es sich nicht leisten, von verpassten Küssen und zweiten Chancen in der Liebe zu träumen.

»Ich würde gerne neu anfangen«, sagte sie und wählte ihre Worte mit Bedacht. »Als Freunde. Ich habe gerade eine schlechte Ehe hinter mir, und die Scheidung ist noch nicht endgültig.«

Grant sah enttäuscht aus, aber er verdeckte seine Enttäuschung mit einem breiten Lächeln. »Freunde gehen doch gerne Kaffee trinken, oder? Lass uns morgen auf einen Kaffee treffen. Seaside Cupcakes ist gleich die Straße runter«, sagte er und zeigte zur Tür des Lebensmittelgeschäfts hinaus. »Das ist Brooks Laden. Sie hat fantastischen Kaffee und die besten Cupcakes und Muffins.«

Brook Reed war Averys beste Freundin gewesen. Jetzt besaß sie eine Bäckerei, und Avery wusste nichts davon. Sie hatte seit der Highschool nicht mehr mit ihrer besten Freundin gesprochen. Ihr Herz sank, als ihr klar wurde, wie wenig Kontakt sie zu ihrer Heimatstadt hatte und wie viel sie verpasst hatte. Sie hätte ihre Freunde unterstützen sollen. Stattdessen war sie in der Stadt geblieben, zufrieden damit, ein neues Leben aufzubauen und jeden zu vergessen, der sie in der Vergangenheit geliebt hatte.

Nie wieder, versprach sie sich. Sie würde von nun an eine bessere Freundin sein. Sie zwang sich zu einem strahlenden Lächeln und sagte: »Kaffee klingt gut. Ich bringe Sophia um acht Uhr zur Schule. Können wir uns um neun treffen?«

Avery schnappte sich die letzten paar Dinge, die sie im Laden brauchte. An der Kasse lief sie erneut Grant über den Weg.

»Ich freue mich darauf, dass wir uns über den Weg laufen«, sagte er und zwinkerte ihr zu. »Aber keine Zusammenstöße mehr. Ich bin heute schon verletzt«, sagte er und winkte mit seinem eingewickelten Daumen.

Sie lächelte immer noch, als sie in ihr Auto stieg. Während sie wegfuhr, wurde Avery klar, dass sie schon lange nicht mehr so viel gelacht oder gelächelt hatte. Das Leben hatte eine lustige Art, dir genau das zu geben, was du brauchtest.

Drei Stunden später saß Avery auf der Veranda des Hauses ihres Großvaters. Es war ein arbeitsreicher Tag gewesen.

Das Haus war warm, dank des örtlichen Eisenwarenhändlers. Er hatte das gesprungene Fenster geflickt und die Heizung angeschaltet. Sie hatte ihre Lebensmittel und Reinigungsmittel ausgepackt und dann die Böden und Wände ihres neuen Hauses geschrubbt. Jetzt ruhte sie sich auf der Veranda aus und wartete gespannt darauf, dass der Bus ihrer Tochter ankam, damit sie vom ersten Schultag hören konnte.

Die Bremsen des gelben Busses quietschten, als er um die Ecke bog und vor ihrem Haus hielt.

»Mama! Mama! Ich hatte einen tollen Tag!«, rief Sophia und rannte vom Bus, wobei ihr Rucksack hinter ihr herschleifte. »Ich habe vier neue Freunde gefunden. Wir hatten Chicken Nuggets zum Mittagessen. Ich mag es hier.«

Avery umarmte ihre Tochter fest. Sie schluckte den Kloß in ihrem Hals herunter und versprach sich, nicht zu weinen. Ihre kleine Tochter war hier glücklich, und das war alles, was zählte. Sie konnten alles zusammen durchstehen.

Die Sechsjährige plapperte fröhlich, als sie beide ins Haus gingen. Der Nachname eines ihrer neuen Freunde kam Avery bekannt vor, bemerkte sie. Vielleicht war sie mit dem Vater des Kindes zur Schule gegangen. Diese kleinen Erinnerungen an ihre Kindheit waren in der Stadt nicht vorgekommen. Sie mochte diese Erinnerungen.

»Mmmmm. Es riecht gut. Hast du Pizzateig gemacht?«, fragte ihre Tochter und flitzte in die Küche. »Es ist nicht mal Freitag! Kann ich den Teig ausrollen? Lass uns viel Käse drauftun.«

Avery lächelte über die Begeisterung ihrer Tochter. Pizza machte sie immer glücklich. Sie hatten Pizza-Freitage gehabt, als sie noch verheiratet war. Eric hatte freitags spät gearbeitet, was bedeutete, dass die beiden Mädchen zum Abendessen allein zu Hause waren. Pizza war lustig und praktisch. Es lenkte sie davon ab, dass ihr Mann zu viel Zeit bei der Arbeit verbrachte.

Jetzt wusste sie, warum er immer weg war. Er war damit beschäftigt gewesen, Zeit mit ihrem Ersatz zu verbringen.

Sie schob diesen Gedanken beiseite und nahm Sophia den Schulranzen von den kleinen Schultern. »Ich wollte etwas Besonderes für deinen ersten Schultag. Was hast du gelernt? Wie war deine Lehrerin?«

Die beiden beugten ihre Köpfe zusammen, während sie den Teig bearbeiteten. Avery betrachtete das Gesicht ihrer Tochter, während diese den Teig so weit ausstreckte, wie ihre kurzen Arme es zuließen. Sophias hellblaue Augen und blonde Locken erinnerten sie so sehr an Eric.

Aber sie würde heute Abend nicht an Eric denken. Stattdessen wanderten ihre Gedanken zu einem anderen Mann mit welligem Haar. Sie hatte nicht gewusst, dass Grant noch in Sunset Cove war. Es sollte sie nicht überraschen. Während sie am Tag nach dem Abschluss aus der Stadt geflohen war, auf der Suche nach grüneren Weiden, war Grant geblieben, um sich um seine behinderte Mutter zu kümmern. Er hatte es auch mit einem Lächeln getan. Er wusste, dass die Familie an erster Stelle stand.

Avery seufzte, während sie Sophia beobachtete, wie sie Handvoll um Handvoll Käse auf ihre Pizza häufte. Wie wäre das Leben gewesen, wenn sie in Sunset Cove geblieben wäre? Sie wäre noch in Kontakt mit ihren Freunden und hätte wahrscheinlich nicht diese quälende Einsamkeit. Aber sie hätte auch nicht Sophia.

Sie hatte Bedauern, aber Sophia zu haben, gehörte nicht dazu. Es war jedoch gut, wieder zurück zu sein. Sie konnten hier heilen und neu anfangen. Ihre Tochter würde am Strand glücklich sein, und mit ihren neuen Freunden und der Schule.

Avery hoffte, auch für sich selbst Glück zu finden.

4

Grant

»Sind wir bereit?«

»Wir sind bereit.«

Nicks Frau, Jessica, warf einen Blick auf die überfüllten Süßigkeitenschalen. »Ich glaube nicht, dass wir bereit sind. Haben wir genug?«

Grant lachte. Er hatte fünfzehn riesige Tüten Süßigkeiten und zehn Packungen voller Schokoladentafeln besorgt. »Wir haben Malbücher, Buntstifte, Aufkleber und Spielzeug aus dem Ein-Euro-Laden. Wie könnten wir nicht bereit sein?«

Jessicas Augenbrauen zogen sich zusammen, als sie die Stirn runzelte. »Du warst letztes Jahr nicht hier. Erinnerst du dich? Du warst unterwegs, um der Familie Smith bei einigen Last-Minute-Arbeiten an ihrem Haus zu helfen. Du warst nicht da, als auf einmal fünfzig Kinder kamen und wir nur noch vierzig Süßigkeiten übrig hatten.« Sie schauderte. »Es war schrecklich.«

Nick legte seinen Arm um seine Frau. »Grant bleibt hier, und ich auch. Es tut mir leid, dass wir dich letztes Jahr im Stich gelassen haben. Wenn uns die Süßigkeiten ausgehen, werde ich noch mehr kaufen gehen.«

»Viel Glück damit«, murmelte sie und richtete die Reihe von Leuchtstäben, die den Rand des Tisches säumten. »Als ich heute Morgen nachgesehen habe, war in jedem Laden die Süßigkeiten ausverkauft.«

Grant schüttelte den Kopf. Er war froh, dieses Jahr hier zu sein. Jessica hatte nicht Unrecht mit ihrer Beschwerde. Jedes Jahr plante er, an Halloween Süßigkeiten zu verteilen. Er freute sich darauf. Er liebte es, die Kostüme der Kinder zu sehen und die Eltern zu begrüßen, mit denen er aufgewachsen war. Und jedes Jahr zog ihn ein Arbeitsnotfall aus dem Büro und auf die Baustelle.

Dies war das erste Mal seit vier Jahren, dass er Süßigkeiten verteilen konnte. Er hatte mit einem roten Marker den gesamten Nachmittag und Abend blockiert, nur um sicherzustellen, dass seine Crew während des Trick-or-Treat verfügbar sein würde.

»Ich finde es immer noch nicht fair, dass du der Bauarbeiter sein darfst«, sagte Nick und zeigte auf Grants Schutzhelm. »Warum muss ich der Cowboy sein?«

»Wenn du der Chef bist, kannst du die Kostüme aussuchen.« Jessica tat so, als würde sie ihren Mann böse anstarren. »Vergiss nicht, es war deine Idee, sich als die Village People zu verkleiden. Außerdem bist du ein süßer Cowboy.«

Normalerweise machte es Spaß, seinem besten Freund und seiner Frau beim Hin- und Herscherzen zuzusehen. Heute ging es Grant auf die Nerven. Er erhob sich aus dem Stuhl und begann, auf dem Bürgersteig auf und ab zu gehen. »Du könntest Recht haben. Wir haben nicht genug

Süßigkeiten. Ich sehe nach, ob wir noch Snacks in unserem Pausenraumvorrat haben, die wir verteilen können.«

Grant ging zurück ins Gebäude. Als er im ruhigen Büro war, holte er tief Luft. Was war nur los mit ihm? Er verbrachte gerne Zeit mit Nick. Jessica war großartig, und ihre Kinder waren auch toll. Trotzdem ließ ihn die Zeit mit der Familie seines Freundes erkennen, was ihm fehlte. Avery im Lebensmittelgeschäft zu sehen, hatte ihn aus der Bahn geworfen. Er fragte sich, wie anders die Dinge gewesen wären, wenn er nicht zu ängstlich gewesen wäre, sie um ein Date zu bitten, als sie Teenager waren.

Er schnappte sich eine Kiste voller Kartoffelchips und trug sie zum Tisch auf dem Bürgersteig. »Das sollte reichen, oder?«

Jessica seufzte und stellte die Kiste unter ihren Tisch. »Es wird bei dem letzten Ansturm helfen.«

»Also…«, Nick lehnte sich über den Tisch in Richtung Grant. »Wie viele Trick-or-Treater werden wir heute Abend bekommen? Kommt jemand Besonderes vorbei?«

Grant vermied seinen Blick, nicht sicher, worauf sein Freund mit diesem Gespräch hinauswollte. »Keine Ahnung. Wir könnten ein paar hundert Kinder bekommen. Aber ich habe niemanden eingeladen.«

»Natürlich nicht«, grinste Nick. »Du bist die ganze Woche schon abgelenkt. Tante Jane hat dich gesehen, wie du im Laden mit einer Frau gesprochen hast, als du all diese Süßigkeiten gekauft hast. Hast du mehr als nur Leckereien gecheckt?«

Grant verdrehte die Augen. Es war einfach sein Pech, dass jemand zugesehen hatte. In einer Kleinstadt konnte man sich nicht verstecken. »Oh ja. Das war Avery Brown. Erinnerst du dich an sie aus der High School?«, fragte er und versuchte, das Gespräch in sichereres Fahrwasser zu lenken. »Sie ist wieder zurück. Sie hat jetzt ein Kind. Vielleicht sehen wir sie heute Abend. Mal sehen.«

»Ich schätze, das werden wir.«

Grant beobachtete seinen Freund nervös. Nick war stolz auf seine Fähigkeiten als Kuppler. Er hatte in der High School die Hälfte ihrer Freunde verkuppelt und hatte immer noch ein Händchen dafür, neue Paare zusammenzubringen. Wenn Nick seine Klauen in Avery schlug, würde er nie das Ende davon hören.

Er seufzte leise erleichtert auf, als der erste Trick-or-Treater ankam. Gerettet durch die Süßigkeitenjäger.

Jessica gab ihr ein Stück Schokolade und ein paar freundliche Worte. Grant konnte nicht anders, als das kleine Mädchen auch anzulächeln. Er schätzte, sie war etwa im gleichen Alter wie Averys Tochter. Jedes Kind mit Averys Genen musste auch genauso süß sein.

Vielleicht wäre es gar nicht so schlecht, wenn Nick ihm eine Partnerin finden würde. Er wusste, dass Avery tabu war. Sie wollte nur Freundschaft. Wenn Nick ihm eine Freundin finden würde, könnte er endlich aufhören, von Avery Brown zu träumen.

Leider glaubte er nicht, dass es so einfach sein würde. Es hatte ihn überrascht zu erkennen, dass er immer noch

Gefühle für Avery hatte. Sie im Lebensmittelgeschäft zu sehen, hatte seine Gedanken zurück zur High School gebracht. Sie wäre kein Mädchen, das er leicht vergessen könnte.

»Komm schon, komm schon. Wir werden zu spät kommen«, drängte Sophia ihre Mutter. »Ich bin fertig. Du hast nicht mal Schuhe an.«

Avery eilte ins Wohnzimmer und bürstete dabei ihre Haare. Sie war froh, dass Sophia ihr Kostüm ausgesucht hatte, bevor Eric sie rausgeworfen hatte. Diese Woche war schon verrückt genug gewesen, ohne sich auch noch um Halloween zu sorgen.

Sie betrachtete ihre Tochter in ihrem Prinzessinnenkleid und spürte, wie Wut in ihr hochkochte. Wie konnte Eric dieses perfekte kleine Mädchen verstoßen? Genug von Eric, beschloss sie und legte die Haarbürste mit mehr Kraft als nötig auf die Ablage. Sie eilte zur Haustür, um ihre Schuhe zu holen, und hüpfte im Eingangsbereich herum, während sie sie anzog. Dann warf sich Avery einen bequemen Pullover über und steckte Sophias Jacke in ihre Tasche.

»Mama, lass uns gehen! Wo ist dein Kostüm? Du verkleidest dich doch sonst auch immer.«

Mamas Kostüm ist 'eine alleinerziehende Mutter, die keine Zeit hatte, sich zu verkleiden', dachte sie. Diese Worte behielt sie jedoch für sich. Ihre Tochter musste nicht wissen, wie sehr sie kämpfte. Stattdessen lächelte sie einfach. »Dieses Jahr konzentrieren wir uns auf dich, Kleine. Ich wollte nicht riskieren, meiner Prinzessin die Show zu stehlen.«

Sophia schien mit dieser Antwort zufrieden zu sein. Sie stellte sich etwas größer hin und richtete ihre Krone. »Ich verstehe. Das ist ein Risiko, das wir nicht eingehen können. Niemand sollte heller strahlen als eine Prinzessin.«

Avery unterdrückte ein Kichern, während sie ihre Tochter zur Tür hinausscheuchte. Sophia hüpfte die Verandatreppe hinunter und schwang ihre Beutetasche mit großen, fröhlichen Bewegungen. Es erstaunte sie, wie gut ihre Tochter mit so vielen Veränderungen zurechtkam.

Avery wusste, wie niedergeschmettert sie sich als Ehefrau und Mutter fühlte. Sie hatte all ihre Kraft in ihre Ehe und Familie gesteckt. Ihre gesamte Identität war ihr entrissen worden, als Eric ihre Scheidung ankündigte. Wenn sie nicht mehr Mrs. Eric Goodwin war, wer war sie dann?

Es war Zeit, das herauszufinden. Schließlich war sie jahrelang Miss Avery Brown gewesen, bevor sie Eric heiratete. Sie war auch damals glücklich gewesen. Jetzt war es an der Zeit, eine neue Identität und eine neue Art von Glück zu finden.

Mit etwas leichterem Herzen begleitete sie Sophia von einer Nachbarstür zur nächsten. Sie arbeiteten sich eine Straße hinunter und eine andere hinauf, bewegten sich langsam zum Stadtzentrum hin. Wenn sich seit Averys Weggang nichts geändert hatte, würden alle Geschäfte in der Main Street Tische auf dem Gehweg aufgestellt haben.

»Schau, Mama. Es ist wie eine Party«, rief Sophia. »Lass uns gehen!«

Averys Augen weiteten sich, als sie die Szene auf der Main Street betrachtete. Sie war als Kind auf denselben Straßen Süßes-oder-Saures gegangen. Es war noch gar nicht so lange her. Sie war mit ihren Freunden in der High School gekommen, war mit Brook, Grant und Nick unterwegs gewesen, um Süßigkeiten und andere Leckereien zu sammeln. In Sunset Cove war kein Kind zu alt zum Süßigkeitensammeln. Das war nur eine weitere Sache, die sie an Kleinstädten liebte.

Trotzdem hatte sich etwas verändert. Halloween war viel, viel größer, als sie es in Erinnerung hatte. Oder ihre Perspektive hatte sich verschoben, als sie größer geworden war. Sie hatte einfach nicht erwartet, so viele Menschen zu sehen, die die Kinder der Stadt unterstützten.

»Schau! Mama, da sind Meerjungfrauen«, rief Sophia und stürzte zum ersten Tisch. Avery lächelte, als sie die Töchter des Klempners sah, die als Meerjungfrauen verkleidet waren und Ringlutscher verteilten. Ihr Vater, derselbe Klempner, den ihr Großvater bei Problemen gerufen hatte, wachte mit einer Piratenaugenklappe über dem Tisch.

»Und da drüben, Mama! Schau, sie haben Bücher!« Sophia rannte zum Tisch der Bibliothek und schenkte der Stadtbibliothekarin ein süßes Lächeln, als diese ihr ein dünnes Prinzessinnenbuch überreichte. »Dieses Buch ist perfekt für dich, findest du nicht?«

Sophia nickte ernsthaft. »Ich liebe Prinzessinnen, und ich liebe Bücher.«

»Was sagst du?«, forderte ihre Mutter sie auf.

»Vielen Dank«, sagte Sophia. »Mama, wir haben hier keinen Bibliotheksausweis. Können wir einen bekommen?«

Die Frau hinter dem Tisch lächelte und reichte Avery ein Stück Papier. »Natürlich könnt ihr! Hier ist der Antrag. Bring ihn jederzeit vorbei. Jede Prinzessin braucht einen Bibliotheksausweis.«

Avery dankte ihr und steckte das Papier in ihre Tasche, gerührt von der Freundlichkeit der Frau. Sie setzten ihren Weg fort und hielten an den meisten Tischen kurz an, um über Kostüme zu schwärmen und Sophia eine Leckerei aussuchen zu lassen.

»Mama, Mama, Mama, ich habe einen Cowboy gefunden.« Avery seufzte und versuchte, mit der Begeisterung ihrer Tochter Schritt zu halten. Sie hoffte, dass der Cowboy starken Kaffee servierte. »Er steht neben einem Polizisten. Lass uns als Nächstes zu diesem Tisch gehen.« Sophia ergriff die Hand ihrer Mutter und zog sie zu einer Gruppe von Menschen, die als Village People verkleidet waren.

Avery beobachtete, wie Sophia sorgfältig ein Stück Süßigkeit auswählte. Die als Polizistin verkleidete Frau lächelte sie an und schob die Schüssel etwas näher. »Nimm zwei Stücke. Es ist nicht jeden Tag, dass uns Königliche an unserem Tisch besuchen.«

Der Cowboy kam, um sie zu begrüßen, sein Hut tief ins Gesicht gezogen, um den Großteil seines Gesichts zu verdecken. »Howdy. Bist du nicht eine hübsche kleine Prinzessin? Ich wette, du bist etwa zwölf Jahre alt, richtig?«

Sophia kicherte. »Ich bin sechs. Aber ich bin groß für mein Alter. Ich kann verstehen, warum du denkst, ich sei zwölf.«

Avery lachte und zerzauste die blonden Locken auf dem Kopf ihrer Tochter. »Sie ist sechzehn mit sechs, das ist sicher.« Dann blickte sie zum Cowboy auf, als er seinen Hut zurückschob. »Nick! Wie geht's dir?«

»Du bist Avery, richtig? Das ist meine Frau, Jessica. Ich bin gleich wieder da, ich glaube, uns gehen bald die Süßigkeiten aus.« Er eilte ins Gebäude.

»Das war seltsam«, sagte Jessica. »Andererseits ist Nick ein seltsamer Kerl. Uns gehen die Süßigkeiten noch lange nicht aus.« Sie deutete auf die Schüssel, die noch randvoll war.

Nicks Motivation wurde bald klar. Kurz darauf stürmte er aus dem Gebäude mit einem Bauarbeiter auf den Fersen.

»Ich höre, wir haben heute Abend einen besonderen Besuch hier«, sagte der Bauarbeiter, als er vor den Tisch trat und eine tiefe Verbeugung machte. »Möchte Eure Majestät einen Schokoriegel oder ein Malbuch? Wir heben die besten und größten Preise für die kleinen Mädchen mit den schönsten Kostümen auf.«

Sophia kicherte, dann straffte sie ihre Schultern und gab ihre beste Darstellung von Königlichkeit. »Ich verfüge, dass alle Süßigkeiten, die an Halloween verteilt werden, aus Schokolade sein sollten. Milchschokolade ist am besten. Etwas mit Erdnussbutter wäre auch gut.«

»Es soll geschehen.« Er zog einen Riegel Schokoriegel mit Erdnussbutter heraus und überreichte ihn Sophia mit einer Geste. »Möchte die Mutter der Königin auch eine Leckerei?«

Dann sah Grant an Sophia vorbei und erblickte Avery. Er sprang auf die Füße und ließ dabei fast die Süßigkeiten fallen. »Avery. Hi! Wie geht's dir? Nick sagte, wir hätten ein gutes Kostüm hier draußen, aber er hat mir nicht gesagt, dass es deine Tochter ist.« Er blickte zurück zu Nick und warf seinem Freund einen Blick zu. »Ihr kennt euch noch, oder?«

»Natürlich tue ich das«, sagte Nick. »Du wolltest die Chance nicht verpassen, Avery oder ihre Tochter zu sehen. Ist sie nicht eine bezaubernde Prinzessin?«

»Ich bin bezaubernd«, sagte Sophia.

Jessica unterdrückte ein Lachen hinter ihren Händen.

Grant hielt sein Lachen gar nicht zurück. Er hielt einen zweiten Schokoriegel hin. »Sie ist die süßeste Prinzessin, die ich heute gesehen habe. Teil den mit deiner Mama, okay?«

»Sag Danke zu Herrn Grant.« Avery nickte, als ihre Tochter ihren Dank wiederholte. »Bist du sicher, dass du genug Süßigkeiten haben wirst? Du kannst nicht jedem Kind, das du siehst, zwei große Riegel geben. Was würde dein Chef dazu sagen?«

Nick schaute Grant an und legte seinen Kopf schief. »Ich denke, unser Chef wäre sehr, sehr verärgert. Wir sollten mehr

Süßigkeiten verteilen. Zwei Riegel für jedes Kind sind nicht genug.«

Avery sah so unwohl aus, dass Jessica einsprang. »Es ist in Ordnung, Schätzchen. Grant ist der Chef. Es ist nicht gut für sein Ego, aber wir lassen ihn tun, was er will. Auch wenn das bedeutet, dass jedes Kind im Landkreis zu viel Schokolade bekommt.«

»Du besitzt diesen Betrieb?« Averys Augen weiteten sich.

»Ja, das tue ich. Ich habe nach der Highschool im Baugewerbe angefangen. Als Mama dann starb, bekam ich eine kleine Erbschaft und gründete Grant Construction. Ich arbeite hart, aber ich bin stolz darauf, was wir hier aufgebaut haben.«

Avery schien beeindruckt. »Du solltest stolz sein. Nicht viele Menschen können behaupten, dass sie ein erfolgreiches Unternehmen besitzen.«

Sophia wurde ungeduldig, während die Erwachsenen einander anstarrten. Sie zupfte am Mantelärmel ihrer Mutter und zeigte auf einen Clown. »Die verteilen Ballontiere. Könnten die mir einen Hund machen?«

»Dieser Clown ist mein Freund«, sagte Nick und nickte ernst. »Sag ihm, er soll dir einen Hund und eine Blume machen.«

Sophia quietschte und begann, ihre Mutter wegzuziehen.

»Entschuldige das. Wir reden später«, sagte Avery.

»Vergesst nicht, am Strand vorbeizuschauen!«, rief Grant. »Der Kürbis-Dekorationswettbewerb ist fast vorbei. Er endet heute bei Einbruch der Dämmerung.«

Grant seufzte, als sie weggingen. Averys Tochter war niedlich. Sie sah ihrer Mutter allerdings nicht sehr ähnlich. Er fragte sich, wo Sophias Vater war und ob er noch im Bild war. Einen Moment lang erlaubte er sich zu überlegen, wie ein Mädchen, das von ihm und Avery wäre, aussehen würde.

Dann schüttelte er den Kopf. Genug geträumt. Avery hatte bereits eine Familie. Er hatte seine Chance verpasst.

»Erde an Grant«, flüsterte Nick. »Avery ist genauso hübsch, wie ich mich erinnere. Das Kind ist auch scharf wie eine Klinge.«

Grant schaute seinen Freund an und dachte an Nicks epische Kuppler-Fähigkeiten. Er wusste, dass er bei Avery keine Chance hatte und war nicht bereit, sein Herz anzubieten, nur um zerquetscht zu werden. »Ja, sie scheinen beide ziemlich großartig zu sein. Bekomm bloß keine Ideen. Wir sind nur Freunde.«

5

Avery

AVERY HATTE DEN KÜRBIS-DEKORATIONSWETTBEWERB völlig vergessen. Jedes Jahr an Halloween versammelten sich die Familien am Strand, um Sandburgen zu bauen. Aber es waren keine gewöhnlichen Sommerburgen. Es waren Halloween-Meisterwerke. Nicht einmal die kühle Meeresbrise konnte die Einheimischen davon abhalten, sich für diese Tradition zu versammeln.

»Beeil dich, Schätzchen. Nachdem du deinen Ballon bekommen hast, müssen wir zum Strand runter.«

Sophia klatschte in die Hände und jubelte. »Ich liebe den Strand. Ich wünschte, wir hätten schon immer hier gewohnt.«

Es war wirklich ein wunderbarer Ort zum Aufwachsen, stimmte Avery zu, während sie die Hand ihrer Tochter nahm und sie hin und her schwang, während sie in der Schlange für Sophias Ballonhund standen. Fünf Minuten und zehn quietschende Verdrehungen eines Ballons später waren sie auf dem Weg.

Sophia schaute in ihre prall gefüllte Süßigkeitentüte. »Ich habe genug Süßigkeiten. Warum gehen wir nicht jetzt zum

Strand?« Das kleine Mädchen plapperte weiter, während sie in Richtung Küste liefen. »Hast du es gemocht, hier aufzuwachsen? Warum bist du weggezogen? Mir gefällt es hier. Ich finde, wir sollten nie wieder weg.«

Avery zögerte, dann versuchte sie, zunächst die einfachste Frage zu beantworten. »Ich bin weggegangen, um zu studieren, erinnerst du dich?«

»Du bist in der Stadt zur Uni gegangen. Hier in der Gegend gibt es keine Universitäten. Und dort hast du Daddy kennengelernt.«

»Dort habe ich Daddy kennengelernt«, bestätigte Avery. Ihre Stirn runzelte sich, als sie überlegte, wie viele Informationen sie ihrer sechsjährigen Tochter geben sollte. »Ich habe deinen Vater kennengelernt. Wir haben geheiratet, und dann wurdest du geboren.«

»Ich mag es, geboren zu sein!«

»Deine Geburt ist der liebste Teil meiner Geschichte.«

»Und was ist dann passiert?«

»Nun…« Sie machte eine Pause und blickte in Richtung Promenade, während sie weiter zum Strand hinuntergingen. »Dann waren Mama und Papa nicht mehr verheiratet. Opa hat uns sein Haus gegeben, und jetzt wohnen wir hier.«

Sophia lächelte. »Ich liebe Happy Ends.«

Avery drückte die Hand ihrer Tochter. Alles erschien immer besser, wenn man es durch die Augen eines Kindes betrachtete. War dies ihr Happy End? Sie war sich nicht sicher, aber es war wesentlich besser, als in Erics Haus allein zu sitzen und den ganzen Tag darauf zu warten, dass er nach

Hause kam, und sich zu fragen, in welcher Stimmung er an diesem Tag sein würde. Mit den Jahren war er immer distanzierter geworden. Er hatte sich mehr um seine Arbeit und seinen sozialen Terminkalender gekümmert als um seine eigene Frau und Tochter.

Nie wieder, versprach sie sich. Sophia stand bei allem an erster Stelle. Es würde Avery auch nicht schaden, sich selbst auf diese Prioritätenliste zu setzen.

Als sie den Sand erreichten, stieß Sophia einen weiteren Schrei aus. »Was haben sie mit dem Strand gemacht?«

Avery spürte einen Anflug von Aufregung, als sie die Mischung aus Teenagern, Familien und sogar den örtlichen Rettungsschwimmern am Strand sah. Jede Gruppe schaufelte und formte Sandburgen und platzierte vorsichtig Kürbisse und andere gruselige Elemente in ihre sandigen Kreationen.

»Das sind Halloween-Sandburgen«, erklärte sie. »Es ist eine meiner liebsten Herbsttraditionen. Lass uns deine Jacke anziehen, dann kannst du sie dir anschauen.«

Sophia schlüpfte widerwillig in ihre Jacke und ging dann zu einem der Rettungsschwimmer. Sie zog ihr Prinzessinnenkleid über die Knie hoch und kniete sich in den Sand. »Kann ich dir helfen? Ich habe noch nie eine Sandburg gebaut.«

Avery griff nach der Hand ihrer Tochter. »Liebling, lass uns unsere eigene bauen. Lass diesen Jungen seine eigene Burg bauen.«

Der Junge, der nicht älter als sechzehn Jahre sein konnte, lächelte nur. »Ist schon in Ordnung, ich habe zwei jüngere Schwestern. Sie sind gerade beim Süßigkeitensammeln. Ich würde mich freuen, Hilfe von einer Prinzessin zu bekommen. Jede Prinzessin weiß, wie eine Burg aussehen sollte.«

Sophia nickte. »Ich kenne mich sehr gut mit Burgen aus«, sagte sie und schlüpfte zurück in ihre Rolle. »Lass uns viele Türme bauen, wo die Prinzessin sich aus dem Fenster lehnen und über ihr Königreich wachen kann. Aber es müssen gruselige Burgen sein. Es ist Halloween! Wir dürfen nicht vergessen, sie gruselig zu machen.«

Er lachte und reichte ihr einen Eimer. »Ich bin Jack. Wenn es für deine Mutter in Ordnung ist, warum gehst du nicht runter und holst mir einen Eimer Wasser? Der Sand ist zu trocken. Er muss nass genug sein, damit er zusammenhält, wenn ich die Formen benutze.«

Avery lächelte Jack warmherzig an und beobachtete, wie ihre Tochter aufsprang und den Eimer griff. Gemeinsam trugen Mutter und Tochter den Eimer Wasser zurück zu Jacks Bereich.

Jack zeigte Sophia geduldig, wie man etwas Wasser mit dem Sand mischt und ihn in die Formen schaufelt. Er klopfte auf die erste Form, um den Sand zu verdichten, und drehte sie dann um.

»Es ist ein Turm.« Ihre Augen weiteten sich. »Ich liebe ihn. Können wir noch einen machen?«

Avery beobachtete, wie die beiden Kinder zusammenarbeiteten, um eine komplexe Struktur mit mehr

Türmen als alle anderen Sandburgen zu bauen. Als die Sonne unterging, kratzte Jack vorsichtig ein Loch in einige der Türme und schob batteriebetriebene Kerzen hinein.

Dann traten sie zurück und schauten zu, wie die Juroren jede Kreation begutachteten. Es gab etwa zwanzig Burgen am Strand, jede auf irgendeine Weise beleuchtet. Einige nutzten Batterien. Andere hielten echte Kerzen und Flammen. Jede einzelne war wunderschön. Ihr Licht schimmerte und spiegelte sich in den Wellen, die direkt hinter den Burgen brachen.

Avery spürte, wie ihr Handy vibrierte. Sie warf einen Blick auf den Bildschirm und sah, dass ihr Anwalt anrief. Nicht jetzt, dachte sie und schickte den Anruf direkt zur Mailbox. Sie wollte den besten Teil des Sandburgen-Wettbewerbs nicht verpassen.

Averys Lieblingsteil der Tradition war die Preisverleihung. Jede Gruppe erhielt eine Auszeichnung. Gemeinsam wurden Jack und Sophia mit einem Preis für die »prinzessinnengeeignetste« Burg ausgezeichnet. Sophia strahlte, als sie ihren Preis entgegennahm – einen kleinen Sandeimer mit Schaufel, Rechen und einer winzigen Krabbenform.

»Das ist mein erster Sandeimer«, rief sie, was alle Juroren zum Lachen brachte. »Jetzt kann ich jeden Tag Sandburgen bauen.«

»Wir werden im Winter vielleicht nicht allzu viele Burgen bauen, aber wir kommen an den nächsten warmen Tagen hierher«, versprach ihre Mutter. Sie dankten Jack für seine Zeit und machten sich auf den Weg zurück Richtung Stadt.

Die beiden schlenderten schweigend zu ihrem neuen Zuhause zurück. Avery war erfüllt von einem Gefühl der Zufriedenheit, das sie seit langem nicht mehr verspürt hatte. Es tat gut zu sehen, wie ihre Tochter das Gleiche tat, was sie als Kind gemacht hatte. Sie hatte nichts gegen das Leben in der Stadt gehabt. Aber jetzt, da sie zurück in Sunset Cove war, wusste sie, dass es der Ort war, an dem sie sein sollten.

»Es ist fast Schlafenszeit«, sagte sie zu ihrer Tochter. »Lass uns ein bisschen Süßigkeiten sortieren und dann fertig fürs Bett machen. Morgen ist Schule.«

Sophia eilte zum Küchentisch und leerte ihre Beutetasche. Sie nahm ein paar Stücke dunkle Schokolade heraus und legte sie beiseite. »Du kannst diese Süßigkeiten haben. Das sind deine Lieblingssorten.«

Avery setzte sich auf den Küchenstuhl und beobachtete, wie ihre Tochter ihre Süßigkeiten sortierte. Sie war ein großzügiges Kind, immer bereit zu teilen.

Während Sophia zwei Haufen machte, zum Behalten oder zum Teilen, ließ Avery ihre Gedanken schweifen. Wie wäre das Leben gewesen, wenn sie in Sunset Cove geblieben wäre? Sie hätte einen netten Kerl kennenlernen können. Netter als Eric, das war sicher. Sie hätten ein Haus nicht weit vom Strand entfernt gekauft.

In ihrer Traumehe hätte sie jetzt mehr als ein Kind. Eric hatte überhaupt keine Kinder gewollt. Sophia war für Avery eine willkommene Überraschung gewesen, für Eric jedoch weniger. Wäre sie in Sunset Cove geblieben, könnte Sophia jetzt eine Meisterin im Sandburgenbauen sein. Sie hätte einen kleinen Bruder oder eine kleine Schwester, dem oder der sie es beibringen könnte, genau wie Jack.

Statt Sophias erste Woche an der Sunset Cove Grundschule zu feiern, wäre es Averys zweites Jahr im Elternbeirat. Sie würde jeden Lehrer kennen und viel Zeit als Freiwillige in der Schule verbringen.

Vielleicht hätte ihr Mann ein Unternehmen, bei dem sie helfen könnte.

Sie schreckte aus ihrer Tagträumerei auf, als ihr klar wurde, dass Grant in jedem Bild vorkam: seine Kinder, seine Sandburgen und sein Unternehmen.

Das würde nicht passieren. Selbst wenn sie bereit wäre, wieder zu daten, wäre es schwierig, jemanden zu finden, der daran interessiert wäre, eine alleinerziehende Mutter zu daten. Sophia war ein gutes Kind, aber viel für einen neuen Freund zu verkraften. Sie vermutete, dass die meisten Männer nicht an ihr interessiert wären, sobald sie erkannten, dass Sophia Teil eines Gesamtpakets war.

Sie musste vorsichtig sein. Sie konnte nicht zulassen, dass zufällige Dates in ihr Leben wanderten. Es wäre zu verwirrend für Sophia, wenn Männer zu oft kamen und gingen.

Dennoch, Grant wusste von ihrer Tochter. Sie hatte sie beim ersten Treffen erwähnt. Es hatte ihn nicht davon abgehalten, sie zum Kaffee einzuladen. Sie würde sich jedoch keine Hoffnungen machen. Sie waren nur Freunde. Kaffee war eine Gelegenheit, sich auf den neuesten Stand zu bringen. Nichts weiter.

Als Sophia ihre Süßigkeiten fertig sortiert hatte, ließ Avery ihre Tagträume hinter sich und wechselte zurück in den Mutter-Modus. Sie schickte ihre Tochter den Flur hinunter zum Baden und griff nach ihrer To-do-Liste. Als Erstes würde sie morgen ihren Anwalt zurückrufen. Dann musste sie einen Job finden. Sie hatten zwar dieses Haus geschenkt bekommen, aber sie konnten ohne mehr Geld nicht hierbleiben.

6

Grant

Grant blickte von seinen Unterlagen auf, als die Eingangstür zu seinem Büro klingelte. Er grinste, als Nicks Stiefsohn durch die Tür trat.

»Jack! Hab dich hier schon lange nicht mehr gesehen. Was gibt's?«

Jack zuckte mit den Schultern. »Nicht viel. In der Schule ist heute Tag der Berufserkundung. Ich bin hier, um mit Dad zu arbeiten.«

Grant wühlte durch einige Papiere und zog eine zerknitterte Kopie seines Terminplans hervor. »Stimmt, Nick hat mir davon erzählt. Er ist bereits auf der Baustelle. Ich fahre in zehn Minuten hin. Wenn du warten kannst, nehme ich dich mit.«

Jack nickte und setzte sich in einen der Sessel, die sie für Kunden bereithielten. »Danke. Ich kann warten.«

Grant beendete seine Online-Materialbestellung und warf einen Blick zu Jack hinüber. Der Junge scrollte durch sein Handy und nickte, als gäbe es einen Soundtrack in seinem Kopf, den nur er hören konnte. Während Grant ihn beobachtete, begann Jack, mit Füßen und Händen im Takt zu klopfen.

Grant grinste. Noch mal fünfzehn sein. In dem Alter war er durch die ganze Stadt den Mädchen hinterhergelaufen und hatte versucht, den Mut aufzubringen, Avery um ein Date zu bitten – das einzige Mädchen, das ihm wirklich etwas bedeutete. Nicht dass seine Nervosität ihn davon abgehalten hätte, mit vielen anderen Mädchen auszugehen.

Nick würde alle Hände voll zu tun haben.

Sein bester Freund hatte Jessica kurz nach der Highschool kennengelernt. Zu diesem Zeitpunkt war sie bereits alleinerziehende Mutter gewesen und hatte Jack großgezogen, nachdem sie ihn mit sechzehn bekommen hatte. Grant blickte den Jungen noch einmal aus dem Augenwinkel an. Mann, er konnte sich nicht vorstellen, in Jacks Alter ein Kind großzuziehen. Gleichzeitig hatte er immer gedacht, dass er mit dreißig längst eigene Kinder haben würde – und hier war er nun, allein. Der Mensch denkt und Gott lenkt. War das nicht der Spruch?

Grant schob sich vom Schreibtisch weg und stand auf. Er ging zur Bürotür und bedeutete Jack mitzukommen. »Danke fürs Warten. Ich habe dich gestern Abend nicht beim Trick-or-Treat gesehen. Was hast du gemacht? Wirst du etwa zu alt für Süßigkeiten?«

Jack grinste und zog einen Lutscher aus seiner Tasche. »Nee, meine Schwestern haben die ganze Arbeit gemacht. Sie haben ihre Süßigkeitenbeute geteilt. Ich hatte keine Lust, mich zu verkleiden, also bin ich zum Strand gegangen, um eine Sandburg zu bauen.«

»Wer war noch da? Liam, Chloe?«

»Sie mussten ihren Brüdern beim Trick-or-Treating helfen, aber das war okay. Ein kleines Mädchen tauchte auf und fragte, ob sie helfen könne. Sie war als Prinzessin verkleidet. Wir haben den Preis für die beste Prinzessinnenburg gewonnen.«

Grant hatte gestern Abend viele Prinzessinnen gesehen. Aber nur eine war ihm im Gedächtnis geblieben. Er fragte sich, ob Avery auf seinen Rat gehört hatte und zum Strand gegangen war. Sie hatte den Sandburg-Wettbewerb immer geliebt. »Schön, dass du Hilfe hattest. Kanntest du das Kind?«

»Ich habe sie noch nie gesehen. Sie hieß Sophia. Ihre Mutter hat auch ein bisschen geholfen.«

Grant musste grinsen bei dem Gedanken, dass Avery mit Jack eine Sandburg baute. Nicks Stiefsohn war ein Glückspilz.

Als Grant seinen Truck parkte, winkte Nick den Jungen ins Haus und kam auf Grant zu.

»Ich höre, deine Freundin war gestern Abend beschäftigt.«

Grant verdrehte die Augen. »Ich habe keine Freundin. Keine Zeit dafür, erinnerst du dich?«

Nick lehnte sich gegen den Truck und verschränkte die Arme. »Du hast Zeit. Und bald wirst du auch eine Freundin haben.«

»Mit dir als Verantwortlichem? Dann bin ich nächste Woche verheiratet.« Grant schüttelte den Kopf, wissend, dass er die Sticheleien einfach ertragen musste.

»Du kommst zur Vernunft. Ich bin stolz auf dich, Mann. Jedenfalls habe ich gehört, dass Averys Tochter mit meinem Sohn Sandburgen gebaut hat. Wenn du mit ihrer Mutter ausgehen würdest, könnten unsere Kinder mehr Zeit miteinander verbringen.«

Grant griff nach seinem Werkzeugkasten und zog ihn aus der Ladefläche des Trucks. »Das ist also dein Ansatz diesmal? Der arme Jack braucht einen Freund?«

»Was auch immer funktioniert. Komm schon, lass uns kurz ernsthaft reden. Komm in mein Büro«, sagte Nick. Er hielt die Tür von Grants Truck auf.

»Das ist mein Truck.«

»Ich habe dir geholfen, ihn auszusuchen, also beanspruche ich ihn heute als mein Büro. Außerdem habe ich drei Kinder. Ich denke am besten in einem Truck, allein. Spiel mit.«

Grant seufzte und stieg in den Truck. Es schien, als würde Nick seine Kupplerratschläge diesmal auf die nächste Ebene bringen.

Nachdem die beiden sich gesetzt hatten, drehte sich Nick zu seinem Freund. Er runzelte die Stirn und konzentrierte sich. »Das wird jetzt seltsam, aber vertrau mir. Okay? Schließ deine Augen.«

»Wie seltsam wird das?«

»Schließ einfach deine Augen.«

»Wir müssen ein Haus wieder zusammenbauen«, sagte Grant und seufzte noch lauter. Dennoch wusste er, dass es mehr Zeit verschwenden würde, mit Nick zu argumentieren, also schloss er die Augen.

»Okay, stell dir vor, du bist wieder in der Highschool. Du bist jung. Du bist glücklich. Ich habe mehr Haare.«

»Sehr witzig. Okay, wir sind wieder in der Highschool.«

»Du musst morgen ein Wissenschaftsprojekt abgeben. Ich arbeite und kann dir nicht helfen. Wen rufst du an?«

Grant zögerte nicht. Er hatte in der Schule immer Avery um Hilfe gebeten. Nick war ein guter Freund, aber sie hatte die besten Noten bekommen. »Ich würde Avery anrufen.«

»Sie war richtig gut im Naturwissenschaftsunterricht, oder? Jetzt stell dir den Abschlussball vor. Wir gehen diesmal nicht alle als Freunde hin. Du musst ein Mädchen auswählen. Wen wählst du?«

Grant dachte einen Moment nach, aber es war keine schwere Frage. »Avery. Brook hasste Schultänze, aber Avery hatte immer Spaß.«

»Einverstanden. Jetzt stell dir deine Zukunft vor. Du bist sechzig Jahre alt und im Ruhestand.«

»Das wird nicht passieren.«

»Wir haben große Pläne. Du wirst bis dahin glücklich im Ruhestand sein«, sagte Nick. »Schließ deine Augen. Du gehst bei Sonnenaufgang am Strand entlang. Eine Frau ist an deiner Seite, hält deine Hand.« Er machte eine Pause und gab seinem Freund einen Moment, sich die Szene vorzustellen.

»Denk nicht zu viel nach. Stell es dir einfach vor. Wessen Hand hältst du?«

»Averys.« Grants Augen flogen auf. »Ich halte Averys Hand. Und das macht mich glücklich. Wie hast du das geschafft?«

Nick zuckte mit den Schultern und sah selbstgefällig aus. »Die besten Matches entstehen nicht, indem man zwei zufällige Personen zusammenbringt. Wenn du ein glückliches Paar aufbauen willst, brauchst du zwei Menschen mit Gemeinsamkeiten. Du und Avery wart schon immer Freunde. Vielleicht könnt ihr mehr sein.«

Grant starrte seinen Freund an und versuchte, seine Gedanken zu ordnen. »Auf einer gewissen Ebene wollte ich das wohl schon immer. Aber Avery will nur befreundet sein. Was soll ich tun?«

Nick griff nach dem Türgriff und zuckte mit den Schultern. »Sei ihr Freund. Wenn das ist, was sie gerade braucht, dann gib es ihr. Die meisten Frauen wissen, was sie wollen. Sei ihr Freund und bring sie dann dazu, mehr zu wollen. Du musst ihr einfach Zeit geben.«

Grant warf sich zurück in den Sitz des Trucks. »Das ist dein Rat? Gib ihr Zeit und bring sie dazu, mehr zu wollen. Wie soll ich das anstellen? Wir gehen in ein paar Stunden einen Kaffee trinken.«

»Das besprechen wir in der nächsten Sitzung. Geh jetzt einen Kaffee mit einer schönen Frau trinken. Viel Glück.«

7

Avery

Die Türglocke klingelte fröhlich, als Avery in Seaside Cupcakes trat.

Sie atmete tief ein und schaute sich um. Tische mit verspielten Mittelstücken waren in einer Ecke gruppiert. Eine Auslage von Kaffeetassen stand auf einer Vitrine; die Vitrine war bis zum Bersten gefüllt mit frischen Cupcakes, Muffins und Keksen.

Und der Duft? Er war wunderbar. Avery hatte in der Nacht zuvor nicht gut geschlafen, und das Aroma von Kaffee und Süßigkeiten zauberte ein müdes Lächeln auf ihre Lippen. Sie war jedoch nicht nur wegen des Kaffees hier. Sie war auf einer Mission.

Sie würde Grant in etwa fünfzehn Minuten hier treffen. Bevor er kam, musste sie die Luft mit ihrer Freundin Brook reinigen. Die beiden waren in der Highschool so eng befreundet gewesen; aber genau wie sie Grant verlassen hatte, hatte sie auch Brook ohne einen Blick zurück hinter sich gelassen. Brook verdiente eine bessere Freundin.

Heute war Avery hier, um diese Freundin zu sein. Sie marschierte zur Theke und läutete die Serviceglocke.

»Einen Moment«, rief eine vertraute Stimme. »Ich muss nur diese Cupcakes aus dem Ofen holen.«

Avery trommelte mit der Hand auf ihrem Oberschenkel, fest entschlossen, nicht auf und ab zu gehen, wenn ihre ehemalige beste Freundin sie zum ersten Mal wiedersah.

Brook stürmte durch die Tür, die den Laden von ihrer Küche trennte. »Hallo! Wie kann ich helfen... Avery. Bist du das?«

Sie warf ihr Handtuch auf die Theke und eilte um die Vitrine herum. Sie schlang ihre Arme in einer herzlichen Umarmung um Avery. »Ich habe gehört, dass du wieder in der Stadt bist«, sagte sie und gab ihrer Freundin einen letzten Drücker, bevor sie sie auf Armeslänge hielt, um sie anzusehen. »Wie lange bleibst du? Wenn ich in ein paar Tagen nichts von dir gehört hätte, wollte ich dich aufspüren. Ich habe dich so vermisst!«

Avery starrte ihre Freundin an, benommen von dem stürmischen Empfang. Sie war bereit gewesen, um Vergebung zu betteln, und ihre Freundin hatte sie ohne Fragen zu stellen akzeptiert. Grant hatte genauso reagiert. Sie verdiente keine Freunde wie Grant und Brook.

Sie lächelte und drückte die Hände ihrer Freundin. »Ich bin zurück, und wir haben vor zu bleiben. Aber sieh dich an! Sieh dir diese Bäckerei an. Wie geht es dir?«

»Mir geht's großartig. Nimm Platz.« Die beiden setzten sich an einen Tisch mit Blick auf das vordere Fenster. »Triffst du noch jemanden, oder bist du nur vorbeigekommen, um 'Hallo' zu sagen?«

Avery errötete. So oft sie sich auch einredete, dass sie nur Freundschaft suchte, fühlte sich das heutige Kaffeetreffen wie ein Date an. »Ich treffe mich gleich mit Grant auf einen Kaffee. Er sollte jeden Moment hier sein.«

»Das ist mein Mädchen. Du hast Glück, dass Grant noch zu haben ist. Schnappe ihn dir, solange du kannst, denn dieser Mann ist wie ein guter Wein gereift.« Brook nickte, als hätte sie Grant jahrelang studiert und auf den richtigen Moment gewartet, ihn vom Regal zu pflücken.

Avery brach in Gelächter aus. Sie hatte vergessen, wie viel Spaß Brook machen konnte. »Nein, nein. Wir sind nur Freunde. Ich bin noch nicht bereit für etwas Neues. Ich bin auch nicht bereit, einen Mann in das Leben meiner Tochter zu bringen. Nicht einmal jemanden wie Grant.«

Brook lehnte sich vor und legte ihre Hand auf den Arm ihrer Freundin. »Ich habe von deinem Ex-Mann gehört. Ich habe ihn nie kennengelernt, aber dein Großvater mochte ihn nicht besonders. Du bist besser dran ohne ihn.«

Avery nickte und starrte aus dem Fenster, wobei sie den Augen ihrer Freundin auswich. »Du hättest ihn kennenlernen sollen. Vielleicht hättest du ihn nicht gemocht, aber wir waren beste Freunde. Du hättest ihn kennenlernen sollen.«

»Fang nicht damit an«, warnte Brook sie. »Ich habe auch Fehler gemacht. Ich hätte nach deinem Weggang Kontakt aufnehmen sollen, aber ich war zu beschäftigt. Erinnerst du dich an das Catering-Unternehmen, für das wir in der Highschool gearbeitet haben?«

Avery nickte erneut. Natürlich erinnerte sie sich. Sie hatten jeden Freitagabend und fast den ganzen Samstag in diesem Gebäude verbracht, um Essen vorzubereiten und zu servieren. Damals hatte das Gebäude Seaside Catering gehört. Gemeinsam hatten sie der kleinen Gemeinde geholfen, fast jede Hochzeit, Beerdigung und jeden Jahrestag in der Stadt zu feiern.

»Nach der Highschool habe ich mehr Jobs angenommen. Ich habe zu Hause gewohnt und jeden Cent gespart, den ich verdient habe. Nach ein paar Jahren war ich Chefbäckerin bei Seaside! Ich kaufte das Gebäude, als der Besitzer in Rente gehen wollte, und behielt einen Teil des Geschäftsnamens bei. Es ist nicht viel. Aber es gehört mir allein.«

Avery schaute sich erstaunt um und bemerkte die Veränderungen, die Brook vorgenommen hatte. »Das ist eine großartige Leistung. Ich bin stolz auf dich. Du wusstest, was du wolltest, und hast es verwirklicht. Alles, was ich in den letzten zehn Jahren vorzuweisen habe, sind Scheidungspapiere, die mein Mann nicht unterschreiben will, und ein Anwalt, der mich ständig anruft. Das einzige Positive, das ich seit der Highschool geschaffen habe, ist Sophia.« Averys Stimme wurde wärmer, als sie an ihre Tochter dachte, und sie hob ergeben die Hände, als Brook ihr einen wissenden Blick zuwarf. »Okay, okay. Ich habe mindestens eine gute Sache geschaffen. Aber es gibt Tage, an denen wünschte ich, ich hätte mich nicht damit abgefunden, nur Ehefrau und Mutter zu sein und sonst nichts. Ich hatte größere Träume.«

Brook griff nach vorne und umarmte ihre Freundin erneut. »Wir sind noch jung. Es gibt noch viel Zeit, deine Träume zu leben! Und wenn Sophia irgendwie wie ihre Mutter ist, bin ich sicher, dass sie großartig ist. Ich kann es kaum erwarten, sie kennenzulernen. Bring sie bald für ein paar Cupcakes vorbei.«

Avery drückte ihre Freundin kurz. »Das werde ich. Es ist so schön, dich zu sehen.«

Die Frauen drehten sich um, als sich die Vordertür öffnete und Grant hereinkam.

Brook stand auf und marschierte auf ihren Freund zu. Sie tippte mit einem Finger auf seine Brust und schaute finster. »Du wusstest seit Tagen, dass Avery wieder da ist, und du hast sie erst heute in meinen Laden gebracht. Inakzeptabel.«

Grant grinste verlegen und steckte seine Hände in die Taschen. »Sie ist jetzt hier. Ich dachte, es wäre eine gute Idee, uns hier zu treffen.«

Brook warf die Hände in die Luft und seufzte. »Ja, ja. Dir sei vergeben. Aber lass es nicht wieder passieren. Ich lasse euch beide in Ruhe. Was hättet ihr gerne?«

Er rutschte auf den von Brook freigemachten Platz und überlegte. »Einen Doppelschokoladen-Muffin und einen großen schwarzen Kaffee, bitte. Avery, was möchtest du? Es geht auf mich.«

Avery gefiel die Vorstellung nicht, ihn bezahlen zu lassen, aber ihr leeres Bankkonto verlangte mehr Aufmerksamkeit als ihr Stolz. Sie überflog die Speisekarte und zeigte darauf.

»Du machst Zimtschnecken! Hast du das alte Rezept von Seaside Catering behalten?«

»Ja, habe ich. Was möchtest du zu deiner Zimtschnecke?«

»Eiskaffee mit Vanillecreme, bitte.«

Brook grinste, als sie hinter die Vitrine tänzelte. »Du hast immer noch deinen Süßigkeitenzahn. Ich liebe es! Bin gleich mit eurer Bestellung zurück.«

Ihrem Wort treu war Brook mit zwei Kaffees und dem Rest ihrer Bestellung zurück, bevor die Freunde überhaupt Zeit hatten, eine peinliche Stille entstehen zu lassen.

Grant seufzte, als er seinen Kaffee trank und die Tasse absetzte. »Brook macht den besten Kaffee in der Stadt. Fast so gut wie ihre Cupcakes. Probier mal deinen Kaffee – sie macht ihre eigene Schlagsahne.«

Averys Augen weiteten sich, als sie ihr eigenes Getränk kostete. Es war süß, mit einem tiefen, cremigen Geschmack, den sie nicht erwartet hatte. Brook war schon immer talentiert in der Küche gewesen. Sie hatte sich nicht damit zufriedengeben wollen, nur für einen Caterer zu arbeiten; Brook wollte ihre eigenen Kreationen erschaffen. Sie hatte die meisten Sommertage damit verbracht, in der Küche der Browns zu experimentieren und Rezepte zu perfektionieren.

Sie hob die Tasse für einen weiteren Schluck, wurde jedoch von ihrem Handy unterbrochen. »Tut mir leid, das ist wieder mein Anwalt. Ich schicke ihn zur Mailbox.«

»Bist du sicher, dass du nicht rangehen musst?«

Avery verdrehte die Augen und zuckte mit den Schultern. »Er informiert mich über die Scheidung. Es läuft nicht reibungslos. Mein Mann hat versprochen, es einfach zu machen, aber er streitet fast über jeden Punkt. Ich will einfach nur das volle Sorgerecht für Sophia und einen klaren Schnitt.«

Grant runzelte die Stirn und nickte. »Das scheint vernünftig. Es tut mir leid, dass er es dir so schwer macht.«

»Ich bin nicht überrascht. Er macht alles kompliziert.« Averys Augen weiteten sich, und sie schlug sich die Hand vor den Mund. »Entschuldige. Ich versuche, nicht schlecht über ihn zu reden. Er ist Sophias Vater. Ich bin bereit, mit ihm abzuschließen. Ich wünschte nur, er würde nicht unser Kind dabei verletzen.«

»Sie scheint ein gutes Kind zu sein.«

»Sie ist die Beste. Ich bin so stolz darauf, wie gut sie durchhält. Sie ist gleich in die Schule eingestiegen. Die Lehrer sagen, dass sie sich großartig macht.«

»Natürlich macht sie sich großartig. Schau dir ihre Mutter an. Sie hat ein starkes Unterstützungssystem.«

Avery errötete wieder. »Ich gebe mein Bestes. Hast du Kinder?«

Grant lachte und nahm einen weiteren Schluck Kaffee. »Noch keine Kinder. Irgendwann hätte ich gerne welche, aber ich habe noch nicht die richtige Frau getroffen. Ich war bei der Arbeit so beschäftigt, dass ich keine Zeit hatte, mich umzuschauen.« Er starrte sie lange genug an, um ihr Erröten zu verstärken. Wenn sie es nicht besser gewusst hätte, hätte sie gedacht, er würde sie auf diese Weise anschauen.

Avery schaute auf ihre Finger hinunter und spielte mit ihrem Highschool-Klassenring. Sie wollte Grants warme, grüne Augen nicht auf sich gerichtet sehen. Sie hatte viele Fehler gemacht, und sie begann zu denken, dass es einer ihrer größten Fehler war, Sunset Cove verlassen zu haben.

Grant schien ihre Unbehaglichkeit zu spüren. Nach ein paar Sekunden räusperte er sich und nahm einen großen Bissen von seinem Schokoladenmuffin.

»Jetzt, wo du zurück bist, kannst du all Brooks Desserts probieren. Sie ist ein Genie in der Küche.« Er schien darauf bedacht, die Stille zu füllen, und sprach um den Mund voller Essen herum. Schließlich schluckte er, nahm einen Schluck Kaffee und grinste. »Ihre cremegefüllten Donuts sind die besten. Sie sind jeden Morgen ausverkauft. Es lohnt sich, früh herzukommen.«

»Schmeichle mir nicht!«, rief Brook hinter der Theke, wo sie einen anderen Kunden bediente. »Ich hebe keine Donuts für dich auf.«

Avery und Grant blickten zu ihrer Freundin und brachen beide in Gelächter aus.

»Sie hat sich nicht viel verändert, oder?«, fragte Avery.

Grant aß den letzten Bissen seines Muffins, wischte sich dann den Mund ab und zerknüllte die Serviette zu einem Ball. »Hat sie nicht. Sie ist immer noch temperamentvoll und würzig, und die loyalste Freundin, die man sich wünschen kann.«

»Habt ihr beiden…«

»Gedatet? Seid durchgebrannt? Habt wöchentliche Donut-Wettessen?« Grants Augen funkelten vor Humor. »Nein, nie. Wir waren nie mehr als Freunde. Ich würde aber nicht Nein zu mehr Donuts sagen.«

Avery nahm seine Serviette und warf sie gegen seine Brust. »Du bist so ein Kerl.«

Grant fing die Serviette in der Luft ab und lehnte sich nach vorn. »Ist das ein Problem?«

Sie errötete wieder, brach diesmal aber den Blickkontakt nicht ab. »Du bist mein bester Freund seit der Grundschule. Nein, es ist kein Problem, dass du ein Kerl bist.«

»Ausgezeichnet.« Er griff über den Tisch und begann, ihren Müll einzusammeln. »Ich muss zurück zur Arbeit. Nick wird einen Feldtag haben, wenn ich nicht da bin, um ihn im Zaum zu halten. Aber das hat Spaß gemacht.«

»Es hat Spaß gemacht. Es war wunderbar, aufzuholen.«

Grant warf ihren Müll weg, warf dann einen Schein ins Trinkgeldglas und winkte Brook zum Abschied. Die beiden schwiegen, als sie sich zur Tür bewegten. Er schien nervös, bemerkte Avery.

»Vielleicht... Wenn du möchtest... Könnten wir das wiederholen?«, fragte Grant, blieb stehen und drehte sich zu Avery um.

»Du willst wieder zum Kaffee kommen?«

»Nein. Ich meine, klar. Ich bin jederzeit für Kaffee zu haben«, sagte er, während sich seine Stirn runzelte, als er versuchte, die richtigen Worte zu finden. »Was ich sagen will, ist, lass uns keine Fremden sein. Ich möchte mehr

Zeit mit dir verbringen. Und Sophia scheint viel Spaß zu machen. Wenn es für dich in Ordnung ist, würde ich sie gerne kennenlernen.«

Avery zögerte. Sie hatte sich gerade versprochen, für lange, lange Zeit keinen Mann mit nach Hause zu bringen. Das wäre zu verwirrend für Sophia.

Aber Grant war kein zufälliger Typ, oder? Sie datierten nicht. Sie waren nur Freunde. Sophia würde vielleicht verstehen, dass ihre Mutter sowohl Freundinnen als auch männliche Freunde haben konnte.

»Du bist zu still«, sagte er und machte ein Gesicht, das sie als seinen 'Ich habe es vermasselt'-Blick in Erinnerung hatte. »Wenn du dich nicht treffen willst, ist das in Ordnung. Ich bin sicher, wir werden uns in der Stadt über den Weg laufen.«

»Nein, das ist in Ordnung«, sagte sie und kramte in ihrer Handtasche nach ihrem Handy. »Gib deine Nummer in mein Handy ein. Ich würde mich freuen, uns bald wieder zu treffen. Es ist zu lange her! Ich bin sicher, wir können etwas Spaßiges für uns drei finden.«

Sie kaute auf ihrer Lippe, während er seine eigene Nummer eintippte. Sein Handy piepte eine Sekunde später.

»Erledigt. Ich habe mir selbst eine SMS geschickt. Jetzt haben wir gegenseitig unsere Nummern«, sagte er und überprüfte sein Handy. »Die Dinge werden im Herbst ruhiger, aber wir können etwas finden, das wir alle zusammen machen können. In Sunset Cove ist immer etwas los.«

Avery lächelte und steckte ihr Handy weg. »Ich erinnere mich. Der Herbst war meine Lieblingsjahreszeit.«

Grant schaute auf die Uhr und ging ein paar Schritte zurück. »Es tut mir leid, ich muss gehen. Bis bald?«

»Ja, bis bald! Nochmals vielen Dank«, rief Avery, während sie beobachtete, wie er aus der Bäckerei ging.

Zu ihrer Überraschung verspürte sie einen Stich der Einsamkeit, als die Tür sich hinter ihm schloss. Was war das? Sie waren nur Freunde. Enge Freunde mit jahrelanger Geschichte, aber trotzdem nur Freunde. Sie hatte lange Zeit ohne ihre Kindheitsfreunde gelebt.

Das war das Problem, erkannte sie. Es war Jahre her, seit sie einen echten Freund zum Reden hatte. In letzter Zeit waren alle ihre Freundschaften oberflächlich – Verbindungen während einer Schulspendenaktion oder Geschäftsessen mit anderen Paaren. Sie hatte keine Chance, tiefe Beziehungen aufzubauen. Selbst Eric war in den letzten Jahren distanziert geworden.

Avery müsste vorsichtig sein. Es würde nicht viel brauchen, um von Freundschaft in Liebe überzugehen.

8

Avery

Avery wollte gerade Grant zur Tür hinaus folgen. Sie blieb stehen, als Brook ihren Namen rief.

»Ihr zwei seid süß zusammen. Das wart ihr schon immer.« Brook hatte ein breites Lächeln auf dem Gesicht, als sie hinter dem Tresen hervortrat.

Avery schüttelte energisch den Kopf. »Wir waren nie zusammen. Weder in der Highschool noch jetzt. Wir sind nur Freunde.«

Brook ließ sich auf einen der Barhocker entlang der Theke gleiten und klopfte auf den Sitz neben ihr. »Klar, ihr seid nur Freunde. Aber wenn du bereit bist, glaube ich, dass er mehr sein möchte.«

Avery verdrehte die Augen und hüpfte auf ihren eigenen Barhocker. Es fühlte sich natürlich an, neben ihrer Freundin zu sitzen, als wäre überhaupt keine Zeit vergangen. »Seit wann bist du eine Kupplerin? Nick ist derjenige, der Paare zusammenbringt. Du bist zu beschäftigt damit, jedem Jungen das Herz zu brechen.«

Brook warf den Kopf zurück und lachte. »Ich habe keine Zeit mehr, Herzen zu brechen. Ich bin zu beschäftigt mit dem

Aufbau meiner Bäckerei. Aber wir reden nicht über mich. Wir reden über dich und Grant.«

Avery drehte ihren Stuhl zu ihrer Freundin und überlegte, was sie als Nächstes sagen sollte. »Grant scheint ein toller Kerl zu sein. Das war er schon immer.«

»Genau. Mach weiter. Erkläre mir, warum ihr immer noch nur Freunde seid.«

»Erstens bin ich verheiratet. Zumindest auf dem Papier. Unsere Scheidung sollte bald rechtskräftig sein. Aber bis das passiert, bin ich immer noch Mrs. Avery Brown-Goodwin.«

»Details. Du hast die Papiere unterschrieben, oder? Du wartest nur darauf, dass irgendein Richter es offiziell macht.«

Avery unterbrach sie und sprang von ihrem Hocker. »Ich warte auch darauf, dass Eric die Papiere unterschreibt. Ich bin nicht bereit. Sophia ist nicht bereit. Wir müssen unser Leben in Ordnung bringen. Einen Job finden. Anfangen, hier ein Zuhause aufzubauen, denn Opas Haus ist ein Chaos.«

Brook seufzte, stieg von ihrem Hocker und legte ihre Hände auf die Schultern ihrer Freundin. »Ihr werdet euer Leben in Ordnung bringen. Und ich habe das Gefühl, dass Grant euch bei jedem Schritt helfen wird. Als Freund oder als etwas mehr. Ich vermute, diese Entscheidung liegt bei dir.«

Sie drehte Avery zur Wand. Neben der Kasse hing ein »Wir stellen ein«-Schild. »Ich kann dir aber bei einem Teil deines Problems helfen! Kannst du immer noch Cupcakes verzieren und Keksteig anrühren? Ich würde gerne expandieren, aber es gibt nicht genug Stunden am Tag, um alles zu erledigen.«

Ein Job in der Bäckerei? Avery wusste, dass sie bald Arbeit finden musste, hatte aber nicht daran gedacht, wieder mit Lebensmitteln zu arbeiten. Ihre Catering-Tage fühlten sich wie ein Leben zurück an. Sie hatte einen Hochschulabschluss in Betriebswirtschaft – nicht, dass das viel geholfen hätte, während sie Hausfrau und Mutter war.

»Ich weiß nicht. Es ist lange her, dass ich in der Küche gearbeitet habe…«

»Bitte sag ja! Ich bin flexibel. Du kannst um Sophias Schulzeiten herum arbeiten. Mensch, bring sie an freien Tagen einfach mit her.« Ihre Freundin sprach leise, flehend. »Ich vermisse dich. Wir sollten wieder zusammenarbeiten.«

Avery suchte im Gesicht ihrer Freundin nach Anzeichen, dass dies ein Mitleidsangebot sein könnte. Aber Brook sah nicht aus, als täte sie ihr leid. Sie schien von der Idee, sie einzustellen, begeistert zu sein.

»Bist du sicher? Es klingt nach Spaß. Ich bin eine harte Arbeiterin, aber ich brauche etwas Zeit, um alles wieder zu lernen.«

»Ja, ich bin sicher! Lass es uns tun. Kannst du morgen anfangen?«, fragte Brook, ging hinter die Theke und suchte in den Schubladen. »Ich habe gerade neue Hemden machen lassen.« Sie warf Avery ein hellblaues Hemd zu und grinste. »Du könntest morgen anfangen, nachdem du Sophia in der Schule abgesetzt hast.«

Avery lächelte zurück. Brooks Begeisterung war ansteckend. Sie freute sich bereits darauf, wieder zu backen. Als Hausfrau und Mutter hatte sie fast jeden Abend gekocht, aber ihre liebsten Erinnerungen aus der Stadt waren die, als sie Sophia beibrachte, wie man Kuchen, Kekse und Torten macht. Jetzt hätte sie die Chance, jeden Tag zu backen und vielleicht sogar Sophia mit zur Arbeit zu bringen. Ihre Tochter würde das mögen.

Brook ergriff Averys Hand und zog sie hinter die Theke. »Lass mich dir eine kurze Führung geben. Es ist nicht viel, aber ich habe Pläne, die Küche und die Sitzbereiche zu modernisieren. Grant sagte, er würde helfen. Er hatte nur bisher nicht genug Arbeiter, um alles zu erledigen.«

Sie zog Avery in die Küche. Die Einrichtung hatte sich seit ihrer Highschool-Zeit nicht viel verändert. Es gab immer noch zwei Industrieherde und -öfen. Brook hatte es geschafft, noch ein paar Kühlregale unterzubringen. Sie hatte auch die Regale mit Töpfen und Pfannen gegen Muffin- und Cupcake-Formen ausgetauscht.

»Ich habe das Beste aus dem Platz gemacht. Ich brauche mehr Öfen, wenn ich die Produktion hochfahren will. Den Herd habe ich nicht so viel benutzt wie beim Catering.« Sie seufzte und lehnte sich gegen die Arbeitsplatte. »Es ist Zeit, einige Entscheidungen zu treffen. Entweder muss ich anfangen, ein Mittagsmenü anzubieten, oder mich verpflichten, die Bäckerei zu erweitern. So oder so brauche ich dich. Ich kann das nicht weiter allein machen.«

Avery nickte und sah sich um. »Ich kann nicht glauben, dass du das alles allein gemacht hast. Bei Seaside Catering haben zehn von uns gearbeitet! Danke, dass du mich einstellst. Ich werde hart arbeiten und mein Bestes geben.«

Brook winkte ab. »Darum mache ich mir keine Sorgen. Du bist eine fleißige Arbeiterin, und ich kann es kaum erwarten, mehr Zeit mit dir zu verbringen. Aber ich brauche wirklich die Hilfe. Es war schwer, im Sommer mitzuhalten. Die Touristensaison geht zu Ende, also ist es ein guter Zeitpunkt, einzusteigen und die Abläufe zu lernen.«

Sie führte ihre Freundin aus der Küche und an der Vitrine vorbei. »Ich muss auch hier draußen etwas machen. Mehr Platz für Tische und Stühle. Etwas Pflasterung vor dem Gebäude und Sitzgelegenheiten im Freien. Aber es ist zu früh, um an all das zu denken. Lass uns einen Tag nach dem anderen nehmen! Wir sehen uns morgen, nachdem du Sophia zur Schule gebracht hast?«

»Klingt gut. Nochmals vielen Dank. Ich bin dankbar für diese Gelegenheit.«

Brook umarmte ihre Freundin noch einmal. »Nein, ich danke dir. Wir werden ein großartiges Team sein. Ich habe schon seit einer Weile nach der richtigen Person gesucht.«

Es war lustig, wie das Leben so spielte. Avery war nach Sunset Cove gekommen und dachte, sie hätte keine Optionen mehr. Vielleicht waren die Scheidung und der Umzug ein Segen in Verkleidung gewesen.

In diesem Moment piepte ihr Handy. Sie verlagerte ihr neues Arbeitshemd in die andere Hand und überprüfte die Nachricht. »Das ist Grant. Er möchte Sophia und mich zum Leuchtturmfestival mitnehmen. Das ging aber schnell.«

Brook tanzte hinter dem Tresen herum und klatschte in die Hände. »Natürlich ging das schnell! Er konnte nicht riskieren, zu lange zu warten. Ein anderer Typ könnte dich wegschnappen.«

»Es ist kein Date. Wir sind nur Freunde.«

Brook wackelte mit den Augenbrauen. »Klar, ihr seid jetzt Freunde. Aber ist das alles, was du willst?«

Avery schüttelte den Kopf. Es war genau wie in der Highschool. Aber so ist das eben, wenn man in eine Kleinstadt zieht, dachte sie. Im Guten wie im Schlechten wusste jeder alles über dich.

Aber zumindest standen Kleinstadt-Freunde zu dir, auch in schweren Zeiten. In der Stadt war sie völlig allein gewesen, als ihre Ehe zerbrach. Vielleicht wäre alles anders gelaufen, wenn sie einige eng verbundene Freunde gehabt hätte.

Sie winkte zum Abschied und versprach, um acht Uhr morgens für ihre erste Schicht zurückzukommen.

Auf dem Heimweg dachte sie über all das nach, was in der letzten Stunde passiert war. Sie hatte zwei Freunde zurückgewonnen und einen Job gefunden. Es war ein wunderbarer Tag gewesen.

Sie blieb am Briefkasten vor ihrem Haus stehen und zog einen Stapel Umschläge heraus. Das Postamt hatte aufgehört, die Post des Hauses an ihren Bruder weiterzuleiten, und sie war schockiert darüber, wie viel Post es jeden Tag gab. Ein Neuanfang verursachte eine Menge Papierkram. Avery sortierte die Briefe, während sie die Haustür öffnete und ins Haus ging. Da war ein Brief von der Schule, der Sophia im Ort willkommen hieß; eine Werbung vom

Lebensmittelgeschäft; und ein Umschlag vom Steuerbüro des Landkreises Sunset.

Hmmm. Das schien wichtig zu sein. Sie begann, den Umschlag aufzureißen, wurde aber durch die auffliegende Haustür unterbrochen.

»Mama! Ich bin zu Hause! Ich hatte einen tollen Tag!«

Avery legte den Umschlag beiseite, begierig darauf, Sophia von ihrem neuen Job und ihren Plänen für den Besuch des Leuchtturmfestivals zu erzählen. Die Post konnte warten. Ihre Familie würde immer an erster Stelle stehen.

9

Grant

Grant öffnete die Tür zum Haus der O'Neills und sah Nick, der an der Eingangstür stand.

»Na, wie ist es gelaufen?«

»Gut, denke ich. Wir haben geredet und uns auf den neuesten Stand gebracht. Am Ende wurde ich etwas nervös, aber ich habe ihr vor ein paar Minuten eine Nachricht geschickt. Wir gehen dieses Wochenende zum Leuchtturmfest. Ihre Tochter kommt mit.«

Grant schloss die Tür hinter sich, begierig darauf, wieder an die Arbeit zu gehen und etwas nervöse Energie abzubauen. Er war immer noch überrascht, dass er den Mut aufgebracht hatte, Avery und Sophia für den Abend einzuladen. Es fühlte sich an, als wäre es erst gestern gewesen, dass er zu feige war, sie um ein Date zu bitten. Aber sie waren nicht mehr in der Highschool. Es war Zeit, sich zusammenzureißen und Avery zu zeigen, dass sie füreinander bestimmt waren. Auch wenn das bedeutete, fürs Erste nur Freunde zu sein.

Er war immer noch nicht überzeugt, dass Nicks Plan funktionieren würde. Aber Nick war derjenige, der glücklich verheiratet war, also würde er jeden Rat annehmen, den er bekommen konnte.

»Das Leuchtturmfest ist ein guter Anfang«, sagte Nick. »Du musst mehr Zeit mit ihr verbringen. Erinnere sie daran, wie viel Spaß ihr beide zusammen hattet. Zeig ihr, wie das Leben wäre, wenn ihr die ganze Zeit zusammen wärt.«

Grant schüttelte den Kopf. Nicks Selbstvertrauen erstaunte ihn. »Bist du sicher, dass das funktionieren wird? Sollte ich sie nicht einfach nach einem Date fragen?«

»Nein. Wenn du zu schnell vorgehst, verscheuchst du sie. Vertrau mir. Als ich mit Jessica ausgehen wollte, habe ich langsam angefangen. Sie war auch noch nicht bereit für Dates. Alles, was du tun kannst, ist ihr Raum zu geben und zu warten, bis sie bereit ist.«

Er nahm seine Schutzbrille und setzte sie auf. »Außerdem willst du doch mit ihr befreundet sein, oder? Was ist das Schlimmste, das passieren kann? Ihr heiratet nicht, aber ihr bleibt Freunde.«

Er warf Grant einen verschmitzten Blick zu und griff nach seinem Vorschlaghammer.

Grant nahm seinen eigenen Hammer. Zusammen rissen sie die letzte Wand ein, die zum Abriss markiert war. Sobald diese Wand weg war, konnten sie mit dem Wiederaufbau beginnen.

Grant ließ seine Gedanken schweifen, während sie arbeiteten. Er dachte immer am besten nach, wenn er arbeitete. Es gab nichts Besseres als das Schwingen von

Hämmern, lauten Lärm und große Unordnung, um den Kopf freizubekommen.

Wäre er zufrieden damit, mit Avery nur befreundet zu sein? Vor einer Woche hätte er ja gesagt. Er hatte seine Freundin seit Jahren nicht gesehen und war begeistert, sie wieder in seinem Leben zu haben. Jetzt war jedoch etwas anders. Nick hatte ihm einen Gedanken eingepflanzt. Jeden Tag dachte er ein bisschen mehr an Avery.

Er fragte sich, was sie gerade tat.

Er fragte sich, wie es Sophia in der Schule ging.

Er ertappte sich dabei, wie er im Supermarkt, in der Bibliothek und sogar auf dem Schulspielplatz nach ihnen Ausschau hielt. Er war sogar an der Schule vorbeigefahren, um zu sehen, ob Sophia nach ihrem Kaffeetreffen draußen war. Das heutige Nicht-Date hatte das Verlangen nur noch verstärkt.

Nein, er wäre nicht glücklich damit, nur Freunde zu sein. Er wollte mehr.

Nachdem die Wand abgerissen und die beiden Männer den größten Teil des Schutts zum Straßenrand geschleppt hatten, nahm Grant seine Schutzbrille ab und nickte Nick zu. »Ich will nicht nur mit Avery befreundet sein. Was muss ich tun?«

Nick grinste. »Ich wusste, dass du darauf kommen würdest. Ich habe dir bereits gesagt, was zu tun ist. Verbring Zeit mit ihr. Sie hat gerade eine schlechte Ehe hinter sich. Zeig ihr, dass du ganz anders bist als ihr Ex-Mann. Zeig ihr, dass du zuverlässig bist und genau das, was sie braucht.«

»Wie mache ich das?«

Grant hatte die letzten Jahre damit verbracht, sein Unternehmen aufzubauen. Es gab kaum Zeit für Dates. Sicher, er hatte die eine oder andere Frau zum Essen ausgeführt. Nichts war über das erste Date hinausgegangen. Ihm wurde klar, dass seine Dating-Fähigkeiten, als es am wichtigsten war, stark verkümmert waren.

»Sie hat ein Kind. Schlag keine Bars oder späten Abende vor«, sagte er nachdenklich. »Versuch, es abwechslungsreich zu gestalten. Unternimm ein paar Dinge mit ihr und ihrer Tochter, aber vergiss nicht, auch Zeit allein mit ihr zu verbringen. Du arbeitest zu viel. Nimm dir frei und geh mit ihr mittags essen oder überrasch sie mit Blumen.« Er klopfte Grant auf den Rücken und griff in die Kühlbox nach einer Flasche Wasser. Er reichte Grant eine zweite Flasche. »Du bist ein guter Kerl, und das weiß sie. Sie braucht nur etwas Zeit und Raum.«

Grant nickte und öffnete die Flasche. »Das kann ich tun. Ich werde mir diesen Monat ein paar längere Mittagspausen nehmen. Sie zum Mittagessen ausführen oder am Strand spazieren gehen. Sie liebte es, bei Ebbe nach Muscheln zu suchen.«

»Genau so.« Nick wirkte nachdenklich, während er die Wasserflasche leerte. »Ich hatte noch eine Idee. Es ist kitschig, aber hör mich an.«

Grant stöhnte. Nick war in den letzten Jahren zum König des häuslichen Lebens geworden. Wenn Nick etwas kitschig fand, musste es wirklich schlimm sein.

»Meine Kirche sucht Leute für ein neues Freundlichkeitskomitee. Nichts zu Verrücktes. Sie brauchen nur Leute, die in der Gemeinschaft helfen und anderen einen Schub geben. Du hilfst doch gerne Menschen, oder? Engagier dich und lade Avery ein mitzumachen. Ihr könntet Zeit miteinander verbringen und ihr zeigen, was für ein Typ du bist.«

Grant stellte die Wasserflasche ab und starrte seinen Freund an. Er hatte seinen Freund unterschätzt. Der Kerl war schlau. »Das ist eine großartige Idee. Glaubst du, Avery würde mir helfen wollen?« Grant zog sein Handy heraus und öffnete die Nachrichten-App.

»Wow, langsam. Du schreibst doch nicht schon wieder Avery, oder?« Nick legte seine Hand auf Grants Handy. »Langsam. Du willst ihr nicht zu viele Nachrichten an einem Tag schicken.«

Nick holte sein eigenes Handy heraus und begann, eine Nachricht zu tippen. »Lass mich deine Nummer an Pastor Rick geben. Er kann dir Informationen über das neue Freundlichkeitskomitee schicken. Warte ein oder zwei Tage, und dann kannst du sie fragen, ob sie zum nächsten Treffen mitkommt.«

Grant seufzte und steckte sein Handy in die Tasche. »War es nicht einfacher in der Highschool? Man sah ein Mädchen, mochte sie, fragte sie nach einem Date.«

»Klar, es war einfacher. Das Leben wird komplizierter. Wenn du Avery in der Highschool nach einem Date gefragt hättest, hätte sie gelächelt und wäre mitgegangen. Vielleicht hättest du sie geküsst. Aber jetzt? Sie hat ein kleines Mädchen, an das sie denken muss. Sie denkt wahrscheinlich auch viel an ihren Mann.«

Grant runzelte die Stirn. Was meinte Nick damit? Dachte er, dass Avery ihren Mann vermisste? Es klang, als hätte sie Glück, ihn loszuwerden.

»Keine Sorge, sie denkt nichts Nettes über ihn«, korrigierte Nick. »Aber wann immer sie an Männer denkt, wird sie an den letzten Mann denken, mit dem sie zusammen war. Was für ein Mann war er? Er hat gelogen und betrogen. Noch wichtiger, er hat Sophia verletzt. Avery wird nicht so leicht riskieren, dass ihre Tochter wieder verletzt wird.«

Nick nahm einen Besen und begann, den letzten Rest ihrer Unordnung wegzufegen. »Das Leben ist viel komplizierter geworden, seit wir die Schule verlassen haben. Aber es ist auch viel lohnender. Verbring Zeit mit Avery. Sei ein verlässlicher Freund. Das ist es, was sie jetzt braucht.«

10

Avery

AVERY LIESS IHREN BLICK durch die Küche von Seaside Cupcakes schweifen. Sie hatten an diesem Morgen ein ziemliches Durcheinander angerichtet, aber es hatte Spaß gemacht. Jetzt kühlten zehn Dutzend Kekse, bereit für die Tiefkühltruhe. Zusätzlich zu Brooks täglichen Backwaren bereiteten sie sich auf das Leuchtturmfest vor.

Ihr war nicht bewusst gewesen, dass das Fest so eine große Sache war. Als sie ein Kind war, war es nicht viel; nur ein Tag der offenen Tür am Leuchtturm mit einer Nachstellung oben am Leuchtfeuer. Brook sagte, dass das Festival mittlerweile jedes Jahr Dutzende von Händlern und über tausend Menschen anlockte. Sie musste Dutzende von Kuchen und Hunderte von Cupcakes und Kekse backen, um genug Vorrat zu haben. Sie mussten diese Woche schnell arbeiten und alles einfrieren, damit es für das Wochenende frisch wäre.

Avery wischte das letzte bisschen verstreutes Mehl auf und lächelte, als Brook die Küche betrat.

»Wie kommst du zurecht?«, fragte Brook. »Es ist eine Weile her, dass du in diesem Umfang gebacken hast. Wie du sehen kannst, bin ich ein wenig überfordert. Ich bin dankbar für die Hilfe.«

Avery grinste. Seit sie das Catering-Geschäft verlassen hatte, hatte sie nie mehr als drei Dutzend Kekse auf einmal gebacken. »Es war heute Morgen ein bisschen verrückt, aber es hat Spaß gemacht. Wenn es für dich in Ordnung ist, kann ich Sophia morgen früh mitbringen und eher anfangen.«

Brook ging zu der riesigen Tafel, auf der ihr Tagesplan stand. »Wir backen morgen Sunset Cupcakes. Ich brauche ungefähr zweihundert davon. Wenn Sophia Lust hat, Cupcake-Förmchen auszulegen, kann sie gerne mitkommen. Es könnte ihr Spaß machen.«

Avery hatte nicht bemerkt, dass sie den Atem angehalten hatte, aber jetzt stieß sie erleichtert einen kleinen Seufzer aus. Eric hatte Sophia wie eine Störung behandelt. Sie war zu laut, zu energiegeladen. Sie war immer im Weg und machte sein eigenes Leben schwerer. Seine Frau hatte er auch nicht viel besser behandelt.

Avery war dankbar, dass Brook ihre Tochter mit offenen Armen empfing. Das war eine schöne Veränderung. »Sie liebt das Backen. Ich werde sicherstellen, dass sie keinen Ärger macht. Danke, dass du so verständnisvoll bist.«

Brook legte den Kopf schräg und wirkte überrascht. »Natürlich verstehe ich das. Wir haben als Kinder genug Unsinn angestellt, aber es hat viel Spaß gemacht. Wir haben die Arbeit trotzdem erledigt.«

Avery kicherte und dachte an die Streiche, die sie sich in der Highschool gegenseitig gespielt hatten. Brook hatte recht.

Solange sie ihr Durcheinander aufgeräumt und ihre Arbeit erledigt hatten, hatte ihr Chef nichts dagegen gehabt.

»Außerdem bist du meine fleißigste Mitarbeiterin. Und du bist eine meiner besten Freundinnen. Warum sollte ich nicht verständnisvoll sein?«

»Erstens bin ich deine einzige Mitarbeiterin«, sagte Avery lachend. Ihr Grinsen verschwand langsam aus ihrem Gesicht. »Ich bin froh, dass du mich immer noch als eine deiner besten Freundinnen betrachtest. Ich war keine großartige Freundin nach der Highschool, aber das wird sich jetzt ändern.«

»Ich weiß, Schätzchen. Jetzt mach dich sauber und komm nach vorne. Ich habe ein paar Leute, die du kennenlernen solltest.«

Als Avery aus der Küche kam, war sie überrascht, vier Frauen zu sehen, die auf sie warteten. Drei von ihnen saßen an dem Tisch, den sie mit Grant bei ihrem Nicht-Date geteilt hatte. Brook war damit beschäftigt, Getränke und Donuts hinter der Theke zu sammeln.

»Lass mich helfen.« Avery nahm das Tablett und trug die Getränke zu der Gruppe. Ihre Freundin folgte und stellte einen Stapel Donuts auf den Tisch.

»Danke«, sagte Brook, rutschte in die Sitzecke und klopfte auf den Stuhl neben ihr. »Setz dich! Das sind einige meiner engsten Freundinnen in Sunset Cove. Mädels, das ist Avery!

Sie war meine beste Freundin in der Highschool. Sie ist gerade wieder nach Hause gezogen.«

Avery schluckte und versuchte zu lächeln. Es kam eher wie eine Grimasse heraus. Sie war nicht gut mit neuen Leuten. Sie würden mehr über sie wissen wollen, und dann müsste sie über Eric und ihre gescheiterte Ehe sprechen.

Dennoch, Brook war ihre beste Freundin. Im Moment war sie ihre einzige Freundin. Es wäre schön, ein paar mehr Leute in der Stadt zu kennen. Sie holte tief Luft und spürte, wie ihr Gesicht sich zu einem natürlicheren Lächeln entspannte. »Hallo, alle zusammen! Schön, euch kennenzulernen.«

Die Frau, die ihr direkt gegenübersaß, beugte sich über den Tisch und ließ lange, blonde Locken über ihre Schulter fallen. Sie strahlte Selbstvertrauen und Wärme aus. »Ich bin Kerry Thompson! Willkommen zurück in Sunset Cove«, sagte sie, streckte ihre Hand aus und gab Avery einen festen Händedruck. »Ich kann dir bei allen deinen Bankangelegenheiten helfen.«

Brook brach in Gelächter aus. »Subtil, Kerry. Sie arbeitet in der örtlichen Bank in der Kreditabteilung. Sie hat mir geholfen, dieses Geschäft zu eröffnen, und hat wahrscheinlich die Hälfte der neuen Kredite in der Stadt vergeben. Wir wurden Freundinnen, nachdem wir uns viele, viele Male getroffen hatten, um meinen Geschäftsplan zu besprechen.«

Kerry nahm einen Donut und grinste. »Wer würde nicht mit der örtlichen Bäckerin befreundet sein wollen? Es lohnt sich für die kostenlosen Gebäckstücke. Das war der wahre

Grund, warum es so lange gedauert hat, deinen Kredit zu genehmigen.«

Die Frau, die neben ihr saß, schlug Kerry auf den Arm. »Glaub das nicht. Kerry hat ein Herz aus Gold, auch wenn sie mehr Donuts essen kann als der durchschnittliche Linebacker. Ich bin übrigens Rachel. Schön, dich kennenzulernen.«

Avery nahm Rachels Händedruck an und betrachtete die zierliche Frau genauer. »Ich glaube, wir haben uns schon einmal getroffen. Kenne ich dich von irgendwoher?«

»Ich bin Frau Lancaster, die Musiklehrerin an der Sunset Grundschule«, sagte Rachel. »Deine Tochter hat gerade mit der Schule angefangen, richtig? Ich stehe jeden Morgen vor der Schule, wenn du sie ablieferst. Ich kann nur ein paar Minuten bleiben, bevor meine Mittagspause vorbei ist, aber ich wollte vorbeikommen und ›Hallo‹ sagen.«

»Sie wollte auch die Donuts nicht verpassen«, murmelte Kerry mit einem Mund voll Schokoladenglasur und Streuseln. Die anderen Frauen lachten, als Brook Kerry eine Serviette reichte und auf das Durcheinander in ihrem Gesicht deutete.

»Ignorier sie einfach; sie wird höflicher, sobald das Essen weg ist. Ich wollte dich auch Emma Miller vorstellen«, sagte Brook und zeigte auf die jüngste Person am Tisch. »Ihr beiden solltet euch mal treffen. Ich glaube, eure Töchter würden sich mögen.«

»Sie sind bereits befreundet«, sagte Emma mit einem schüchternen Lächeln. »Es ist Sophia, richtig? Meine

Tochter Kendra spricht ununterbrochen über das neue Mädchen in der Schule. Sie sind in derselben Klasse.«

Avery nickte, wieder erstaunt darüber, wie schnell sich in einer Kleinstadt Freundschaften bildeten. Sie hatte fast zehn Jahre in der Stadt verbracht, zuerst als Erics Frau Verbindungen aufgebaut und später versucht, mit den Müttern vom Elternbeirat Freundschaften zu schließen. Keiner ihrer Versuche hatte funktioniert. Jede Frau war zu beschäftigt damit, sich um ihren Mann und das Zuhause zu kümmern.

Selbst Sophias Freundschaften schienen oberflächlich und erzwungen. Ihre Wochenenden und Sommer waren mit geplanten Spielverabredungen und sorgfältig koordinierten Schultreffen gefüllt gewesen.

»Wir sollten unsere Mädchen zusammenbringen«, stimmte sie zu, erfreut darüber, Sophia dabei zu helfen, in ihrer neuen Stadt stärkere Bindungen aufzubauen.

Rachel schaute auf ihre Uhr und wedelte mit der Hand, um die Aufmerksamkeit aller zu bekommen. »Ich habe noch zehn Minuten. Lasst uns unsere Gedanken zu Thanksgiving abschließen, bevor ich gehe.«

Brook drehte sich zu Avery und grinste. »Das wird dir gefallen. Bitte beachte, dass jede Frau an diesem Tisch Single ist. Keine Ehemänner, keine Freunde.«

»Leider ja«, sagte Kerry. Sie griff nach einem weiteren Donut. »Wir sind alle noch Single.«

Brook räusperte sich. »Richtig. Wir sind alleinstehende Frauen, einige alleinerziehende Mütter. Keine von uns hat Familie in der Gegend. Wir überlegen, Thanksgiving zusammen zu feiern. Anstatt allein zu sein, schaffen wir unsere eigene Familie! Was meinst du dazu?«

Avery schaute ihre Freundin überrascht an. »Ich bin doch nur die Neue. Ihr braucht nicht meine Zustimmung.«

Rachel beugte sich näher und drückte Averys Hand. »Wir bitten nicht um deine Erlaubnis, Liebes. Wir wollen wissen, was du denkst. Keine von uns hat jemals ein Thanksgiving-Essen gekocht, und Brook sagt, du warst früher für solche Mahlzeiten verantwortlich. Glaubst du, wir schaffen das?«

Avery dachte an die Thanksgiving-Dinner mit ihrem Großvater zurück. Es waren kleine Zusammenkünfte, nur ein paar Nachbarn und ihr Bruder. Ihr Großvater buk den Truthahn. Sie machte Kuchen und Füllungen. Aber wenn Avery diese Mahlzeiten mit den ruhigen, förmlichen Feiertagsessen verglich, die sie mit Eric hatte, gab es keinen Zweifel, welche besser waren.

Tränen drohten, als sie an dieses Thanksgiving dachte. Es wäre ihr erstes Fest allein mit Sophia. Jetzt schufen diese wunderbaren Frauen eine zusammengewürfelte Familie und stellten sicher, dass niemand an den Feiertagen allein war.

»Ich denke... dass Familie diejenigen sind, denen wir nahe sein wollen. Und Essen ist einfach Essen. Wenn jede von uns ein oder zwei Aufgaben übernimmt und wir unsere Lieblingsgerichte teilen, wäre es für niemanden viel Arbeit.«

»Das klingt nach einem ausgezeichneten Plan«, sagte Brook. »Sollen wir abstimmen? Alle, die für ein Freundinnen-Thanksgiving sind, hebt eure Hände.«

Die fünf Frauen hoben ihre Hände. Brook begann zu klatschen.

»Fantastisch! Warte, wir brauchen einen Toast, um es offiziell zu machen.« Sie eilte zur Theke, um ihr eigenes Getränk zu holen. »Lasst uns auf Freunde anstoßen, die enger als Familie sind. Wir haben viel, wofür wir dankbar sein können.«

Die Frauen stießen mit ihren Kaffeetassen an.

»Prost und so weiter. Jetzt, wo Thanksgiving geklärt ist, muss ich los«, sagte Rachel. Sie zeigte streng auf Avery. »Wir haben abgestimmt, wir haben angestoßen. Es gibt kein Zurück mehr! Ich sehe dich am Esstisch.«

Averys Augen wurden groß, was Rachel zum Lachen brachte. »Tut mir leid. Das war die Lehrerstimme, die durchkam. Aber du kommst wirklich zu Thanksgiving.«

Brooks Freundinnen gingen eine nach der anderen, boten Umarmungen an und versprachen, sich bald zu treffen, um ihre bevorstehende Mahlzeit zu planen. Emma hinterließ ihre Telefonnummer und einige gute Tage für ein Spieltreffen.

Als die Glocke über der Ladentür zum letzten Mal läutete, ging Brook zur Tür und schloss sie mit einem schnellen Dreh ihres Handgelenks ab.

»Puh! Was für ein Tag.« Sie ging zurück ins Büro und holte ein Notizbuch heraus. »Bevor ich es vergesse, das ist mein Quittungsbuch. Ich bewahre alle meine Aufzeichnungen hier auf. Es gibt auch einen Platz für Stundenzettel, siehst du? Trage deine Stunden hier ein. Ich vertraue dir, aber ich möchte sicherstellen, dass ich dich für alle Stunden bezahle, die du arbeitest. Ich gebe dir auch einen Schlüssel. Du kannst in Festivalwochen so früh kommen, wie du willst.«

Brook hielt einen kleinen silbernen Schlüssel hin. Avery nahm ihn und dankte ihrer Freundin, berührt davon, dass sie ihr so schnell wieder vertraute.

»Ich will nicht unhöflich sein, aber wir haben noch nicht über meinen Gehaltsscheck gesprochen. Wie oft werde ich bezahlt?«, fragte Avery und dachte an die Rechnungen, die sich auf ihrer Küchentheke zu stapeln begannen. Sie hatten nicht viel aus Erics Haus mitgebracht, und sie hatte einige Schulkleider und Lebensmittel auf eine Kreditkarte gesetzt. Sie hatte noch nicht den Mut aufgebracht, die Steuerrechnung zu öffnen.

Die nächsten Monate würden schwierig werden. Zumindest wusste sie, dass der Feiertag dank ihrer neuen Freundinnen fröhlich sein würde.

»Du wirst jede Woche bezahlt. Ich gebe dir den ersten Scheck nächsten Montag für diese Woche. Ist das okay?«

»Das ist perfekt.«

»Großartig. Lass uns aufräumen und die letzten Kuchen aus dem Ofen holen. Der Timer sollte jeden Moment klingeln.« Brook begann, die Theke abzuwischen, und bedeutete Avery, ihr Geschirr im Spülbecken zu stapeln. »Was denkst du über heute?«

»Über den Job oder über deine Freundinnen?«

»Beides.«

Avery grinste. Sie war lange nicht mehr mit einer Gruppe ausgelassener, freundlicher Frauen zusammen gewesen. Ihre letzte Gruppe enthusiastischer Freundinnen war vielleicht in der Oberstufe gewesen. Brook war auch damals schon die Anführerin. Die Begeisterung ihrer Freundin für Menschen erstaunte sie immer. Sie hatte ein echtes Talent dafür, Menschen zusammenzubringen.

Der Job hatte auch Spaß gemacht. Die beiden hatten hart gearbeitet, aber sie hatten Seite an Seite gearbeitet. Zutaten abmessen, Teig mischen, schöpfen, gießen und backen. Brook war während der Öffnungszeiten des Ladens für Kunden immer wieder in und aus der Küche gegangen, was Avery auch etwas Ruhe gegeben hatte.

»Beides war großartig«, sagte sie. »Ich hatte vergessen, wie sehr ich es liebe, für andere zu kochen. Und deine Freundinnen scheinen toll zu sein. Ich hoffe, sie mochten mich.«

»Keine Sorge. Sie liebten dich«, sagte Brook. »Wie könnten sie auch nicht? Ich glaube trotzdem, dass dies dein letztes Thanksgiving als Single-Frau sein wird.«

Avery warf ihre Ofenhandschuhe nach ihrer Freundin. Natürlich würde sie in einem Jahr noch immer Single sein. Sie war noch nicht einmal geschieden, und sie musste vorsichtig sein, zum Wohle ihrer Tochter. Grant war nur ein Freund.

11

Grant

Grant lief nervös vor Averys Haus auf und ab. Er hatte ihr vor ein paar Tagen eine Nachricht geschickt und sie eingeladen, mit ihm zum Treffen des Wohltätigkeitskomitees zu kommen. Sophia verbrachte den Nachmittag mit Emma und ihrer Tochter.

Es war seltsam, wieder am Haus der Browns zu sein. Er hatte als Kind viel Zeit hier verbracht, mit Avery, ihrem Bruder und ihrem Großvater gegessen. Die meisten seiner Hausaufgaben während der Highschool hatte er auf einer Couch in ihrem Wohnzimmer erledigt. Sie hatten sogar ihre Gruppenfotos für den Abschlussball vor diesen Hecken gemacht.

Die Hecken waren jetzt überwuchert. Er sollte ihr anbieten zu helfen. Es war schwer, alleine ein Haus und ein Kind zu versorgen.

Obwohl er schon oft hier gewesen war, fühlte sich heute anders an. Sie wurden nicht mehr von ihrem Bruder und Großvater beaufsichtigt. Sie waren keine Kinder mehr. Avery hatte selbst eine kleine Tochter.

Seine Freundin bekräftigte diesen Gedanken, als sie die Tür öffnete und lächelnd die Stufen herunterkam. Sie trug ein knielanges Kleid mit einer Art Wickelstrickjacke darüber. Es war etwas, das sie in der Highschool getragen hätte, wenn sie einen guten Eindruck machen wollte. Aber sie trug es jetzt anders. Ihr Körper war im letzten Jahrzehnt weicher und fülliger geworden.

Nein, sie war definitiv kein Kind mehr.

»Ich bin bereit«, sagte sie, ohne zu ahnen, dass ihr schlichtes Outfit Grants Knie weich werden ließ. »Du hast deinen Truck zu Hause gelassen. Gehen wir zu Fuß zur Kirche?«

»Ja, wenn das für dich in Ordnung ist. Es ist nicht weit.«

»Das stimmt. Ich habe zu viel Zeit in der Stadt verbracht. Von unserem Apartment konnte man nirgendwo hinlaufen.« Sie rümpfte die Nase. »Eric hatte einen Fahrer, der uns meistens fuhr. Es gab so viel Verkehr, dass ich nicht selbst fahren wollte.«

Grant versuchte, sich das vorzustellen. Das Leben in einer Kleinstadt hatte ihm schon früh ein Gefühl der Unabhängigkeit gegeben. Bevor er fahren durfte, war er überall mit dem Fahrrad hingefahren oder zu Fuß gegangen. Er hatte seinen ersten Truck als Teenager gekauft. Er konnte sich nicht vorstellen, für seine Fortbewegung von jemand anderem abhängig zu sein. Sie hatte seit der Highschool ein ganz anderes Leben geführt.

»Vermisst du das Leben in der Stadt? Es muss dort viel zu tun gegeben haben.«

»Es gab viel zu tun. Aber die Ruhe hier ist schön.« Sie ging eine Minute lang schweigend weiter und holte dann tief Luft und streckte ihre Hände aus. »Die Stadt hat nie so gerochen. Es ist so frisch und sauber. Und ich kann von hier das Meer hören! Mir war nicht bewusst, wie sehr ich das langsamere Tempo vermisst habe.«

Hier lief alles langsamer. Grant würde dem nicht widersprechen. Aber als er die hübsche Frau neben sich ansah, fragte er sich, wie langsam er vorgehen müsste, um sie davon zu überzeugen, mehr als nur Freunde zu sein. Er hakte seinen Arm bei ihr ein, wie sie es in der Highschool getan hatten, in der Hoffnung, sie an das zu erinnern, was sie zurückgelassen hatte.

»Es ist eine großartige kleine Stadt«, stimmte er zu. »Dann ist es beschlossen. Du hast die Stadt vermisst, also darfst du nie wieder weggehen.« Er lächelte verspielt, als Avery zurückgrinste.

»Das klingt nach einem Plan.«

Grant und Avery gingen durch die Hintertür der lutherischen Gnadenkirche und machten sich auf den Weg zum Konferenzraum. Sie wussten, wohin sie gehen mussten. Obwohl keiner von beiden seit Jahren im Gebäude gewesen war, hatten beide hier die Sonntagsschule besucht.

»Gehst du sonntags immer noch hierher?«, fragte Avery.

»Ich bin aus der Gewohnheit gekommen. Nick kommt aber jede Woche mit seiner Familie.«

»Vielleicht komme ich mal mit ihm mit. Sehen, wie der neue Pastor so ist. Er ist nach Sunset Cove gezogen, bevor mein Großvater gestorben ist. Opa mochte ihn.«

Sie betraten den Konferenzraum und sahen einen großen Mann mit Priesterkragen, der mit der versammelten Gruppe sprach. Avery nickte in seine Richtung und senkte ihre Stimme. »Wir bekommen vielleicht gleich die Gelegenheit, den neuen Pastor kennenzulernen.«

Als hätte er ihren Kommentar gehört, drehte sich der Pastor zu den beiden um und lächelte. »Hallo! Sucht euch einen Platz. Wir fangen gleich an. Wir haben in der nächsten Stunde viel zu besprechen.«

Grant und Avery zogen Stühle nahe der Rückseite des Raumes heraus und setzten sich an den Konferenztisch. Grant begrüßte ein paar Leute und bemerkte dann, dass Avery anscheinend niemanden erkannte. Er erinnerte sich daran, dass er sich Zeit nehmen musste, sie vorzustellen. Er vermutete, dass es schwer war, die Neue in der Stadt zu sein.

Moment mal. Sie war nicht neu, aber sie hätte es genauso gut sein können. Die Stadt war stark gewachsen, seit sie weggegangen war. Das konnte nicht einfach sein.

Der große Mann räusperte sich und klatschte zweimal in die Hände, dann ging er nach vorne. »Es ist wunderbar, so viele von euch hier zu sehen. Willkommen! Ich bin Pastor Rick Harris. Ich bin der leitende Pastor der Gnadenkirche. Ich erkenne einige von euch, aber ich kenne nicht jeden im

Raum. Nehmen wir uns ein paar Minuten Zeit, um uns der Reihe nach vorzustellen?«

Als jeder seinen Namen und seine Verbindungen zur Gemeinde nannte, sah Grant, wie Avery in ihrem Stuhl versank. Er hatte vergessen, dass sie nicht gerne vor Gruppen sprach.

Als sie an der Reihe waren, stellte er sich als Besitzer von Grant Construction und Freund von Nick Butler vor. Dann wandte er sich Avery zu und lächelte. »Das ist meine Freundin Avery. Ich lasse sie sich selbst vorstellen.«

Sie zog ihre Schultern zurück und schien sich gegen ihre Nervosität zu wappnen. »Ich bin Avery Brown. Ich bin in Sunset Cove aufgewachsen, bin aber gerade erst zurückgezogen, nachdem ich einige Jahre in Philadelphia gelebt habe. Ich bin in das Haus meines Großvaters in der Ocean Drive gezogen.«

Einer der älteren Männer beugte sich vor. »Bist du Clint Browns Enkelin?«

»Das bin ich. Ich habe bis zu meinem Highschool-Abschluss bei ihm gelebt.«

Er nickte eifrig. »Ich dachte, du kommst mir bekannt vor! Mein Name ist Harry Anderson. Dein Großvater war ein guter Mann. Er hat vielen Menschen in dieser Stadt geholfen.« Er streckte seine Hand über den Tisch aus. »Willkommen zurück. Es ist schön, dich wiederzusehen.«

Grant beobachtete, wie Avery zögernd die Hand des Mannes schüttelte. Sie blinzelte schnell. Oh nein. Es sah aus, als würde sie weinen. Er konnte es wirklich nicht ertragen, wenn Frauen weinten. Er legte seinen Arm um sie und drückte sie kurz. »Willkommen zurück«, flüsterte er.

Sie lächelte ihn an und lehnte sich in die Umarmung, dann drehte sie den Kopf, um sich auf die nächste Person zu konzentrieren, die sich vorstellte.

Als alle fertig waren, griff Pastor Rick nach einem Stapel Papiere und begann, sie auszuteilen. »Jetzt, wo wir uns alle kennen, ist es Zeit, Ideen zu sammeln. Ein Einzelner kann nicht viel bewirken. Klar, jeder von uns könnte allein arbeiten und ein paar Euro spenden oder ein paar Stunden seiner Zeit. Aber wenn wir zusammenarbeiten, können wir Berge versetzen.«

»Welche Art von Bergen wollen Sie versetzen?«, fragte Harry.

Der Pastor nickte. »Ein Berg kann fast alles sein. Es gibt Kinder, die sich kein Mittagessen in der Schule leisten können. Die Schule hat ein Programm eingerichtet, um diese Kinder zu unterstützen, aber sie haben immer zu wenig Geld. Wir könnten eine Spendenaktion für sie organisieren.«

Er ging im Raum umher und sprach schneller, als seine Begeisterung wuchs. »Ich habe einen Nachbarn die Straße runter, der eine Behindertenrampe benötigt. Ich würde gerne Geld für die Materialien spenden, aber ich kenne niemanden, der sie bauen kann. Als Grant heute ins Treffen kam, hatte ich eine Idee. Vielleicht könnte ich ihn bitten, eine Stunde oder zwei seiner Zeit zu spenden, um eine Rampe zu bauen.«

Grant nickte. »Das kann ich machen. Sie sprechen einen wichtigen Punkt an. Wir alle haben etwas, das wir teilen können, sei es Geld oder Fähigkeiten. Und sobald wir anfangen, Menschen zu helfen, werden sich vielleicht mehr Leute anschließen.«

»Genau«, sagte Pastor Rick. »Wenn jemand Hilfe braucht, werden wir in unserem Netzwerk nach Wegen suchen, um zu helfen. Es ist eine einfache Idee, aber das Netz aus Ressourcen, das wir aufbauen werden, wird komplex sein, mit vielen Strängen. Je mehr Stränge von Menschen und Ressourcen wir haben, desto mehr können wir diese Stadt zu einem besseren Ort zum Leben machen.«

Grant lehnte sich in seinem Stuhl zurück und dachte über die Worte des Pastors nach. Er dachte auch an das, was Nick ihm gesagt hatte. Er hatte zu hart gearbeitet. Noch vor einem Monat hätte er über die Idee gelacht, einem solchen Komitee beizutreten. Es gab nicht genug Stunden am Tag, um zu arbeiten und auch noch ehrenamtlich tätig zu sein. Dann blickte er zu Avery. Er dachte an sie und ihren Großvater. Die beiden hatten sich immer um andere Menschen gekümmert. Ihr Großvater hatte Menschen bis zum Schluss geholfen und großzügig seine Zeit und sein Geld geteilt. Er hatte große Fußstapfen hinterlassen.

Die Zusammenarbeit im Komitee für Freundlichkeit könnte ein Anfang sein. Es war nur ein Bonus, dass er mehr Zeit mit Avery verbringen würde. Sie hatte es als Kind geliebt, ihrem Großvater zu helfen, die öffentlichen Gärten zu jäten und bei der Weihnachtsbaum-Beleuchtung der Stadt heiße Schokolade zu servieren. Hoffentlich würde dieses Komitee ihr helfen, etwas von dieser Freude zurückzubringen und ihr einen Grund geben, in Sunset Cove neue Wurzeln zu schlagen.

Die Gruppe teilte einige Ideen, und Pastor Rick schrieb jede davon auf ein Whiteboard vorne im Raum. Die vielversprechendste Idee schien eine Spendenaktion zu sein. Die Gruppe würde Geld brauchen, um anzufangen. Wenn jemand zu ihnen käme und nach Benzingeld für einen neuen Job oder ein paar Euro für die Heizkosten fragte, sollten sie Geld haben, das sie ohne Fragen spenden könnten.

Außerdem würde eine große Spendenaktion die Nachricht über ihre Arbeit verbreiten. Mehr Menschen könnten sich beteiligen, freiwillig helfen und auf Bedürfnisse in der Gemeinschaft hinweisen.

Grant beobachtete, wie Avery langsam ihre Hand hob. »Die Schule meiner Tochter hat letztes Jahr einen Zumbathon veranstaltet. Es hat viel Geld eingebracht, und meine Tochter meinte, es hätte Spaß gemacht. Habt ihr hier schon mal so etwas Ähnliches gemacht?«

Harry gluckste und tat so, als wäre er verwirrt. »Ich habe noch nie von einem Zoom im Amazonas gehört. Aber wenn es den Kindern gefällt, ist das gut. Sie werden ihre Eltern mitbringen. Wir müssen alle einbeziehen.«

Avery lachte, offensichtlich entzückt von dem alten Mann. »Zumba ist wie Tanzen mit Musik, aber alle machen den gleichen Tanz zur gleichen Zeit. Ein Zumbathon ist ein Tanzmarathon. Man verlangt Eintritt. Die Schule meiner Tochter hat Snacks und Getränke verkauft. Sie hatten sogar eine Körbe-Verlosung.«

»Diese Idee gefällt mir.« Pastor Rick notierte sie. »Wir bieten jede Woche Zumba in dieser Kirche an. Die Organisatoren engagieren sich leidenschaftlich für die Unterstützung der Gemeinschaft, daher wären sie vielleicht bereit, uns zu helfen. Würdest du auch helfen?«, fragte er Avery. »Wenn wir schnell arbeiten, können wir vor den Feiertagen Geld sammeln. Was meinst du?«

Als Avery nickte, hob Grant seine Hand. »Ich helfe auch. Zoomende Amazonen klingt nach Spaß«, sagte er grinsend zu dem alten Mann, der glucksend den Kopf schüttelte.

Pastor Rick beendete das Treffen und bat alle, weiter über Ideen nachzudenken. Sie einigten sich darauf, sich in zwei Wochen wieder zu treffen, um die Pläne für ihre erste Spendenaktion zu finalisieren.

Als die Leute den Raum verließen, hielt Pastor Rick Grant und Avery an. »Danke, dass ihr bei dieser ersten Spendenaktion helft. Was wir diesen Herbst tun, wird einen großen Einfluss darauf haben, welche Art von Programm wir den Rest des Jahres durchführen können.« Er wandte sich an Grant. »Ich meinte es ernst mit jemandem, der eine Behindertenrampe braucht. Wir haben jemanden im Holzlager, der bereit ist, Material zum Selbstkostenpreis zu spenden. Könntest du dieses Wochenende für eines unserer Gemeindemitglieder eine Rampe bauen?«

Grant nickte. »Ich würde das gerne tun. Geben Sie mir die Adresse. Wir werden an dem Haus vorbeigehen, um eine Vorstellung davon zu bekommen, wie groß das Projekt sein wird, und ich kann einen Termin mit meinem Team vereinbaren. Wenn es nur eine einfache Rampe ist, wird es nicht lange dauern.«

Als sie die Adresse hatten, wurde Grant klar, dass das Haus zwischen der Kirche und Averys Zuhause lag. »Lass uns jetzt nachsehen. Musst du bald zu Hause sein?«

»Sophia isst mit ihrer neuen Freundin zu Abend. Ich habe Zeit.«

Die beiden gingen in Richtung der Adresse, die ihnen Pastor Rick gegeben hatte. Die Stille zwischen ihnen dehnte sich aus, aber Grant störte das nicht. Es fühlte sich an, als wären sie wieder in der Highschool, zufrieden damit, einfach still miteinander zu gehen. Ihm war nicht bewusst gewesen, wie sehr er sie im letzten Jahrzehnt vermisst hatte.

Avery zählte die Hausnummern laut, was Grant zum Schmunzeln brachte. Er arbeitete seit Jahren an Häusern in dieser Stadt. Er wusste genau, wo das Haus war. »Wir suchen das Haus von Mary Marino. Es ist das blaue Ranch-Haus mit ein paar Stufen vor der Tür.«

Sie blieben vor dem Haus stehen und Avery überprüfte die Adresse. Es war ein kleines Haus mit nur drei Stufen, die zur Veranda führten, aber Grant wusste, dass diese drei Stufen sich wie ein Berg für jemanden mit gesundheitlichen Problemen anfühlen könnten. Seine Mutter hatte am Ende mit Stufen zu kämpfen gehabt. Er hatte eine ähnliche Rampe für ihr Haus gebaut.

»Das sollte nicht lange dauern. Nur zwei oder drei Stunden, wenn wir zusammenarbeiten. Du hilfst doch, oder?« Er drehte sich zu ihr und grinste, dann warf er den Kopf zurück und lachte, als ihre Augen sich weiteten. »Entspann dich. Ich werde dich nicht die Kreissäge benutzen lassen, aber du kannst trotzdem helfen. Den Arbeitsbereich sauber halten, uns Materialien bringen, wenn wir wenig haben. Vielleicht zum Mittag etwas holen, wenn wir hungrig werden?«

Er unterdrückte ein weiteres Grinsen, als Avery erleichtert aufseufzte. »Das kann ich alles tun. Sag mir einfach Bescheid, wenn du Hilfe brauchst.«

»Wie wäre es mit Freitagsnachmittag? Wir haben am Samstag das Leuchtturmfestival, aber wir sollten das erledigen können, nachdem deine Schicht in der Bäckerei vorbei ist und bevor die Schule aus ist. Ich hole dich bei dir zu Hause ab. Nur Nick und ich. Wir werden die anderen Crew-Mitglieder für so ein kleines Projekt nicht brauchen.«

»Dann ist es ein Date!« Sie stockte, als sie ihre Worte überdachte. »Ich meine, es ist kein Date. Wir sehen uns am Freitag.«

Grant kicherte wieder. »Ich werde dich zu einem weiteren Nicht-Date am Freitag sehen.«

Er grinste von einem Ohr zum anderen, während er von Averys Haus nach Hause ging. Sie hatten wieder eine gute Zeit zusammen verbracht, und sie würden an diesem Wochenende zwei weitere Tage zusammen verbringen.

Das Leben hatte sich definitiv verbessert, seit Avery nach Sunset Cove zurückgezogen war.

12

Avery

AVERYS HAND ZITTERTE, ALS sie die Steuernachricht ablegte. Das musste ein Fehler sein. Laut dieser Rechnung schuldete sie 22.410 $ an überfälligen Steuern und Zinsen. Ihre Familie hatte seit zwei Jahren keine Grundsteuern bezahlt.

Wie war das möglich? Ihr Großvater war letztes Jahr verstorben, aber er war ein ehrlicher Mann gewesen. Er war stolz darauf, seine Rechnungen zu bezahlen und sein eigenes Haus zu versorgen. Wenn er Schwierigkeiten gehabt hätte, die Rechnungen zu bezahlen, hätte er es ihr gesagt. Oder etwa nicht?

Außerdem würden finanzielle Probleme im Nachlass ihres Großvaters auftauchen. Ihr Bruder Brad kümmerte sich um das Testament und alles andere. Es war seine Idee gewesen, hierher zu ziehen. Er hätte sie gewarnt, wenn sie Geld schulden würden.

Sie las den Brief noch einmal und achtete dabei genau auf jedes Wort.

Bitte beachten Sie, dass dies Ihre letzte Warnung ist. Alle überfälligen Steuern müssen per Zahlungsanweisung vor Freitag, dem 1. Dezember, bezahlt werden. Steuerpfandrechte, die bis zu diesem Zeitpunkt nicht vollständig beglichen wurden, werden bei der Steuerauktion des Landkreises am Montag, dem 4. Dezember, verkauft.

Sie rief Brad an, legte aber auf, als der Anruf zur Mailbox ging. An diesem Punkt war sie sich nicht sicher, welche Art von Nachricht sie hinterlassen sollte. Brad hatte erwähnt, dass ihr Großvater nicht viel Geld in seinem Nachlass hinterlassen hatte, aber sie hätte nie gedacht, dass es überfällige Rechnungen gab.

Ihre Gedanken wanderten zu Eric. Schnell schob sie diese Idee beiseite. Sicher, er könnte diese Rechnung ohne mit der Wimper zu zucken bezahlen. Tausende von Dollar waren für ihn ein Tropfen auf den heißen Stein. Aber er hatte sie bereits gewarnt, nicht nach Unterhalt zu fragen, und der Betrag an Kindesunterhalt, den sie forderte, war lächerlich.

Außerdem war sie bereit, ihren Ex-Mann in der Vergangenheit zu lassen. Sie würde dieses Problem allein lösen.

Sie beugte sich über den Tisch und legte den Kopf auf ihre Arme. Sie nutzte den dunklen, ruhigen Raum zum Nachdenken. Ja, sie würde das ohne Eric schaffen. Außerdem war sie nicht völlig allein. Sie zog ihr Handy wieder aus der Tasche und schrieb ihrem Bruder eine Nachricht.

Ich muss mit dir reden.

Ruf mich so bald wie möglich an.

Sie legte das Handy weg und holte tief Luft.

Sie würden das schon herausfinden. Hoffentlich war es ein Fehler. Nur eine Verwechslung im Papierkram. Sie würden später darüber lachen. Selbst wenn es kein Fehler wäre, würde sie das Geld auftreiben. Die Bank konnte das Haus nicht mit weniger als einem Monat Vorlauf verkaufen. Sie würde einen Zweitjob finden und die Steuern nach und nach bezahlen.

Ihr Blick blieb am Kühlschrank hängen, wo sie Sophias neuestes Bild aufgehängt hatte. Ihre Tochter war mit dem Kunstwerk nach ihrem ersten Schultag nach Hause gekommen. Sie war an diesem Tag so aufgeregt gewesen.

Avery musste das klären. Es würde keine weiteren zweiten Chancen geben.

Sie beeilte sich, ihre Steuerunterlagen zusammenzusuchen, zusammen mit der Kreditkartenrechnung, die von ihrer alten Adresse weitergeleitet worden war. Es war keine große Rechnung im Vergleich zu den Grundsteuern, aber es war eine Sache mehr, die es zu bezahlen galt.

Avery schloss die Augen und zwang sich, nicht mehr im Zimmer auf und ab zu gehen und nachzudenken. Was sollte sie zuerst tun? Sie brauchte mehr Geld, ja. Aber sie würde einen Ort brauchen, um ihren Gehaltsscheck nächste Woche einzuzahlen und Schecks für ihre Rechnungen auszustellen. Sie musste zur Bank gehen. Zuerst würde sie ein Girokonto eröffnen. Dann könnte sie fragen, ob sie für Kredite gegen ihr Einkommen oder das Haus qualifiziert wäre.

Sie nahm ein Blatt Papier und kritzelte eine Liste. Einen Schritt nach dem anderen. Sie hatte Erics Betrug nicht überlebt, um sich von einer Rechnung umwerfen zu lassen, auch wenn es die größte Rechnung war, die sie je bekommen hatte.

Als Grant und Nick ein paar Minuten später eintrafen, trug sie Jeans und einen Hoodie, bereit zur Arbeit. Sie schob alle Gedanken an Geld beiseite und klebte ein Lächeln auf ihr Gesicht. Sie hatte jahrelang die Rolle der glücklichen Ehefrau gespielt und bei jeder gesellschaftlichen Veranstaltung und jedem Elternabend so getan, als ob. Heute würde sie die Rolle einer unbeschwerten, glücklichen Freundin meistern.

»Lass uns loslegen! Wenn ich heute einen guten Job mache, kannst du mich die Säge Kreis benutzen lassen.«

»Es heißt Kreissäge«, sagte er und hakte seinen Arm in ihren ein. »Fangen wir klein an. Hast du jemals zuvor einen Hammer benutzt?«

Avery hatte noch nie einen Hammer benutzt.

Sie hatte jedoch andere Fähigkeiten. Avery räumte Holzreste auf und half Nick, Bauholz von ihrem Anhänger zur Vorderseite des Hauses zu tragen.

Sie hatte sogar einen Korb mit Snacks und Sandwiches gepackt. Hungrige Kinder waren unproduktive Kinder, und Avery vermutete, dass es bei Männern genauso war. Also hielt sie ihre Bäuche voll und den Kaffee am Laufen, während die beiden Männer hart arbeiteten.

»Ist das ein Truthahn-Club-Sandwich?«, fragte Nick und warf seine Handschuhe zu Boden. Er stürzte sich auf das Sandwich und biss ein großes Stück ab.

»Jessica hält kein Aufschnitt im Haus«, erklärte Grant. »Sie sagt, Konservierungsstoffe sind nicht gesund.«

»Es ist die Listeriose. Ihr Frauenarzt hat ihr geraten, während der Schwangerschaft Aufschnitt zu vermeiden. Jetzt hat sie Angst, dass wir alle an Listeriose sterben werden«, murmelte Nick und spuckte Brotkrümel beim Sprechen. Er wischte sich den Mund ab. »Tut mir leid. Das ist köstlich.«

Avery grinste, froh darüber, dass sie den Tag für eine Person aufgehellt hatte.

Nachdem die drei ihre Sandwiches beendet hatten, winkte Grant sie zur Rampe herüber. Er gab ihr ein Paar Arbeitshandschuhe, die viel zu groß für ihre Hände waren.

»Lass uns an die Arbeit gehen. Du brauchst Angeber-Rechte. Jedes Mal, wenn du an diesem Haus vorbeifährst, kannst du Sophia sagen, dass du geholfen hast, diese Rampe zu bauen.«

»Ist das das, was du tust? Über jedes Projekt, das du je gemacht hast, reden, während du durch die Stadt fährst?«

Grant kicherte. »Manchmal. Es hängt davon ab, wer mit mir im Truck sitzt.«

»Er hat nicht Unrecht«, warf Nick ein. »Meine Kinder lassen ihn nicht mehr in unser Auto. Sie sind es leid, die Renovierungsgeschichte von Sunset County zu hören.«

Grant verdrehte die Augen, nahm dann einen Hammer und einen Nagel. »Es ist nicht schwer. Ich werde den Nagel halten. Du wirst mit dem Hammer schwingen.«

Avery nahm den Hammer und hielt ihn einen Zentimeter vom Nagel entfernt. Sie gab ihm einen leichten Schlag und hörte das Tink von Metall, das auf Metall trifft, aber der Nagel bewegte sich nicht.

»Versuch es etwas kräftiger«, sagte er. »Du brauchst mehr Kraft, um den Nagel ins Holz zu treiben.«

Sie hielt den Hammer weiter weg, schloss ein Auge und gab ihm einen härteren Schlag.

»Bitte beide Augen offen.« Er nahm ihr sanft den Hammer aus der Hand. »Tiefenwahrnehmung ist wichtig, und dafür brauchst du zwei Augen. Schau mir zu. Halte ihn über dem Nagel und gib ihm einen ordentlichen Schlag.«

Er schlug mit dem Hammer auf den Nagel und gab ihm dann noch zwei schnelle Schläge. Als er zurücktrat, um ihr das fertige Ergebnis zu zeigen, war der Nagel bündig mit dem Holz.

Averys Augen weiteten sich, als sie ihren nächsten Zug überlegte. »Ich bin nicht gut darin. Wenn ich kräftig schwinge, treffe ich deine Hand.«

»Ich vertraue dir«, sagte er schlicht. »Außerdem habe ich mir schon oft genug auf die Hand geschlagen. Halte beide Augen offen. Blick auf den Nagel. Und durchziehen.«

Sie schlug diesmal härter auf den Nagel und spürte einen Anflug von Zufriedenheit, als er ins Holz eindrang. Nach fünf kleineren Schlägen war sie fertig.

»Ich hab's geschafft«, sagte sie und hielt den Hammer hoch. »Wie war ich?«

Grant grinste sie an und nahm das Werkzeug zurück. »Du warst großartig. Niemand kann behaupten, dass du nur daneben gestanden und anderen bei der Arbeit zugesehen hast. Was meinst du? Bist du jetzt bereit für die Kreissäge?«

Sie blickte zu Nick, der eine laute, rotierende Säge führte, sodass sie sich mit einem hohen, kreischenden Geräusch durch das Holz fraß. Das Elektrowerkzeug teilte das Brett in nur wenigen Sekunden in zwei Stücke.

»Ich bleibe lieber beim Hammer, aber danke. Die Säge ist ein bisschen einschüchternd.«

Die beiden Männer maßen und schnitten Bretter zurecht und arbeiteten zügig, während Avery am Rand stand. Sie sprang ein, wenn sie die Chance hatte, Grant beim Anheben eines Holzstücks zu helfen.

»Ich wünschte, ich könnte mehr helfen«, sagte sie und fühlte sich unbeholfen, als sie zur Seite trat und Grant Platz zum Arbeiten gab. »Du machst den Großteil der Arbeit.«

»Du schaust nicht nur zu. Vergiss nicht, du hast ein paar Nägel eingeschlagen. Du hast uns auch geholfen, Materialien herumzutragen«, sagte er und nickte zu dem schwindenden Stapel Bretter. »Nick und ich arbeiten gut zusammen, aber ein drittes Paar Hände ist nützlich. Es beschleunigt das Projekt.«

Nick nickte und zog seine Handschuhe aus, dann nahm er sich ein weiteres Sandwich und eine Flasche Wasser. »Meine Frau, Jessica, macht manchmal dasselbe. Sie packt Essen ein und hält uns bei der Sache. Es ist genau das, was wir brauchen.«

Grant zog eine weitere Wasserflasche aus der Kühlbox. Er nahm einen langen Schluck. »Vergiss nicht, was Pastor Rick über unsere Fähigkeiten gesagt hat. Wir alle haben unterschiedliche Talente. Wenn wir zusammenarbeiten, können wir Berge versetzen. Diese Rampe ist kein großes Projekt, aber sie wird einen großen Unterschied im Leben unseres Nachbarn machen. Du hast geholfen, das zu ermöglichen.«

Avery lehnte sich gegen einen Anhänger und dachte nach, während sie den Männern bei der Arbeit zusah. Klar, sie hatte einen Nagel eingeschlagen. Sie hatte genug Essen gemacht, damit sie weiterarbeiten konnten. Und sie hatte ein paar Holzstücke getragen. Viel mehr konnte sie nicht tun.

Es war ein deprimierender Gedanke. Sie hatte jetzt einen Job, aber sie hatte auch enorme Rechnungen zu bezahlen. Wenn Brad kein Geld im Nachlass ihres Großvaters fand, müsste sie über weitere Möglichkeiten nachdenken, Geld aufzutreiben.

Worin war sie gut? Sie konnte jeden Euro strecken. Das würde in den nächsten Monaten eine wichtige Fähigkeit sein. Eric hatte zwar genug Geld, aber er hatte oft so kleine Budgets für Partys und Feiertage gegeben, dass sie kreativ werden musste. Für diese Herausforderungen war sie jetzt dankbar. Ihre Tochter hatte Essen, Kleidung und Schulmaterial, ohne zu viele Schulden zu machen. Sie hatte bereits genug Schulden, mit denen sie umgehen musste.

Welche anderen Fähigkeiten hatte sie? Sie dachte über die letzten Jahre nach. Sie war eine ausgezeichnete Trophäenfrau gewesen, was nicht gerade etwas war, womit man angeben konnte.

Avery versuchte auch, eine gute Mutter zu sein. Sie konnte hervorragende Strichmännchen zeichnen und genau die richtige Menge Kruste von einem Sandwich abschneiden. Der Elternbeirat der Schule hatte von ihren Keksen geschwärmt. Sie waren bei jedem Kuchenverkauf ausverkauft gewesen. Zumindest konnte sie diese Fähigkeit in Brooks Bäckerei einsetzen, überlegte sie.

Die Sonne ging gerade unter, als sie die Rampe fertigstellten und ihre Werkzeuge einpackten. Die drei stiegen in Grants Truck und fuhren die kurze Strecke zurück zu Averys Haus.

Grant stand vor seinem Truck und hielt die Tür offen, während er wartete, dass Avery ausstieg. »Ich arbeite gerne mit dir. Hattest du Spaß?«

Sie stand vor ihm und schaute in seine grünen Augen. »Ich hatte Spaß«, gab sie zu und dachte an das Lachen zurück, das sie über Sandwiches geteilt hatten. Es erinnerte sie an ihre jüngeren Tage, als sie fast jeden Tag zusammen verbracht hatten. »Ich mochte es, Teil des Teams zu sein.«

Nick lehnte sich hinüber und begann, das Fenster des Trucks hochzukurbeln. »Ignoriert mich einfach. Ich gebe euch beiden einen Moment.«

Grant lachte, als Nick das Fenster schloss. »Es war schön, dich wiederzusehen, Avery. Soll ich dich morgen abholen?«

Morgen war das Leuchtturmfest, erinnerte sie sich. Sophia hatte sich die ganze Woche darauf gefreut. Sie würden Brook helfen müssen, Backwaren zum Festplatz zu bringen, aber dann war sie frei, Zeit mit Grant und ihrer Tochter auf dem Fest zu verbringen.

»Ja, morgen passt immer noch«, sagte sie. »Triff mich am Stand von Seaside Cupcakes. Ich helfe Brook am Stand, wenn wir nicht unterwegs sind.«

»Bis bald«, sagte er und beugte sich vor, um ihr einen schnellen Kuss auf die Wange zu geben. Avery errötete und winkte zum Abschied, als der Truck vom Bordstein wegfuhr. Sie berührte ihre Wange. Sie versprach sich selbst, mit Grant befreundet zu bleiben. Ihr Herz war nicht bereit für mehr, und Sophias auch nicht. Jetzt, mit dieser Steuernachforderung, die über ihr schwebte, hatte sie mehr zu jonglieren als je zuvor.

Es war jedoch ein schöner Kuss gewesen. Sie fühlte sich nicht unter Druck gesetzt.

Sie beschloss, sich auf die positiven Dinge zu konzentrieren. Heute war ein schöner Tag gewesen. Morgen würde ein weiterer guter Tag sein.

Sorgen über die Zukunft konnten warten.

13

Grant

In Gedanken versunken bemerkte Grant das Grinsen seines guten Freundes nicht.

Nick starrte ihn an, seine Augen glänzten vor Freude. Der Kuppler sah begeistert aus. »Das war ein unterhaltsames Projekt. Ich war allerdings etwas besorgt. Die Funken flogen nur so. Ich wollte nicht, dass die neue Rampe abbrennt.«

Grant warf seinem Freund einen Blick zu und richtete seine Aufmerksamkeit dann wieder auf die Straße. »Ich habe keine Funken gesehen. Wir sind nur Freunde, erinnerst du dich? Ich warte darauf, dass sie den nächsten Schritt macht.«

»Dieser kleine Kuss war ein geschickter Zug.« Nick grinste weiter. Er warf den Kopf zurück und lachte über Grants verwirrten Gesichtsausdruck. »Du bist wirklich ahnungslos. Hast du Avery in der Highschool je geküsst, selbst auf die Wange? Und hast du gesehen, wie Avery dich beobachtet hat, während du gearbeitet hast? Sie hat mich nicht so angeschaut.«

Grant trommelte mit den Fingern auf dem Lenkrad. »Sie hat mich beobachtet?« Der Gedanke jagte ihm einen Schauer über den Rücken. Er hatte ihr auch Aufmerksamkeit geschenkt. Avery war als Teenagerin süß gewesen, aber sie war zu einer wunderschönen Frau herangereift.

Sie wusste vielleicht noch nicht, wie man einen Hammer benutzt, aber was ihr fehlte, war Selbstvertrauen. Sie könnte mit genügend Zeit und Selbstvertrauen einige Werkzeuge verstehen lernen.

Dennoch war sie hilfreich gewesen. Die Menschen unterschätzten, wie wichtig Unterstützung am Rand war: Eine Person, die dabei hilft, sperrige Bretter zu tragen oder ein schnelles Mittagessen zu packen. Sie waren ein gutes Team. Es wäre schön, wenn sie immer an seiner Seite wäre.

Überrascht von der Richtung seiner Gedanken riss er seine Aufmerksamkeit zurück auf die Straße und kam abrupt an einer roten Ampel zum Stehen. Die beiden Männer flogen nach vorne gegen ihre Sicherheitsgurte. »Sorry«, murmelte er. »Die Ampel hat zu schnell umgeschaltet.«

Er gab behutsam Gas, als die Ampel auf Grün sprang, aber bald stellte er fest, dass seine Gedanken wieder zu Avery wanderten.

Sicher, der Tag hatte Spaß gemacht. Er hoffte, dass sie irgendwann anfangen würden, sich zu verabreden. Aber wie weit wollte er gehen? Zu seiner Überraschung stellte er sich vor, wie sie auf der O'Neill-Baustelle war und ihm half, die letzten Handgriffe zu erledigen, sobald das Projekt fertig war. Wie sie Sophia mitbrachte, um Farbmuster auszusuchen. Die drei um seinen winzigen Küchentisch versammelt, lachend und eine Mahlzeit teilend.

Nick räusperte sich und unterbrach Grants Tagtraum. »Du hast die Abzweigung zu meinem Haus verpasst. Ich würde einen Groschen für deine Gedanken bieten, aber ich muss nicht. Du denkst an Avery.«

Grant seufzte. »Warum kann ich nicht aufhören, an sie zu denken? Sie ist noch nicht einmal bereit für Verabredungen.«

»Noch nicht. Aber sie wird es eines Tages sein. Du spielst auf lange Sicht.«

Grant verengte seine Augen bei diesem Vorschlag. »Ich spiele keine Spielchen. Menschen werden verletzt, wenn man Spielchen spielt.«

Nick hob kapitulierend die Hände. »Ganz ruhig. Ich bin mit euch beiden befreundet, erinnerst du dich? Ich weiß, dass du sie nicht verletzen willst. Und sie ist nicht der Typ, der Spielchen genießt. Vergiss nur nicht, vorausschauend zu denken. Was wirst du tun, wenn sie bereit ist, sich zu verabreden? Es gibt eindeutig Funken.«

Grant konnte nicht anders. Sein Gesicht hellte sich zu einem Grinsen auf, als er eine Kehrtwende in Richtung von Nicks Haus machte. »Es gab ein paar Funken. Das hat mir gefallen. Was mache ich jetzt? Ich nehme sie und Sophia morgen mit zum Lighthouse Festival.«

»Verbringe weiter Zeit mit ihr. Es hört sich an, als hätte ihr Ex-Mann sie nicht sehr gut behandelt. Tante Jane hat gesagt, er hat sie betrogen. Er hat die Scheidung verlangt und Avery und das Kind aus seinem Haus geworfen.«

Grant umklammerte das Lenkrad und ballte die Hände, als ein Anflug von Wut durch ihn hindurchbrannte. »Deine Tante hört zu viel Klatsch.«

»Das tut sie. Sie hat auch der Person, die Gerüchte verbreitet, gesagt, sie solle den Mund halten. Avery braucht kein Gepäck, während sie versucht, neu anzufangen. Jedenfalls wollte ich, dass du es weißt. Sie hat gerade eine schreckliche Beziehung beendet. Klingt, als bräuchte sie jetzt einen Freund.«

Grants Wut köchelte auf kleiner Flamme. Was für ein Mann betrügt seine Frau? Avery war in der Highschool ein wunderbarer Mensch gewesen. Sie verdiente einen Mann, der sie mit Respekt behandelte. Jemanden, der sie und Sophia schätzen würde.

Könnte Grant dieser Mensch sein? Die letzten Reste seiner Wut verflogen und ließen einen Schimmer Hoffnung zurück.

»Was soll ich tun?«, wiederholte er.

»Zeige Avery, wie ein echter Mann eine Frau behandelt, besonders eine, die ihm wichtig ist. Verbring weiterhin Zeit mit ihr und Sophia. Was sind deine Pläne für heute Abend?«

»Ich habe keine«, sagte Grant, benutzte den Blinker und bog auf Nicks ländliche Straße ein. Der Truck holperte über die Schotterstraße. Es war ein deutlicher Kontrast zu den glatten Straßen, an denen Grant und Avery beide wohnten. »Ich wollte eine Pizza bestellen und ein paar Fußball-Wiederholungen anschauen.«

Als er in Nicks Einfahrt fuhr, kamen zwei Kinder und ein großer Hund auf den Truck zugerannt. Nick grinste, als er seinen Arm nach dem Türgriff des Trucks ausstreckte. »Ich beschwere mich über den Lärm zu Hause, aber vermisse diese Jungs, wenn ich weg bin. Anstatt Fußball zu schauen, bring diese Pizza zu Averys Haus.«

»Bist du sicher?« Grant holte sein Telefon heraus, um Avery eine Nachricht zu schreiben, zögerte dann aber. »Ich will nicht zu aufdringlich sein.«

»Schreib ihr zuerst. Stell sicher, dass sie keine Pläne hat. Frauen mögen ihre Zeit für sich, aber ich vermute, Avery ist heute Abend einsam. Sophia übernachtet bei einer Freundin, richtig?«

»Ja. Sophia isst mit Emmas Tochter zu Abend. Bist du sicher, dass es ihr nichts ausmacht, wenn ich vorbeikomme?«

Nick grinste und stieß die Tür auf. »Der Kuss hat ihr doch auch nichts ausgemacht, oder?« Er sprang aus dem Truck, schlug die Tür zu und kniete sich hin, um seine beiden jüngsten Kinder zu umarmen.

Grant beobachtete die glückliche Familie für einen Moment, dann entsperrte er sein Telefon.

Hast du Hunger? Ich hole eine Pizza, halb mit Peperoni.

Die perfekte Pizza zum Teilen.

Er starrte auf das Telefon und sah zu, wie drei kleine Punkte über seinen Bildschirm tanzten, während sie eine Antwort tippte.

Avery

Du kannst Pizza nicht alleine essen. Soll ich zu dir kommen?

Grant grinste. Das war einfacher als erwartet. Er öffnete die App ihrer Lieblingspizzeria, um die Pizza zu bestellen, und tippte dann eine Antwort an Avery.

Bleib zu Hause.

Ich bin in 30 Minuten bei dir.

Zweiunddreißig Minuten später parkte Grant seinen Truck am Straßenrand. Er war stolz darauf, wie viel er in der letzten halben Stunde geschafft hatte. Er schnappte sich die Pizza und einige Blumen aus dem Lebensmittelgeschäft und ging zur Tür, um zu klingeln.

Mit einem leichten Lächeln hielt er die Blumen hin und sagte: »Die sind für dich. Danke für deine Gesellschaft heute und die Hilfe.«

Avery errötete tiefrot und öffnete die Tür weiter, um Grant ins Haus zu lassen. »Danke. Sie sind wunderschön. Lass mich eine Vase finden.«

Sie durchsuchte die Schränke ihres Großvaters auf der Suche nach einer Vase. Sie fand einen hohen Krug, der funktionieren würde, und füllte ihn teilweise mit Wasser. »Ich kann nicht glauben, dass du immer noch hungrig bist. Ich habe acht Sandwiches gemacht und wir drei haben alle aufgegessen! Es ist lange her, dass ich einen arbeitenden Mann versorgt habe.«

Er lachte und holte zwei Teller aus dem Schrank, dazu einen Stapel Servietten. »Wenn ich mich richtig erinnere, habt du und Brook früher beim Catering für die jährlichen Arbeitsfeste geholfen. Da waren viele hungrige Arbeiter. Ich kann mir nicht vorstellen, wie viel Essen die verschlungen haben.«

»Es war eine Menge«, stimmte sie zu und legte ein Stück Peperonipizza auf ihren Teller.

Vor Jahren hatte sich die Stadt jeden Sommer zusammengetan, um ein Projekt fertigzustellen. Einmal hatten sie die Garage eines Mannes nach einem Brand wieder aufgebaut. Ein anderes Jahr hatten sie den Kirchenpavillon gebaut. Sie hatten immer die Unterstützung und Anleitung einer lokalen Baufirma gehabt.

Die Projekte waren vor einigen Jahren eingestellt worden, als einige Freiwillige älter wurden und die jüngsten Helfer mit ihrem eigenen Leben beschäftigt wurden.

Trotz der Arbeit, die sie geleistet hatten, war es nicht das, was ihm von diesen Tagen im Gedächtnis geblieben war. Er erinnerte sich deutlich daran, wie er auf einer Leiter stand und auf Avery hinabblickte, während sie Platten mit Essen auf einen nahegelegenen Tisch häufte.

Die Szene hatte ihn sprachlos gemacht. Avery sah genauso appetitlich aus wie die Sandwiches, die sie austeilten. Er war überrascht von seiner Reaktion gewesen. Dennoch hatte er nichts unternommen. Diese Erinnerungen waren mit der Zeit verblasst, aber jetzt, da Avery wieder zu Hause war, kehrten diese Gefühle zurück—nur stärker.

Sie trugen ihre Teller und Decken nach draußen auf die Veranda. Es schien, als würde Avery jetzt keine Gelegenheit auslassen, draußen zu sein, trotz der Kälte. Sie behauptete, die frische Luft und die Meeresbrise aufzusaugen.

Nach einem gemeinsamen Tag hatten die beiden nicht mehr viel zu besprechen. Sie saßen zusammen auf der Veranda, sprachen nicht, zufrieden damit, das Essen und die Gesellschaft des anderen zu genießen. Nach und nach wurden die Sterne sichtbar.

Das wäre keine schlechte Art, die meisten Tage zu beenden, erkannte Grant. Vielleicht hatte Nick recht damit, jemanden zu haben, der einen jeden Abend nach Hause zieht.

Dennoch wollte er Avery etwas Raum geben. Sie waren immer noch nur Freunde. Als er Emmas Auto vorfahren sah, mit zwei kleinen Mädchen, die auf dem Rücksitz plapperten, stand er auf. »Es war ein guter Tag. Nochmals danke für die Gesellschaft.«

Er überlegte, sich vorzubeugen, um ihr einen weiteren Kuss zu geben, war sich aber nicht sicher, wie sie vor Sophia reagieren würde. Stattdessen griff er nach unten und drückte ihre Hand. »Ich hoffe, dir gefallen die Blumen. Ich hole dich morgen ab.«

Die Sonne lugte gerade über den Horizont, als Grant seinen Truck in Richtung Seaside Cupcakes fuhr.

Brook klebte ein Schild mit der Aufschrift »Heute geschlossen: Trefft uns am Leuchtturm!« auf. Sie sprang überrascht auf, als Grant vor ihr parkte. »Was machst du hier? Es ist sechs Uhr morgens. Solltest du nicht etwas bauen? Oder schlafen?«

»Avery sagte, ihr bringt heute Morgen eine Tonne Essen zum Festival. Ich dachte, ihr könntet Hilfe gebrauchen.«

Brook stemmte die Hand in die Hüfte und grinste spöttisch. »Das ist lustig. Ich mache dieses Festival seit fünf Jahren, und du bietest erst Hilfe an, wenn Avery dabei ist. Ich sehe schon, wie der Hase läuft.« Sie schob ihre Pulloverärmel hoch und öffnete Grant die Tür. »Ich bin ein bisschen eifersüchtig, aber ich nehme jede Hilfe, die ich kriegen kann.«

»Mir war nie klar, dass du das alles allein machst«, sagte er, betrat den Laden und ging durch die Küchentür. »Wenn du etwas gesagt hättest, hätte ich jedes Jahr geholfen.«

Er kam in ein organisiertes Chaos. Sophia stapelte Tabletts mit gefrorenen Keksen auf die Theke. Avery packte Schachteln mit Kuchen, wobei sie sie vorsichtig einbettete, um die auftauenden Teighüllen nicht zu zerbrechen.

»Grant, Grant, Grant«, skandierte Sophia. »Wir gehen heute zum Leuchtturm. Bist du gekommen, um einen Keks zu kaufen? Brook sagt, sie verkaufen diese Kekse am Leuchtturm.«

Er schmunzelte und richtete den Turm aus Keksschachteln, den Sophia aufgebaut hatte. »Wir gehen zusammen zum Leuchtturm. Wirst du heute mit mir nach oben steigen? Die Aussicht von der Spitze des Leuchtturms ist wunderschön.«

»Ja!« Sie wandte sich ihrer Mutter zu. »Darf ich? Ich bin gut im Treppenklettern.«

Avery steckte ein verirrtes Haar zurück in ihren Zopf, was Grants Herz zum Stolpern brachte. Wie schaffte es diese Frau, so früh am Morgen so schön auszusehen?

Glücklicherweise blieb Avery seinem inneren Aufruhr gegenüber ahnungslos. Sie unterbrach ihre Arbeit, um sich ihrer Tochter und ihrem Freund zuzuwenden. »Wir können den Leuchtturm besteigen, wenn wir Zeit haben. Konzentrieren wir uns jetzt darauf, diese Kisten und Tabletts in den Lieferwagen zu bringen. Grant, warum bist du hier?«

»Ich dachte, Brook könnte eine Hand gebrauchen«, sagte er, über seine Worte stolpernd. »Wollte nicht nur zum Spaß auftauchen, wenn es auch Arbeit zu erledigen gibt.«

Brook lachte laut auf und drückte ihm die ersten Tabletts mit Keksen in die Arme. »Wir werden dich beschäftigen. Bring diese Tabletts zum Lieferwagen. Wir stapeln sie auf die Regale. Die Kisten mit den Kuchen können direkt auf den Boden.«

Der Morgen verging wie im Flug. Die vier packten den Lieferwagen und verstauten einige zusätzliche Kuchen in Grants Truck. Dann fuhren sie zum Leuchtturm, Grant folgte dem Lieferwagen in den bereits überfüllten Park.

Als er die lebhafte Szene betrachtete, staunte er über die Menschenmassen, die im Park Handwerk, Essen und Musik genossen. Er war seit Jahren nicht mehr auf dem Festival gewesen.

Grant hatte nicht erwartet, dass der Park so voll sein würde, und war froh, dass er seine Hilfe angeboten hatte. Brook und Avery sollten diese Menschenmenge nicht allein bewältigen müssen.

Sie verbrachten die nächsten Stunden damit, Brook beim Verkauf von Leckereien an Hunderte hungriger Menschen zu helfen, die alle begierig darauf waren, ein Stück New Jersey Backkunst zu genießen. Sophia machte mit und verteilte kostenlose Lutscher.

Als Avery den letzten Kuchen an ein älteres Ehepaar aus Pennsylvania verkaufte, kam Brook zu Grant herüber und sprach leise: »Ich werde das Geld in meinem Lieferwagen einschließen. Es wird ruhiger. Warum nimmst du deine Mädels nicht mit auf den Leuchtturm, wenn ich zurück bin?«

Grant sah Brook weggehen und war überrascht, dass seine Freundin seine wachsende Zuneigung für Avery und Sophia bemerkt hatte. Sie waren nicht „seine" Mädels, noch nicht. Aber er hoffte, dass sie es bald sein würden.

»Wer will den Leuchtturm besteigen?«, fragte er und zeigte auf Sophia. »Glaubst du, du schaffst das? Es sind fast zweihundert Stufen.«

Die Sechsjährige rümpfte die Nase, nicht beeindruckt. »Ich klettere jeden Tag mindestens vierhundert Stufen in der Schule«, sagte sie. »Das sollte ein Kinderspiel sein.«

»Ich mag Kuchen. Lass uns sehen, wie du dich schlägst«, antwortete er.

Als Brook vom Lieferwagen zurückkam und ihm einen Daumen nach oben zeigte, zog er Avery vom fast leeren Tisch weg.

»Komm schon. Sie wird uns für ein paar Minuten nicht vermissen. Sophia wird Zeit auf der Spitze des Leuchtturms verbringen wollen, und er schließt bald. Die Aussicht ist das Beste daran.«

Avery schlang ihre Arme um sich und blickte zum Leuchtfeuer hinauf. »Ich erinnere mich. Es ist verrückt, nicht wahr? Als wäre man über allem erhaben und hätte alle Sorgen auf dem Boden zurückgelassen.«

»Es ist ein großartiges Gefühl. Du hattest ein schweres Jahr. Lass uns hinaufgehen und die Spitze der Welt erkunden.«

Er bezahlte drei Eintrittskarten und sie begannen den langsamen, stetigen Aufstieg über Dutzende Stufen. Avery rief ihrer Tochter ein paar Mal zu, sie solle bei ihnen bleiben und nicht vorauseilen.

»Sie hat so viel Energie«, sagte sie und hielt auf einem Treppenabsatz nahe der Spitze an, um zu verschnaufen. »Ich würde mir gerne etwas von ihrer Energie ausleihen. Und schau dich an! Du bist nicht einmal außer Atem.«

Grant zuckte mit den Schultern und verweilte am Fenster, bewunderte die Aussicht, während er Avery einen Moment zum Erholen gab. Es war nichts, womit man angeben müsste. Er war durch seinen Baustellenjob in guter Form, aber er bestieg den Leuchtturm auch oft. Das war einer der Vorteile, wenn man am Meer wohnt.

Seine liebsten Aufstiege fanden nachts statt. Nichts übertraf den Blick in die Dunkelheit, wenn man nur gelegentliche Straßenlaternen und einen mit Sternen übersäten Himmel sah.

Sophia begann an seiner Hand zu ziehen. »Ich sehe die Tür ganz oben! Wir sind fast da!«

Grant grinste sie an und drehte sich dann um, um nach Avery zu schauen. »Sie hat recht. Schaffst du es? Deine Tochter wird nicht länger warten.« Er streckte seine Hand aus, um Avery auf die nächste Stufe zu helfen. Sie folgte ihm tapfer die letzten Stufen der Wendeltreppe hinauf.

Als sie die Spitze erreichten, stieß Sophia einen Seufzer aus. »Das ist unglaublich! Schau, wie winzig die Menschen sind. Ich sehe ein Boot. Und Brooks Van. Mama, können wir für immer hier oben bleiben?«, fragte sie und flitzte von einer Seite der Aussichtsplattform zur anderen.

»Ich bin froh, dass wir gewartet haben, bis es nicht mehr so voll ist. Lass sie etwas Spaß haben«, sagte Grant. »Wir haben noch ein paar Minuten, bevor sie uns rauswerfen.«

Er zwinkerte Avery zu, nahm dann ihre Hand und zog sie herum, um das Meer zu bewundern.

»Ich habe das Meer vermisst«, gab sie zu, während sie auf die Wellen starrte. »Ich fühle mich immer so klein, wenn ich am Wasser bin. Aber auf eine gute Weise, als wären meine Probleme keine große Sache.«

Grant nickte und legte seinen Arm um Avery. »Ich dachte, meine Probleme in der Vergangenheit wären riesig. Rückblickend waren sie langfristig unwichtig. Die Gesundheit meiner Mutter, der schwierige Geschäftsaufbau... Es hat sich alles gefügt. Klar, ich musste für meine Mutter in Sunset Cove bleiben. Aber das half mir, mein Geschäft hier aufzubauen, wo ich die Unterstützung der ganzen Stadt hatte. Sie hat mich großgezogen, und ich konnte die Liebe zurückgeben, als sie krank wurde.«

Und es hielt mich in dieser kleinen Stadt, wo es für uns einfach war, einander zu finden, nachdem du zurückgezogen bist, dachte er und stellte sich sein buchstäbliches Zusammenstoßen mit Avery im Lebensmittelgeschäft vor.

Nach einigen weiteren Minuten auf der Spitze des Leuchtturms kam eine Durchsage über den Lautsprecher, dass es Zeit sei zu gehen. Das Trio stieg die Wendeltreppe hinunter und traf Brook an ihrem Tisch.

»Was für ein Tag. Ich habe den letzten der Cupcakes und Kekse verkauft. Wir haben offiziell kein Essen mehr«, sagte sie. »Ich könnte Hilfe brauchen, diese Kisten zum Van zu bringen und sie im Laden auszuladen. Habt ihr Zeit?«

Die vier arbeiteten zusammen, um Brook beim letzten Beladen des Vans zu helfen. Brook schnappte sich Sophia für eine Umarmung und trug sie zum Beifahrersitz. »Sophia bekommt den Beifahrersitz! Ihr beiden könnt in Grants Truck zurückfahren. Bis in ein paar Minuten.«

Sie zwinkerte ihren Freunden zu, half dann Sophia mit ihrem Kindersitz und stieg auf den Fahrersitz.

»Wieder allein«, sagte Avery. »Man könnte meinen, Brook führt etwas im Schilde.«

Grant grinste und öffnete die Tür des Trucks für sie, dann gab er ihr einen Schubs auf den Sitz. »Vielleicht führt sie etwas im Schilde, aber ich werde mich nicht beschweren. Ich werde mich nie über ein paar Minuten allein mit einer schönen Frau beschweren.«

»Grant...«

»Du bist noch nicht bereit, mit dem Dating anzufangen. Aber ich hatte viel Spaß mit dir, und ich möchte mehr als nur Freunde sein«, sagte er, blickte ihr in die Augen und betete, dass sie dasselbe fühlte. Schluss mit der Zurückhaltung, dachte er. »Wenn du bereit bist, das hier ernst zu nehmen, lass es mich wissen.«

»Ich kann noch nicht«, flüsterte sie und schüttelte den Kopf. Eine einzelne Träne rollte ihr Gesicht hinunter. Sie wischte sie weg und lächelte. »Ich kann noch nicht, aber ich werde es dich wissen lassen, wenn ich bereit bin.«

»Du bist das Warten wert.«

14

Avery

AVERY LIEF VON EINER Seite ihrer Küche zur anderen.

Sie war bereit, mit ihrem Leben weiterzumachen. Der erste Schritt war, ihren Anwalt anzurufen. Sie hatte ihn wochenlang gemieden. Nach ihrer Schicht in der Bäckerei hatte sie endlich seine Anrufe erwidert.

Ihr Anwalt hatte keine guten Neuigkeiten. Während sie gehofft hatte, er würde sagen, dass die Scheidung erledigt und die Papiere unterschrieben wären, wollte er stattdessen über das Haus ihres Großvaters sprechen.

Avery und ihr Bruder hatten den Anwalt ihres Großvaters engagiert, um seinen Nachlass zu regeln. An denselben Anwalt hatte sie sich für ihre Scheidung gewandt. Die Wahl eines Anwalts so weit von Philadelphia entfernt mochte seltsam erscheinen. Aber er war bereit gewesen, den Fall zu übernehmen, und sie mochte das Gefühl, dass der Freund ihres Großvaters für sie arbeitete.

Rechtsanwalt Daniel Rawler war ehrlich, aber bestimmt. Er kontaktierte regelmäßig den Anwalt ihres Ehemannes und forderte, die Scheidung zu finalisieren.

Sie müssten sich bald wieder treffen. Er hatte auch die überfällige Steuerrechnung erhalten und rief an, um die Details zu besprechen. »Ich weiß nicht, was passiert ist, aber das Steueramt hat die Situation bestätigt. Sie und Ihr Bruder schulden Steuern für das Haus«, erklärte Dan.

»Sind Sie sicher, dass kein Fehler vorliegt? Warum haben wir letztes Jahr keine Rechnung bekommen?«

Sie hörte das Rascheln von Papieren, bevor er antwortete. »Die Steuern vom letzten Jahr hätten an Ihren Bruder gehen sollen. Das ist nicht geschehen. Ich würde empfehlen, so bald wie möglich zum Steueramt zu gehen.«

»Das werde ich. Was ist mit dem Geld im Nachlass? Welche Optionen haben wir?«

Dan machte eine Pause. »Ihr Großvater und ich waren lange Zeit Freunde. Ich wünschte, ich könnte das in Ordnung bringen. Leider reicht das Vermögen im Nachlass nicht aus, um die Steuern zu bezahlen. Können Sie es sich leisten, die Rechnung allein zu bezahlen?«

Avery lachte bitter. »Ich bin eine alleinerziehende Mutter, die zum ersten Mal seit Jahren arbeitet. Ich habe keine tausende Euro für einen Notfall wie diesen beiseitegelegt.«

»Das habe ich befürchtet. Wenn Sie das Geld nicht zurückgelegt haben, könnte der Verkauf des Hauses der einzige Weg sein, um die Steuern zu decken.«

Avery blickte sich in der Küche um und nahm den abgenutzten Tisch, die Stühle und den Retro-Bodenbelag wahr. Das Linoleum war durch Sonnenlicht und jahrelange Fußspuren verblasst. Sie hatte in der letzten Woche ihren

Teil zum Auf- und Ablaufen beigetragen, aber der Verschleiß des Bodens war über Jahrzehnte entstanden. Es war eine Erinnerung daran, wie viele Erinnerungen in dem alten Haus lebten.

Dann fiel ihr Blick auf Grants Blumen. Sie standen aufrecht in der Vase und sahen aus, als wäre keine Zeit vergangen. Aber so viel hatte sich in den letzten Tagen verändert. Sie verliebte sich in Grant, trotz ihrer Entschlossenheit, ihr Herz zu schützen. Und jetzt war sie sich nicht sicher, ob sie es sich leisten konnte, in Sunset Cove zu bleiben.

»Also verliere ich so oder so das Haus. Ist es das, was Sie mir sagen?«, fragte sie mit vor Emotion zitternder Stimme. »Entweder verkaufen wir es oder verlieren es an das Steueramt.«

Dans Stimme wurde sanfter, als er ihre schlimmsten Befürchtungen bestätigte. »Ich wünschte, ich hätte bessere Neuigkeiten. Ja, Sie werden das Haus wahrscheinlich verlieren. Es könnte nicht genug Zeit zum Verkaufen bleiben, aber es könnte sich lohnen, es zu versuchen. Sie könnten den Gewinn nutzen, um ein kleineres Haus in Sunset County zu kaufen.«

»Was ist mit einem Ratenzahlungsplan?«

»Ich bin auf Familienrecht spezialisiert, nicht auf Steuerrecht. Es liegt am County zu entscheiden, ob sie einen Ratenzahlungsplan akzeptieren. Es hört sich so an, als würden sie die vollständige Zahlung bis Ende dieses Monats erwarten. Ich würde einen Ersatzplan bereithalten. Es sei denn, Sie sind bereit, Folgendes in Betracht zu ziehen…«

Avery hielt den Atem an. Sie würde fast alles in Betracht ziehen, wenn es bedeutete, ein stabiles Zuhause für Sophia zu haben.

Dan räusperte sich. »Ich habe Ihnen das schon einmal gesagt. Sie haben Anspruch auf Unterhalt von Ihrem Ehemann. Wenn wir die Scheidung mit einer kleinen Einmalzahlung abschließen könnten, könnten Sie neu anfangen. Keine Steuerrechnung. Kein Umzug nötig.«

Avery war sich nicht sicher, ob sie lachen oder weinen sollte. Eric zögerte bereits. Sie hatte ihm alles gegeben, was er verlangte. Sie hatte nicht um Geld gebeten, nur um das alleinige Sorgerecht für ihre Tochter. Dan hatte argumentiert, dass es keine faire Vereinbarung sei.

Avery sah das anders. Sie bekam den besten Teil ihrer Ehe – sie bekam Sophia. Damals hatte sie gedacht, dass das Sorgerecht für ihre Tochter mehr wert sei als jeder Geldbetrag. Sie hatte ihre Meinung nicht geändert, obwohl der Verlust des Hauses ihres Großvaters wegen der Scheidung eine bittere Pille war.

»Wenn ich nach Geld frage, kann er das nicht noch länger hinauszögern?«

»Ja, er kann die Bedingungen anfechten. Sie würden diesen Kampf jedoch gewinnen. Sie haben Anspruch auf Ehegatten- und Kindesunterhalt. Ein Richter würde entscheiden, welcher Betrag angemessen ist.«

»Aber wir würden nicht bis Ende dieses Monats abschließen.«

»Das ist unwahrscheinlich.«

»Dann spielt es keine Rolle. Selbst wenn Eric gezwungen wird, Unterhalt zu zahlen, bekomme ich ihn nicht rechtzeitig, um die Steuern zu bezahlen.«

Damit war es entschieden. Avery würde sich nicht die Blöße geben, ihren Ex-Mann um Geld zu bitten. Sie würde mit ihrem Bruder sprechen und einen Plan ausarbeiten. Sie musste es versuchen. Avery beugte sich vor und roch an den zarten Blumen auf ihrer Theke. Sie musste das für Sophia und Grant in Ordnung bringen. Sie schuldete es auch sich selbst. Sie war entschlossen, an ihrem Neuanfang so lange wie möglich festzuhalten.

Sie beendete das Gespräch mit Dan und schickte eine weitere Nachricht an ihren Bruder mit der Bitte, sie anzurufen. Dann packte sie ihre Handtasche und machte sich auf den Weg zur Bank.

Die Kassiererin bei Sunset Loan and Savings kam ihr bekannt vor. Avery vermutete, dass die Frau schon seit Jahren hier arbeitete. Sie war als Kind in diese Bank gekommen, zuerst mit ihrem Großvater und später, um ihre eigenen Gehaltsschecks während der Highschool einzuzahlen.

Avery schob ihre Nervosität beiseite und lächelte zaghaft. »Guten Tag. Ich möchte ein Girokonto eröffnen. Außerdem muss ich mich nach einem Kredit oder einer Kreditlinie erkundigen.«

»Kein Problem«, sagte die Kassiererin fröhlich und holte einige Formulare für Avery heraus. Sie reichte ihr die Unterlagen und einen Stift und deutete auf einen Schreibtisch in der Ecke. »Lassen Sie uns zunächst mit einem Girokonto beginnen. Ich komme in ein paar Minuten zu Ihnen.«

Avery brauchte nicht lange, um die Formulare auszufüllen. Sie zögerte bei der Adresszeile, kritzelte dann aber die Adresse ihres Großvaters hin und schickte ein Gebet zum Himmel, dass sie noch lange in seinem Haus wohnen würde.

Die Bankangestellte setzte sich zu ihr an den Schreibtisch, nahm die Formulare entgegen und gab die Informationen in ihren Computer ein. Ihre Augen leuchteten auf, während sie tippte. »Sie wohnen im alten Brown-Haus?«

Avery strich sich eine Haarsträhne hinters Ohr und versuchte zu lächeln. Es kam eher wie eine Grimasse heraus. »Ja. Clint Brown war mein Großvater.«

»Oh, ja! Ich erinnere mich, dass ich Sie hier als kleines Mädchen gesehen habe«, sagte die Bankangestellte, ihre Augen vor Freude zusammenkneifend. »Willkommen zurück! Ich bin froh, dass jemand in das Haus eingezogen ist. Ich hatte befürchtet, dass ein Bauträger es kaufen würde. Das passiert mit vielen älteren Häusern hier in der Gegend.«

Avery spürte, wie ihr Lächeln zu einer Grimasse erstarrte. Ihr Magen verkrampfte sich bei dem Gedanken, dass ihr Kindheitshaus versteigert werden könnte. Die Vorstellung, dass ein Bauträger es kaufen würde, um ein neueres Strandhaus zu bauen, machte sie krank. »Ja, wir tun unser Bestes, um das Haus in der Familie zu behalten. Ich lebe dort mit meiner Tochter.«

»Wie wunderbar«, sagte die Bankangestellte, ohne Averys Unbehagen zu bemerken. »Das ist alles erledigt. Sie können in zwei Werktagen anfangen, Schecks auszustellen. Ich gebe Ihnen Musterschecks zum Anfang. Und hier sind einige Informationen zu Ihrem Konto.«

Avery nickte und nahm das Bündel Papiere entgegen. »Wissen Sie, ob das Finanzamt Musterschecks akzeptiert? Ich muss die Rechnungen meines Großvaters begleichen. In dem Brief wurde etwas von einem Bankscheck erwähnt.« Sie zögerte, ihr Mut schwand, als sie darüber nachdachte, um einen Kredit zu bitten. Dennoch könnte die Bank ihre einzige Hoffnung in diesem Schlamassel sein. Sie schluckte ihren Stolz hinunter und fuhr fort: »Ich würde mich auch gerne über einen Kredit informieren.«

Die Bankangestellte trommelte mit ihren Händen auf den Tisch und überlegte. »Ich arbeite nicht oft mit dem Finanzamt zusammen. Ich denke aber, Sie haben recht. Sie brauchen einen Bankscheck. Und ein Kredit ist komplizierter als die Eröffnung eines Kontos. Lassen Sie uns einen Manager finden, um das zu klären.«

Avery seufzte erleichtert auf. Sie würden das regeln, und alles würde gut werden. Sie würde Sophia nicht aus Sunset Cove herausreißen müssen, bevor ihre Tochter sich richtig eingelebt hatte.

Wenige Minuten später betrat Kerry Thompson, Brooks Freundin aus der Bäckerei, die Lobby.

»Avery! Wie geht es dir?« Kerry lächelte, während sie die Tür zu ihrem Büro offenhielt. »Schön, dich zu sehen. Unsere Managerin hat gerade Pause, aber ich kann dir helfen. Komm rein.«

Kerry bedeutete Avery, zuerst das Büro zu betreten. Sie schloss die Tür hinter ihnen. »Ich habe fast jedem in dieser Stadt geholfen. Ich möchte nicht, dass du dich komisch fühlst, mit mir zusammenzuarbeiten. Alles, was hier besprochen wird, ist vertraulich. Das sage ich all meinen Freunden, selbst wenn sie nur Schecks bestellen. Nur um jegliche Unannehmlichkeiten aus dem Weg zu räumen.« Sie grinste und setzte sich in den Drehstuhl hinter ihrem Schreibtisch, sich zu Avery drehend.

Avery lachte und ließ sich in den Stuhl vor Kerrys Schreibtisch sinken, wobei sie sich für einen Moment von der Fröhlichkeit ihrer Freundin aufheitern ließ. »Ich vergesse manchmal, wie es in einer Kleinstadt ist. Jeder kennt die Angelegenheiten von jedem.« Ihr Lächeln verschwand. »Ich schätze die Diskretion, denn ich habe ein Problem geerbt.«

Kerry nickte und griff nach einem frischen Notizblock und einem Stift. »Erzähl mir davon.«

Avery holte den Brief vom Finanzamt heraus und erklärte die Situation.

»Da dies die erste Rechnung ist, die wir erhalten haben, muss ich einen Ratenzahlungsplan beantragen«, fügte sie hinzu, während sie das Papier glättete und sich daran erinnerte, nicht zu weinen. Tränen würden nichts lösen. »Niemand in unserer Familie wusste, dass es unbezahlte Rechnungen gab. Wir brauchen mehr Zeit.«

Kerry legte ihren Stift beiseite und beugte sich vor, um ihrer neuen Freundin in die Augen zu schauen. »Das ist sicher nicht die Art von Willkommen, die du erwartet hast. Ich arbeite nicht im Finanzamt, aber soweit ich weiß, akzeptieren sie keine Anzahlungen. Du musst den gesamten Betrag bezahlen.«

Avery holte tief Luft und reichte ihrer Freundin den Brief. »Vielleicht irgendeine Art von Aufschub?«

Kerrys Augen weiteten sich, als sie den Betrag auf der Rechnung sah. »Hier steht, der volle Betrag ist am ersten Dezember fällig. Das ist in drei Wochen. Ich glaube nicht, dass sie dir einen Aufschub gewähren werden, aber du hast noch Zeit, das zu regeln.«

»Ist genug Zeit, um einen Kredit zu beantragen?«

»Technisch gesehen, ja. Aber die Bank kann das Haus nicht als Sicherheit verwenden. Du besitzt das Grundstück erst, wenn der Nachlass abgeschlossen ist.«

»Was ist mit einem persönlichen Kredit auf Basis meines Einkommens oder meines Autos?«

Kelly seufzte erneut und trommelte mit ihren Fingern auf ihrer Tastatur. »Du hast gerade deinen ersten Gehaltsscheck eingezahlt. Du brauchst sechzig Tage stetiges Einkommen, bevor wir einen Kredit anbieten. Und wir verwenden keine Autos als Sicherheit. Gib mir ein oder zwei Tage, um darüber nachzudenken. Komm morgen wieder, okay? Geh zum Empfang und frag nach mir.«

Avery stimmte zu und schüttelte Kerrys Hand, dann ging sie zu ihrem Auto. Sie sank im Fahrersitz zusammen und lehnte ihren Kopf an das Lenkrad.

Sie dachte an das Haus ihres Großvaters, das durch Vernachlässigung etwas abgenutzt aussah, aber immer noch stark dastand.

Sie stellte sich ihre Tochter vor, wie sie zum ersten Mal zum Ozean eilte und von Raum zu Raum in ihrem Haus raste, begierig darauf, ihr neues Zuhause zu erkunden.

Dann dachte sie an Grant und Brook. Ihre Freunde waren ihr Fels in der Brandung gewesen. Grant wollte sogar mehr als Freundschaft, wenn sie bereit wäre.

Sie würde alle enttäuschen.

Nach einigen Momenten des Selbstmitleids richtete sie sich auf und drehte den Schlüssel im Zündschloss. Sie legte den Gang ein und fuhr nach Hause.

Nein, Tränen würden nichts lösen. Außerdem hatte Kerry recht. Sie hatten Zeit, dieses Durcheinander zu beheben. Sie würde nicht ohne Kampf aufgeben.

Ihr Bruder rief an, während sie auf der Veranda saß und auf Sophias Bus wartete. »Tut mir leid, dass ich so lange gebraucht habe. Ich habe heute auch eine Nachricht vom Anwalt bekommen. Dachte, ich sollte dich zuerst anrufen.«

»Es ist schlimm, Brad. Es ist wirklich schlimm. Wenn du nicht zufällig zwanzigtausend Dollar unter deinem Kopfkissen versteckt hast, werden wir das Haus verlieren.«

»Opas Haus?«

»Natürlich Opas Haus. Es ist das einzige Haus, das ich im Moment habe.« Sie holte tief Luft und dämpfte den Sarkasmus. »Entschuldige. Es war ein harter Tag, aber es ist nicht deine Schuld.« Sie fasste alles zusammen, was sie bisher erfahren hatte, einschließlich des Plans, Kerry morgen wieder zu besuchen.

Brad fluchte leise ins Telefon. »Ich hatte keine Ahnung. Ich habe nie die Grundsteuern für sein Haus gesehen. Ich hätte fragen sollen, warum wir keine Rechnungen bekommen.«

Avery sank in ihrem Verandastuhl zusammen und versuchte, es sich bequem zu machen, während sie gemeinsam überlegten. »Nun, jetzt haben wir die Rechnung. Was können wir dagegen tun?«

»Das ist das Problem. Das ganze Geld von Opa steckt im Haus. Ein Haus am Strand ist nicht billig, aber was Ersparnisse, Aktien oder Rentenfonds angeht? Er hat nicht viel Bargeld hinterlassen.«

Avery sprang aus dem Stuhl. Sie wollte nicht, dass die Nachbarn dieses Gespräch mithörten. Sie ging in die Küche und holte eine Tasse für Kaffee heraus. »Was bedeutet 'Nicht viel'?«

Sie hörte Brad Papiere durchblättern. Nach einem Moment räusperte er sich. »Ab heute hat Opa...

Zweitausendfünfhundertzwei Euro in seinem Nachlass übrig. Wir können das für die Rechnung verwenden.«

Avery griff nach dem Küchenstuhl, zog ihn heraus und ließ sich auf den Sitz fallen. Der Anwalt hatte erwähnt, dass das Geld fast aufgebraucht war, aber sie hatte nicht begriffen, wie ernst die Lage war.

Brad räusperte sich erneut. »Lass uns positiv denken. Manche ältere Menschen nehmen Hypotheken auf ihre Häuser auf. Wenn sie sterben, hat die Familie keine andere Wahl, als das Haus zu verkaufen. Das erscheint also riesig, und das ist es auch. Aber es könnte schlimmer sein.«

Ihr Bruder sah immer die positive Seite der Dinge. Avery war eine praktischer veranlagte Person. Es spielte keine Rolle, ob sie zwanzigtausend oder hunderttausend Euro schuldeten – sie hatten das Geld trotzdem nicht. Brad hatte jedoch recht. Es könnte schlimmer sein. Sie hatten drei Wochen Zeit, um dieses Problem anzugehen.

Beide versprachen, nach mehr Geld zu suchen. Brad dachte, er könnte einen Kredit aufnehmen. Avery würde ihr Bankkonto in der Stadt überprüfen. Es würde nicht schön aussehen. Jeder Euro, den Eric verdiente, blieb auf seinem Namen. Sie hatte seit Jahren nichts mehr zu ihren eigenen Ersparnissen hinzugefügt.

Vielleicht würde Brook ihr zusätzliche Stunden oder einen Vorschuss geben. Sie müsste um viel bitten und hatte gerade erst angefangen zu arbeiten. Es war nicht fair, die Großzügigkeit ihrer Freundin auszunutzen.

Außerdem, wenn sie ihren ganzen Lohn für Steuern ausgab, wie würde sie dann Dinge wie Lebensmittel und Winterkleidung kaufen? Sophia besaß nicht einmal einen Wintermantel, der passte. Sie war seit letztem Jahr so viel gewachsen.

Avery schloss die Augen und ließ ihre Stirn auf der kühlen Küchentischplatte ruhen. Was konnte sie tun?

Mit gesenktem Kopf dazusitzen würde nichts lösen. Sie setzte sich auf, zog ein Stück Papier zu sich heran und begann, eine Liste zu erstellen. Es gab zwei Spalten: Wege, Geld zu finden, und Dinge, die bezahlt werden mussten.

Zumindest war Freundschaft kostenlos. Sie war dankbar für ihr kleines Unterstützungsnetzwerk in Sunset Cove. Sie betete, dass sie die Stadt nicht so bald verlassen müsste.

15

Grant

Die örtliche Eisdiele war gut besucht, voller Einheimischer, die Lust auf eine süße Leckerei hatten. Grant ließ sich in eine Nische gleiten und grinste.

»Ich habe einen Bananensplit mit extra Streuseln und Sahne und einen kleinen Erdnussbutter-Eisbecher mit heißer Schokoladensauce«, sagte er und schob das Eis zu Avery und Sophia hinüber.

Er war begeistert, Sophia mit einer kleinen Leckerei glücklich zu machen. Sie quietschte vor Freude und nahm ihren Löffel. »Ich liebe Streusel. Das sieht so lecker aus!« Sie hielt inne, ihr Löffel schwebte einen Zentimeter über dem Bananensplit. »Herr Grant, möchtest du teilen? Ich kann einen zweiten Löffel holen.«

Er stupste die Kleine mit der Schulter an und hielt seine Schokoladeneistüte hoch. »Ich habe, was ich will. Genieß du den Split. Ich hoffe, er schmeckt dir.«

Sophia begann, den Bananensplit in ihren Mund zu schaufeln. Grant schüttelte den Kopf und wunderte sich über ihren Appetit. Sie hatten vor dem Eisessen Burger zu

Abend gegessen. Er hatte ihren Appetit nicht mit einem Dessert verderben wollen.

Der Gedanke brachte ihn zum Lächeln. Er erinnerte sich, dass Averys Großvater dasselbe getan hatte. Burger und Eis waren eine regelmäßige Leckerei gewesen, als sie Kinder waren.

Er leckte ein paar Mal an seiner Eistüte und wandte sich dann an Avery. »Du bist heute Abend so ruhig. Ist alles in Ordnung? Stimmt etwas nicht mit deinem Eis?«

Avery nahm einen zaghaften Bissen aus ihrer Schüssel und wirbelte die Schokoladensauce in das schmelzende Vanilleeis. »Es war eine lange Woche. Ich habe viel im Kopf.«

»Ich bin ein guter Zuhörer«, bot er an. »Falls du jemals reden möchtest…«

Sie schöpfte etwas geschmolzenes Eis in ihren Löffel und schüttelte den Kopf. »Danke, ich weiß das zu schätzen. Aber das sind Familienprobleme. Ich will dich nicht mit unseren Problemen belasten.«

Grant runzelte die Stirn und schaute zu Sophia, die immer noch glücklich ihre Leckerei schleckte. Ihr Gesicht war mit Schlagsahne und Streuseln bedeckt.

»Es geht nicht um Sophia, oder?« fragte er mit gedämpfter Stimme. »Oder um deinen Ex-Mann? Wir sind zwar nur Freunde, aber ich bin immer bereit zu helfen.«

»Es ist nicht Eric, und Sophia geht es gut. Ich hatte auf einen Neuanfang in Sunset Cove gehofft. Es war etwas komplizierter als erwartet. Apropos kompliziert…« Sie streckte die Hand aus, um Sophias Gesicht mit einer Serviette abzuwischen. Nachdem sie sich vergewissert hatte, dass der Mund des Kindes sauber war, kehrte sie dazu zurück, mit ihrem Eis zu spielen, und schenkte Grant ein kleines Lächeln. »Wie war dein Tag?«

Er vermutete, dass Avery das Thema wechselte, ließ es aber dabei bewenden. Sie verdiente ihre Privatsphäre, und es war nicht seine Aufgabe, Antworten zu verlangen. Sie hatte Grant wieder in ihr Leben gelassen, und er hoffte, noch sehr, sehr lange dort zu bleiben. Das war vorerst alles, was er wissen musste.

»Wir haben heute den ersten Stock der O'Neills fertiggestellt«, sagte Grant, biss in seine Eistüte und tupfte sein Gesicht mit einer Serviette ab. »Wir müssen noch das Hauptschlafzimmer fertigstellen, aber ich verlege einen Teil meines Teams zu einem örtlichen Restaurant. Die haben bis zum Weihnachtsgeschäft für einen kleinen Umbau geschlossen, und wir haben einen engen Zeitplan. Sie machen den Großteil ihres Gewinns zwischen Thanksgiving und Neujahr. Das ist verrückt. Ich kann mir nicht vorstellen, dass die Existenz eines Unternehmens von den Anstrengungen eines Monats abhängt.«

Avery prustete los und begann zu husten. Besorgt, dass sie ersticken könnte, setzte sich Grant auf ihre Seite des Tisches und klopfte ihr auf den Rücken. Er ließ seine Hand dort und rieb ihren Rücken sanft in großen Kreisen. »Es ist okay. Tief durchatmen. Ganz ruhig.«

Sie griff nach ihrem Wasser und nahm ein paar Schlucke durch den Strohhalm. »Entschuldige. Das Eis ist in die falsche Röhre geraten.«

Grant grinste und reichte ihr eine weitere Serviette. »Du hast ein bisschen Eis am Kinn«, sagte er und zeigte auf sein eigenes Gesicht. »Es ist in die falsche Röhre geraten, hm? Es ist Jahre her, dass ich jemanden das habe sagen hören. Das war etwas, was dein Großvater gerne sagte.«

Avery antwortete nicht. Sie wischte das Eis von ihrem Gesicht und runzelte die Stirn zum Tisch hin, wobei sich eine tiefe Furche auf ihrer Stirn bildete.

»Er war ein guter Mann. Ich vermisse es, ihn in der Stadt zu sehen«, sagte Grant. »Es tut mir leid, dass du nicht hierher zurückziehen konntest, als er noch am Leben war. Er hätte dich und Sophia gerne um sich gehabt.«

Sophia blickte von ihrem Bananensplit auf und grinste. »Opa hat mir immer Süßigkeiten gegeben. Ich bin froh, dass wir jetzt in seinem Haus wohnen. Es ist ein schönes Haus.«

Averys Augen füllten sich mit Tränen, als sie antwortete: »Es ist ein tolles Haus. Du weißt, dass ich dort aufgewachsen bin, oder? Ich hoffe, dass du auch dort aufwachsen kannst. Entschuldigt mich. Ich muss auf die Toilette.«

Grant runzelte die Stirn, als sie ein Schluchzen unterdrückte, ihre Serviette auf den Tisch warf und eilig in die Damentoilette verschwand.

»Mama wird manchmal traurig«, sagte Sophia leise und lehnte sich zu Grant, als würde sie ihre tiefsten Geheimnisse teilen. »Ich höre sie weinen, wenn ich im Bett liege. Und sie macht Listen. Viele davon, damit sie nichts vergisst. Erwachsene haben bestimmt viel zu tun.«

Grants Stirnrunzeln wurde weicher, als er das kleine Mädchen ansah. »Erwachsene haben viel zu tun. Und ich weiß, dass deine Mama dich als ihre wichtigste Aufgabe betrachtet. Sie würde alles für dich tun. Das weißt du doch, oder?«

»Ich weiß«, sagte Sophia und stocherte in den Resten ihres Bananensplits. »Sie würde sogar in ein Haus ziehen, das sie traurig macht. Wir hatten nirgendwo anders, wo wir hingehen konnten. Aber ich hoffe, dass sie hier bald glücklich sein wird. Ich bin hier glücklich. Ich möchte, dass sie es auch ist.«

»Was würde sie glücklich machen?«

Sophia überlegte sich die Frage und zog den Löffel durch ihr geschmolzenes Eis. »Sie ist zu allein. Ich bin den ganzen Tag in der Schule. Sie braucht jemanden, mit dem sie nach der Arbeit reden kann. Sie sollte auch Zeit am Strand verbringen. Das macht mich glücklich. Ich wünschte, wir könnten unser Haus in den Sand versetzen. Ich könnte die Wellen von meinem Schlafzimmerfenster aus beobachten«, sagte sie verträumt und starrte aus dem Fenster, als könnte sie den Ozean von der Eisdiele aus sehen.

In diesem Moment kam Avery aus dem Badezimmer. Ihre Augen waren trocken, aber rot umrandet. Es war offensichtlich, dass sie geweint hatte.

»Sind wir fertig mit unserem Eis?«, fragte Grant.

»Ich bin satt«, gab Sophia zu.

Avery nickte. »Ich bin auch fertig. Tut mir leid, dass ich so schnell rausgerannt bin. Es war ein köstliches Ende unseres Tages. Du musst aufhören, uns so zu verwöhnen.«

»Wofür sind Freunde da?« Er legte seine Arme um die Schultern beider Mädchen. »Ich habe noch einen Trick in petto. Wer möchte einen Spaziergang am Strand im Mondlicht machen?«

Avery runzelte die Stirn. »Ein kurzer Spaziergang. Es ist kalt, nachdem die Sonne untergegangen ist, und wir können nicht zu spät draußen bleiben. Es ist ein Schultag.«

»Ein kurzer Spaziergang am Strand, kommt sofort. Ich schlafe immer besser, wenn ich dem Ozean ›Gute Nacht‹ sage«, sagte er und zwinkerte Sophia zu. Sophia drückte seine Hand und zwinkerte zurück.

Sie stiegen in seinen Truck und fuhren ein paar Blocks zum Ozean. Anstatt an der Promenade zu parken, fuhr er ein bisschen weiter die Straße hinunter.

Avery sah Grant an und grinste dann. »Fahren wir zum…«

»Ja, tun wir. Ist das okay?«

»Das klingt toll. Sophia, zieh deinen Sicherheitsgurt fest. Das könnte holprig werden.«

Sophia packte ihren Sicherheitsgurt und zog daran, um sicherzustellen, dass er fest verschlossen war. Ihre Augen weiteten sich, als Grant um die Ecke der Promenade fuhr und seinen Truck vorsichtig auf den Sand lenkte.

Er fuhr weg von einigen Touristen am Strand mit Taschenlampen, bis sie außer Sichtweite waren. Dann drehte er sich um und lächelte Sophia an. »Autos und Trucks sind vor der Promenade nicht erlaubt. Das ist der Teil des Strandes, wo Leute Sandburgen bauen, Löcher graben und auf Strandtüchern liegen. Aber jeder kann hier fahren, wenn er eine Strandmarke hat.« Er griff nach oben und schnippte gegen die dunkelblaue Marke, die an seinem Rückspiegel hing. »Wir sind früher immer hierher gekommen, um nachts die Sterne zu beobachten.«

Er stieg aus dem Truck und öffnete die Tür für Avery und Sophia. Das kleine Mädchen kletterte hinunter und rannte zu den Wellen.

»Halte deine Füße trocken! Du hast nur ein Paar Schulschuhe«, rief ihre Mutter und versuchte, über die Wellen hinweg gehört zu werden. Aber ihre Tochter platschte nicht ins Wasser. Stattdessen stand sie am Rand des Ozeans und blickte zum Himmel hinauf.

Grant nahm Averys Hand in seine. »Ich erinnere mich daran, wie ich das erste Mal den Ozean bei Nacht gesehen habe. Es raubt mir immer noch den Atem.«

Sie trat näher an ihn heran und kuschelte sich unter seinen Arm, während sie ihre Hände verschränkt hielten. »Danke, dass du mich hierher gebracht hast. Ich hatte eine harte Woche. Das ist genau das, was ich gebraucht habe.«

Er beugte sich vor, um Avery einen weiteren sanften Kuss auf die Stirn zu geben. »Jederzeit. Ich bin für dich da, Tag und Nacht.«

Beide starrten auf die brechenden Wellen und waren in Gedanken versunken.

16

Avery

»Avery! Avery Brown, bist du das? Ich habe gehört, dass du jetzt hier arbeitest.«

Avery unterdrückte ein Stöhnen, während sie mit einem Tablett Schokoladenmuffins durch die Küchentür trat.

Das passierte immer häufiger. Die Nachricht hatte sich verbreitet, dass Clint Browns Enkelin wieder in der Stadt war, und die Leute waren begierig darauf, sie zu sehen. Es war schön, vertraute Gesichter zu sehen, und sie hatten nette Dinge über ihren Großvater zu sagen. Aber angesichts all dessen, was sie zu jonglieren versuchte, waren die Nostalgie-Trips überwältigend geworden.

Avery wünschte, sie könnte sich den ganzen Tag in der Küche verstecken. Aber das wäre Brook gegenüber nicht fair, die sie gebeten hatte, während ihrer Schicht jeden Tag die Auslage im vorderen Bereich aufzufüllen.

Also anstatt wegzulaufen, klebte sie noch ein weiteres Lächeln auf ihr Gesicht. »Ja, ich bin zurück«, sagte sie, während sie die Kundin ansah und versuchte, sich an ihren Namen zu erinnern. »Ich wohne im alten Haus meines Großvaters. Es ist schön, wieder zu Hause zu sein.«

Die Frau streckte die Hand aus und drückte Averys Arm. »Du erinnerst dich nicht an mich. Ich war deine Schulleiterin an der Sunset Elementary.«

»Schulleiterin McFarland!« Ihr aufgesetztes Lächeln taute zu einem echten Grinsen auf. »Natürlich erinnere ich mich an Sie. Sind Sie jetzt in Rente, oder arbeiten Sie noch an der Schule? Meine Tochter geht jetzt auf die Sunset Elementary.«

»Ich werde nach ihr Ausschau halten, wenn ich das nächste Mal in der Schule mithelfe. Ich bin im Ruhestand, aber ich helfe mit den Kindern. Selbst die Rente kann mich nicht von meiner Lebensberufung fernhalten.«

Avery verspürte einen Stich, als sie über die Worte ihrer ehemaligen Schulleiterin nachdachte. Frau McFarland war so engagiert. Nicht einmal der Ruhestand konnte sie von ihren Kindern fernhalten. Es war unglaublich.

Sie fragte sich, wie es wohl war, einen Beruf zu finden, den man liebte. »Das ist wunderbar«, sagte Avery und schob frische Muffins in die Vitrine. »Es ist schön, so viele bekannte Gesichter wiederzusehen. Was kann ich Ihnen heute anbieten? Unsere Kekse sind besonders gut.« Sie zwinkerte der Schulleiterin zu. »Meine Sechsjährige hat bei dieser Ladung Zuckerguss mitgeholfen. Ich verspreche aber, dass sie beaufsichtigt wurde.«

Frau McFarland warf den Kopf zurück und lachte. »Da bin ich sicher. Du bist eine gute Verkäuferin. Gib mir ein Dutzend von den Keksen, bei denen deine Tochter geholfen hat, und vier Muffins. Ich treffe mich heute Morgen mit dem Elternbeirat, um über die Erweiterung unserer Bibliothek zu sprechen. Sie ist fast fertig. Es ist schade, dass dein Großvater nicht hier ist, um es zu sehen. Er sollte bei der Banddurchtrennung helfen.«

Avery hielt inne, als sie die Kekse einpackte und sie so platzierte, dass der Zuckerguss nicht verschmiert wurde. »Oh? Warum sollte mein Großvater dort sein?«

»Wusstest du das nicht? Er leitete eine unserer größten Spendenaktionen für die Bibliothek. Wir hatten einen holprigen Start, aber nächsten Monat findet die große Eröffnung statt.« Sie nahm die Schachtel Kekse von Avery entgegen und hielt ihre Kreditkarte hin, dann wedelte sie vor Aufregung mit der Karte herum. »Ich habe eine wunderbare Idee! Du solltest zur Banddurchtrennung kommen. Du kannst an der Stelle deines Großvaters stehen, und deine kleine Tochter kann die Schere halten. Wir beziehen die Kinder gerne mit ein. Was meinst du?«

Avery nahm die Kreditkarte und zog sie durch das Gerät. Sie hielt den Kopf gesenkt, überprüfte die Zahlen und gab den Verkaufsbetrag ein, bevor sie einen Beleg ausdruckte.

Würden sie und Sophia nächsten Monat noch in Sunset Cove leben, oder würden sie das Haus verkauft haben? Schlimmer noch, würde das Finanzamt sie aus ihrem Zuhause vertreiben?

Es würde ein Wunder brauchen, um eines dieser Szenarien zu verhindern.

»Ich bin mir da nicht so sicher«, sagte Avery und hob den Blick, um ihre ehemalige Schulleiterin anzusehen, während sie ihr einen Stift zum Unterschreiben des Belegs reichte.

»Wir sind nicht die richtigen Personen für diese Aufgabe. Wir waren überhaupt nicht beteiligt. Mein Großvater verdient die ganze Anerkennung.«

»Bitte denk darüber nach. Er war ein wundervoller Mann, weißt du. Wir würden uns freuen, seine Familie bei der großen Eröffnung dabei zu haben.« Frau McFarland senkte ihre Stimme und beugte sich zu Avery, als ob sie nicht wollte, dass die anderen Kunden sie hörten. »Er hat viel mehr getan, als nur die Spendenaktion zu leiten. Als wir feststellten, dass wir zu wenig Geld hatten, bot er eine großzügige Spende an. Dank ihm konnten wir einhundert Bücher kaufen und die Regale in der neuen Erweiterung füllen. Ich war erschüttert, als wir ihn verloren haben. Er war so freundlich und großzügig.«

Avery riss den Blick von ihrer Arbeit los und starrte Frau McFarland an. Sie hatte gewusst, dass ihr Großvater großzügig war, aber wie konnte er es sich leisten, eine so große Spende zu machen? Ihr Kopf drehte sich vor Verwirrung. Er hatte nicht genug Geld gehabt, um seine Steuern zu bezahlen oder für schlechte Zeiten vorzusorgen. Hatte er seine Rechnungen vergessen? Oder hatte er sich so sehr um diese Stadt gekümmert, dass er seine eigenen Bedürfnisse vernachlässigt hatte?

»Ja, er war ein sehr großzügiger Mann«, sagte Frau McFarland noch einmal. Sie strahlte die junge Frau an. »Ich habe von Pastor Rick gehört, dass du genau wie er bist. Ich bin froh, dass du dem neuen Freundlichkeitskomitee beigetreten bist. Clint Brown wäre stolz.«

Avery spürte einen Kloß im Hals. Wäre er stolz? Sie war eine geschiedene, alleinerziehende Mutter, die nach Hause zurückgerannt war, um einen Neuanfang zu finden.

So sehr sie ihren Großvater auch vermisste, sie war froh, dass er nicht hier war, um zu sehen, wie sie kämpfte. Er hatte sie gewarnt, Eric nicht zu heiraten. Er hatte sie gebeten, nach ihrem Wirtschaftsstudium nach Hause zu kommen. Sie hatte sich geweigert, weil sie ihr eigenes Leben in der Stadt beginnen wollte, weit weg von der kleinen Stadt Sunset Cove.

Sie würde fast alles geben, um ihren Großvater ein letztes Mal zu sehen. Sie würden an seinem alten Küchentisch sitzen, eine Tasse Kaffee teilen und darüber reden, was ihn beunruhigte. Sie hätte öfter anrufen oder zu Besuch kommen sollen. Wenn sie es getan hätte, würde sie vielleicht verstehen, warum sein Nachlass in solcher Unordnung war.

Wenn sie nicht zugelassen hätte, dass Eric ihr Leben kontrollierte und sie von ihrem Großvater und ihrer Heimatstadt fernhielt, hätte es vielleicht nicht so lange gedauert, bis sie erkannte, dass ihre Ehe vorbei war.

Avery runzelte die Stirn, voller Bedauern, als Frau McFarland durch die Tür ging.

Als die Eingangstür sich schloss, kam Brook aus der Küche gestürmt. Sie trug ein Tablett mit ihren charakteristischen strandthematischen Keksen. Sie schob das Tablett in die Vitrine, schloss den Deckel und klopfte sich das Mehl von den Händen.

»Genug Kekse für heute«, sagte sie und drehte sich grinsend zu ihrer Freundin um. »Wenn du nichts dagegen hast, die Kasse kurz zu übernehmen, räume ich für heute auf. Vielleicht können wir beide heute pünktlich Feierabend machen.«

Brook lehnte sich gegen den Tresen und musterte Avery genauer. »Geht's dir gut? Du siehst traurig aus. Oder wütend. Vielleicht beides.«

Averys Lippe zitterte. Zwischen der Steuerrechnung, den Freunden ihres Großvaters und Brooks Freundlichkeit war sie ein einziges Durcheinander. Sie brauchte fünf Minuten allein, um ihre Gefühle zu verarbeiten. Aber es gab keinen Ort, an dem sie sich verstecken konnte. Sie konnte nicht einmal um eine Toilettenpause bitten. Brook kannte sie zu gut. Grant auch. Sie vermutete, dass sie deshalb gestern Abend zum Strand gegangen waren.

Ging es ihr gut? Avery holte tief Luft und wollte schon nicken, schüttelte dann aber den Kopf. Es hatte keinen Sinn, ihre beste Freundin anzulügen. »Mir geht's nicht gut. Wir sind hierhergekommen, um neu anzufangen, aber wir sind direkt in ein Chaos geraten. Kannst du ein Geheimnis für dich behalten?« Sie wartete, bis Brook nickte. »Mein Großvater hat seine Grundsteuern nicht bezahlt.«

Brook schnappte nach Luft und zog Avery zurück in die Küche, führte sie zu den Stühlen, die sie für Pausen benutzten. »Das klingt nicht richtig. Bist du sicher?«

»Ich bin mir sicher. Wir haben einen Brief vom Finanzamt bekommen, in dem steht, dass wir bis Ende des Monats... eine Menge Geld schulden. Er hat seine Steuern in dem Jahr, in dem er starb, nicht bezahlt. Wir haben letztes Jahr nicht einmal eine Rechnung bekommen.«

Brooks Augen weiteten sich, während sie der Geschichte ihrer Freundin lauschte. »Das ist schlimm, Avery. Geh zum Steueramt und kläre das. Sag deinem Bruder, er soll einen Scheck vom Nachlass mitbringen. Warte nicht.«

Avery lachte nervös. »Ich bin nicht sicher, ob Brad ein Scheckbuch für den Nachlass hat. Es ist fast kein Geld mehr übrig. Opa lebte von seiner Rente. Das Haus zu verkaufen ist unsere offensichtlichste Option – aber wir haben vielleicht nicht genug Zeit dafür.«

»Das ergibt keinen Sinn«, sagte Brook und runzelte die Stirn, während sie den Kopf schüttelte. »Dein Großvater hat immer für wohltätige Zwecke gespendet. Er war ein sehr großzügiger Mann.«

Avery blickte zu Boden. »Ich frage mich, ob er zu großzügig mit seinem Geld war. Was, wenn er alles weggegeben und nicht genug für sich selbst übrig gelassen hat? Das ist etwas, das mein Großvater tun würde. Er war immer bereit, sein letztes Hemd herzugeben.«

Die Freundinnen sahen sich in die Augen und erinnerten sich an den Moment, als Clint Avery in einer Krise seinen Wintermantel gegeben hatte. Ihre Eltern waren auf dem Heimweg von einer Pyjamaparty in der Schule; ihr Auto rutschte auf schwarzem Eis aus und prallte gegen einen Baum. Avery war aus dem zertrümmerten Auto geklettert, kalt und verängstigt. Ihre Eltern waren beide bewusstlos.

Als ihr Großvater ankam, stand sie am Straßenrand und trug nichts als einen Schlafanzug. Clint hatte sie in seinen Mantel gewickelt und schnell in sein Auto gebracht. Sie hatte mit Brad im Auto gekauert, während ein Krankenwagen ihre Eltern wegbrachte. Es würde zu spät sein, um ihre Eltern zu retten, aber ihr Großvater hatte sie in jeder Bedeutung des Wortes gerettet.

Brook griff unter den Tresen und holte eine Taschentuchbox hervor. Sie reichte die Box ihrer Freundin und streckte die Hand aus, um sich selbst ein Taschentuch zu nehmen. Sie gab ein lautes Tröten von sich, als sie sich die Nase putzte. »Er war ein toller Kerl. Ich werde beten, dass dein Großvater sich nicht übernommen hat. Ich würde dir das Geld leihen, aber bei mir ist es auch ziemlich knapp. Ich habe jeden Cent in dieses Geschäft gesteckt.«

Avery tupfte sich die Augen ab. »Schon gut. Wir werden das regeln. Ich bin froh, dass ich es jemandem erzählt habe. Es ist viel weniger einsam, wenn jemand anderes deine Geschichte kennt. Kerry weiß es auch. Sie wollte unsere Kreditoptionen prüfen und sich heute wieder mit mir treffen.«

Brook sah nachdenklich aus, dann streckte sie die Hand aus und zog an Averys Schürzenbändern, bis sie sich lösten.

»Was machst du da? Ich arbeite noch zwei Stunden.«

»Nein, tust du nicht. Du gehst jetzt zum Steueramt. Du brauchst mehr Informationen, bevor du Kerry siehst. Ich bezahle dich trotzdem für diese letzten zwei Stunden. Du hast das Geld mehr als verdient, indem du beim Leuchtturmfest geholfen hast.«

Avery schüttelte den Kopf, ihre Augen füllten sich wieder mit Tränen. »Ich verdiene es nicht, so gute Freunde zu haben.«

»Doch, tust du. Jetzt geh. Ich möchte, dass du noch lange, lange in Sunset Cove lebst. Du verlässt uns nicht noch einmal.«

Avery schaute auf die kleine Frau, die hinter der Tür mit der Aufschrift »Heather Martin, Steuereintreiberin von Sunset County« saß.

Sie setzte ihr freundlichstes Lächeln auf und streckte eine Hand aus. »Hallo, schön Sie kennenzulernen! Mein Name ist Avery Brown-Goodwin. Ich bin hier, um die Steuerrechnung meines Großvaters zu besprechen. Sein Name war Clint Brown.«

Heather erwiderte den Handschlag fest. »Der Nachlass der Familie Brown? Ja, der ist mir bekannt. Das Haus ist für eine Zwangsversteigerung Ende dieses Monats vorgesehen. So eine Schande. Es ist ein wunderschönes Haus.« Sie ließ sich in ihrem Stuhl nieder und deutete Avery an, Platz zu nehmen. »Ich bin so froh, dass jemand gekommen ist, um das zu regeln. Sind Sie hier, um die Unterlagen zu aktualisieren und die Rechnung zu begleichen?«

»Nicht ganz. Ich denke, es liegt ein Fehler vor. Mein Großvater war immer pünktlich mit seinen Rechnungen. Mein Bruder ist für den Nachlass verantwortlich und hat vor diesem Monat keine überfälligen Rechnungen erhalten. Diese Rechnung ist als letzte Mahnung gekennzeichnet.«

Heather nickte und wandte sich ihrem Computer zu. »Lassen Sie mich die Akte aufrufen.« Sie klickte ein paar Minuten herum und drehte sich dann zum Drucker, als dieser begann, Papiere auszuwerfen.

»Leider ist es kein Fehler. Wie Sie hier sehen können, hat Ihr Großvater seine Steuern in Raten bezahlt. Unsere Unterlagen zeigen, dass er verstarb, nachdem er im letzten Jahr die erste von vier Raten geleistet hatte. Das bedeutet, dass der Rest der letztjährigen Steuern fällig ist. Und sobald eine überfällige Rechnung vorliegt, nehmen wir die diesjährigen Beträge in eine sofort fällige Rechnung auf.« Sie überreichte Avery die ausgedruckten Papiere, als ob das die Sache erledigen würde. »Werden Sie die gesamte Rechnung heute bezahlen?«

Avery starrte Heather fassungslos an. »Wenn ich so viel Geld hätte, würde ich Ihnen heute bezahlen. Ich bin gerade erst hergezogen. Das ist das erste Mal, dass wir von einer überfälligen Steuerrechnung hören. Ich hatte gehofft, einen Ratenzahlungsplan einrichten zu können.«

Heather schüttelte den Kopf, die Augenbrauen besorgt zusammengezogen. »Es tut mir leid. Wir bieten keine Ratenzahlungspläne für überfällige Konten an. Positiv zu vermerken ist, dass Sie im nächsten Jahr für einen

Ratenzahlungsplan in Frage kommen, sobald Sie diese Rechnung vollständig bezahlt haben.«

Avery schloss die Augen und versuchte, den Kloß in ihrem Hals herunterzuschlucken. Ein Ratenzahlungsplan wäre im nächsten Jahr großartig. Aber wie sollte sie das Geld finden, um das Haus ihres Großvaters dieses Jahr zu behalten? »Ich verstehe nicht. Warum wurde uns das nicht früher zugeschickt?«

»Hmm. Lassen Sie mich tiefer nachsehen.«

Avery versuchte, ruhig zu bleiben, während Heather sich wieder dem Computer zuwandte. Wie konnte das passiert sein? Der Nachlass ihres Großvaters hatte nicht viel Geld, aber dieses Problem wäre letztes Jahr einfacher zu lösen gewesen. Ein Monat war nicht genug Zeit.

»Hier haben wir's! Wir haben die vierteljährlichen Rechnungen und eine Mahnung verschickt. Ich habe sie an die Zweitadresse in der Akte gesendet.« Heather drehte sich zum Drucker und nahm ein frisches Blatt Papier. Sie reichte es Avery. »Unser letzter Kontoauszug kam als ›Zurück an Absender‹ zurück. Daraufhin haben wir ihn direkt an das Brown-Haus geschickt, in der Hoffnung, rechtzeitig jemanden erreichen zu können.«

»Wo war die Zweitadresse?«

»Sie steht auf dem Papier. Irgendwo in Philadelphia. Kommt dir die Adresse bekannt vor?«

Avery wurde eiskalt, als sie den Bericht überflog. Ihr Großvater hatte sie als seinen Zweitkontakt angegeben und ihre alte Adresse in Philadelphia verwendet.

Das Problem war, dass sie die Post kaum zu Gesicht bekam. Ihr Ehemann bestand darauf, die Post zu sortieren, alle Rechnungen zu bezahlen und ihr nur die gesellschaftlichen Einladungen zu geben. Das war während ihrer gesamten Ehe ihre Aufgabe gewesen – das Geld ignorieren, sich auf den Schein konzentrieren.

Eric hatte diese Rechnungen seit letztem Jahr bekommen. Er hatte sie nicht bezahlt. Dann hatte er auch noch die Frechheit besessen, die letzte Rechnung zurückzuschicken, nachdem er ihre Ehe zerstört hatte.

Ihre Wut schlug von kalt zu heiß um. Sie war versucht, das Papier in ihren Händen zu zerknüllen, hielt sich aber zurück. Dies war ein Problem, das sie mit Eric klären musste. Es war nicht die Schuld der Steuerbeamtin.

Sie sprach durch zusammengebissene Zähne, entschlossen, ihre Würde zu wahren und das Büro so schnell wie möglich zu verlassen. »Ich verstehe. Jetzt ergibt das alles Sinn. Gibt es nichts, was wir tun können?«

Wenn Heather vorher besorgt ausgesehen hatte, so wirkte sie jetzt regelrecht alarmiert. »Ist alles in Ordnung? Wir haben die Anweisungen deines Großvaters befolgt. Er sagte, wenn er sich nicht um seine Rechnungen kümmern könnte, sollten wir die Auszüge an diese Adresse weiterleiten.«

Avery wich zur Tür zurück, zog ihr Handy heraus und versuchte, freundlich zu lächeln. »Es ist in Ordnung. Ich weiß, wen ich anrufen muss, während wir das klären.«

Avery kochte vor Wut, als sie zu ihrem Auto ging. Unterwegs schrieb sie ihrem Bruder Brad eine Textnachricht und erklärte die Situation. Dann stieg sie in ihr Auto, knallte die Tür hinter sich zu und rief die eine Person an, die sie gehofft hatte, für immer zu vermeiden: Eric.

Zu ihrer Überraschung nahm er beim zweiten Klingeln ab.

»Ich habe dir gesagt, du sollst mich nicht kontaktieren.«

»Das Haus meines Großvaters. Du hast die Steuerrechnungen bekommen.«

Sie hörte ein Rascheln im Hintergrund, als Eric das Telefon mit seiner Hand bedeckte. Er murmelte ein paar Worte zu jemandem im Hintergrund. Nach ein paar Sekunden klickte an seinem Ende des Telefons eine Tür zu.

»Ja, ich habe die Rechnungen bekommen. Ich hatte nicht vor, die Steuern des alten Mannes für ihn zu bezahlen.«

»Er war tot, kein Schuldner. Und wenn du nicht bereit warst, die Steuern zu bezahlen, warum hast du mir wenigstens nichts davon gesagt?«

Eric brach in Gelächter aus. »Du wolltest die Rechnungen bezahlen? Du hattest keinen Job. Du bist den ganzen Tag zu Hause geblieben, hast Cupcakes für Sophias Schule gebacken und unserer Putzfrau Gesellschaft geleistet. Nein. Du hättest mir gesagt, ich solle die Rechnungen bezahlen.«

Avery spürte, wie ihre Wut wieder hochkochte. »Wenn ich von den Steuern gewusst hätte, hätte ich einen Job gefunden! Ich hätte mit meinem Bruder gesprochen und einen Plan ausgearbeitet. Jetzt haben wir dreißig Tage, um das Geld aufzutreiben, oder wir verlieren das Haus.«

»Das ist zu schade«, sagte er.

Warum hatte sie diesen Kerl jemals geheiratet? Sie war versucht, das Telefon aufzulegen, denn er war offensichtlich nicht bereit zu helfen. Aber eine Sache hielt sie davon ab: Sophia. »Das ist deine Schuld, und du wirst mir helfen. Sophia braucht Stabilität. Ich rufe heute den Anwalt an und füge zwanzigtausend Dollar zur Scheidungsvereinbarung hinzu.«

Eric lachte wieder. »Nur zu. Ich werde dafür sorgen, dass wir vor Ende dieses Monats nicht einigen. Wenn du das Geld bekommst, wird es zu spät sein.«

Avery starrte auf das Telefon, fassungslos. Eric war später in ihrer Ehe grausam geworden, aber sie hätte nie gedacht, dass er ihrer Tochter absichtlich schaden würde. Mehr als er es ohnehin schon getan hatte.

»Was wäre, wenn wir…«

»Spar dir das. Ich werde die Scheidungspapiere diese Woche unterschreiben. Oder du kannst nach Geld fragen, und ich werde die Sache so lange wie möglich hinauszögern. Ich könnte sogar um teilweises Sorgerecht bitten. Deine Entscheidung.« Er legte auf und beendete damit den Streit.

Avery legte ihr Handy beiseite und schlug mit den Händen auf das Lenkrad. Was für ein Idiot. Sie konnte Erics Verhalten nicht fassen.

Nachdem sie sich ein paar Minuten Zeit gegeben hatte, um sich zu beruhigen, schnallte sie sich an und startete das Auto. Sie hatte ein Zuhause zu retten.

Avery schleuderte ihre Handtasche auf die Küchentheke und stapfte in der Küche herum. Sie riss Schranktüren auf und griff sich einen Topf und eine Pfanne. So wütend sie auch war, sie war entschlossen, für Sophia wie gewohnt das Abendessen zuzubereiten.

Sie stellte den Topf auf den Herd, diesmal darauf bedacht, ihn nicht hinzuknallen. Avery hatte kein Geld, um ihren Herd zu reparieren, falls er kaputt gehen sollte. Sie hatte für nichts Geld, wie es schien. Sie würden heute Abend wieder Spaghetti mit Hackbällchen essen. Es war Sophias Lieblingsessen. Es war auch billig. Avery würde zu billigem Comfort Food nicht nein sagen.

Sie stieß ein Knurren aus und knallte die Gefrierschranktür zu. Sie hatten keine Hackbällchen mehr. Sie lehnte sich gegen den Kühlschrank, sank auf den Boden und legte den Kopf auf ihre Knie.

Ihr Treffen bei der Bank war nicht gut gelaufen. Wie Kerry vorausgesagt hatte, konnte die Bank ihr keinen Hauskredit anbieten, bis sie die Steuerrechnung bezahlt hatte. Das Beste, was Kerry tun konnte, war, ihr eine Kreditkarte mit Barvorschussoption anzubieten. Die Zinssätze waren astronomisch, aber sie hatte die Karte trotzdem beantragt. Sie würde bis zum letzten Tag kämpfen, um das Haus ihres Großvaters zu retten, und sich weder von Stolz noch von hohen Zinssätzen aufhalten lassen.

Die Karte hatte ein Bargeldlimit von fünftausend Dollar. Zwischen ihrem eigenen Sparkonto und den Ersparnissen ihres Bruders hatten sie ein paar tausend mehr aufgetrieben. Fast die Hälfte geschafft.

Brad beantragte auch einen Kredit, aber er war nicht hoffnungsvoll. Vielleicht würde er ein paar tausend Dollar finden, die unter seinem Kopfkissen versteckt waren. Dort hatte er früher sein Geld aufbewahrt, als sie Kinder waren.

Avery lachte und schüttelte den Kopf, während sie sich Tränen aus dem Gesicht wischte. Sie griff nach ihrer Handtasche und eilte zur Tür hinaus, entschlossen, das Abendessen rechtzeitig fertig zu haben. Ihre Tochter würde voller Geschichten über ihren lustigen Tag sein. Sie wollte bereit sein.

Averys Magen zog sich zusammen, als sie an die Freunde dachte, die sie und Sophia zurücklassen würden, wenn sie Sunset Cove verließen. Es war nicht fair.

Aber wie Eric ihr gezeigt hatte, war das Leben nicht fair. Man könnte alles richtig machen und trotzdem am Ende allein und pleite dastehen.

Avery machte sich auf den Weg zum Supermarkt. Sie mochten zwar pleite sein, aber eine Fünf-Dollar-Tüte Fleischbällchen würde nicht den Unterschied zwischen Rettung oder Verlust ihres Elternhauses ausmachen. Averys Welt mochte zwar auseinanderfallen, aber ihre Tochter würde trotzdem einen normalen Abend haben.

17
Avery

AVERY TRAT GERADE DURCH die Haustür, als ihr Telefon klingelte. Ein kurzer Blick verriet ihr, dass die Schule anrief.

»Hallo, spreche ich mit Frau Brown-Goodwin?«

Sie jonglierte mit ihrem Telefon und den Schlüsseln, während sie die Tür hinter sich schloss und versuchte, die Stimme zuzuordnen. »Ja, am Apparat.«

»Hier ist Megan Nonweiler. Von der Schule? Wir haben uns kennengelernt, als Sie Sophia letzten Monat angemeldet haben.«

Avery lächelte, als sie sich die ältere Frau mit langen, grauen Haaren und ihrem warmherzigen Wesen vorstellte. Natürlich erinnerte sie sich an Frau Nonweiler. Sie war seit über dreißig Jahren die Schulsekretärin. »Ja, hallo. Wie kann ich Ihnen helfen?«

»Es tut mir leid, Ihren Tag zu unterbrechen, aber es gab einen Vorfall in der Schule. Wir würden Sie gerne bitten, sich heute Nachmittag mit dem Schulleiter zu treffen.«

Avery blickte an ihrer Kleidung herunter. Die Arbeit war heute hektisch gewesen. Trotz Schürze hatte sich eine leichte Schicht Mehl auf ihrer Kleidung verteilt. Sie hatte gehofft, nach der Arbeit zu duschen. Wenn sie nicht duschen konnte, müsste sie sich zumindest umziehen.

»Ich kann in ein paar Minuten da sein. Passt das? Ist alles in Ordnung?«

»Sophia geht es gut. Sie ist nicht in Gefahr. Allerdings möchte der Schulleiter Sie sprechen.«

Avery legte stirnrunzelnd auf. Sie eilte durch die Küche, schnappte sich die Schlüssel und die Handtasche, die sie gerade abgelegt hatte. Sie zog eine Haarbürste durch ihr Haar und wechselte ihre Kleidung. Innerhalb von fünf Minuten war sie auf dem Weg zur Schule. Sie traf Frau Nonweiler am Empfang.

»Danke, dass Sie gekommen sind. Der Schulleiter wartet auf Sie«, sagte sie und führte Avery durch die gleichen Flure, durch die sie selbst einst als Schülerin gegangen war.

Avery hatte als Schülerin wenig Zeit im Büro des Schulleiters verbracht. Sie war ein braves Kind gewesen, genau wie Sophia. Sie hatte stets unauffällig ihre Schulaufgaben erledigt. Sophia war aus dem gleichen Holz geschnitzt.

Das Büro des Schulleiters war noch immer an seinem Platz in der Nähe der Bibliothek. Allerdings hatten sie es in den letzten Jahren renoviert. Schöne Teppiche bedeckten den Boden, und inspirierende Poster zierten die Wände.

Ein großer Mann mit dunklen Haaren erhob sich von seinem Schreibtisch, um ihr die Hand zu schütteln. »Guten Tag. Ich bin Allen Sawyer, der Schulleiter der Sunset Cove Elementary. Es tut mir leid, dass wir uns unter diesen

Umständen kennenlernen, aber es freut mich trotzdem, Sie zu treffen. Bitte nehmen Sie Platz.«

Er deutete auf den Tisch an seinem Schreibtisch und wartete, bis sie beide Platz genommen hatten. Er verschwendete keine Zeit mit Smalltalk. »Uns ist zu Ohren gekommen, dass Sophia bei Tests und einigen Klassenaufgaben geschummelt hat. Ist das etwas, was sie schon früher getan hat?«

Averys Augen weiteten sich. Schummeln? Sophia hatte in ihrer alten Schule hauptsächlich Einsen bekommen und hart für ihre guten Noten gearbeitet. »Nein, sie hat nie geschummelt. Sie ist eine ausgezeichnete Schülerin. Was ist passiert?«

»Sie scheint ein gutes Kind zu sein, aber ich bin besorgt, dass sie Schwierigkeiten hat, sich an ihre neue Schule anzupassen.« Der Schulleiter erklärte, dass Avery Antworten von ihren Klassenkameraden abschrieb. Es war schon ein- oder zweimal vorgekommen. »Erst bei dem Mathetest diese Woche haben wir bemerkt, wie schlimm es war. Der Lehrer stellte fest, dass Sophias Arbeit identisch mit der ihrer Klassenkameradin war. An diesem Punkt gab Sophia zu, dass sie seit mehreren Wochen von ihren Freunden abgeschrieben hatte.«

Der Schulleiter schob Kopien beider Mädchentests über den Tisch. Avery schüttelte den Kopf, als sie die beiden Tests untersuchte. Sie erkannte Sophias Handschrift, wusste aber auch, dass dies nicht die Art war, wie ihre Tochter gelernt hatte, zu addieren. »Ich werde mit ihr sprechen. Was wird die Schule in dieser Angelegenheit unternehmen?«

»Sie ist erst sechs Jahre alt. Wir werden nicht zu streng mit ihr sein. Die Tische stehen jetzt weiter auseinander, und wir haben Sophia von ihrer alten Sitznachbarin weggesetzt. Allerdings ist dies immer noch eine ernste Situation. Sie wird nachsitzen müssen, wenn es wieder vorkommt.«

»Ich verstehe. Ich werde sicherstellen, dass Sophia weiß, dass es nicht wieder passieren darf.«

Der Schulleiter nickte und erhob sich dann, um Avery erneut die Hand zu schütteln. »Danke für Ihre Unterstützung. Sophia ist ein gutes Kind. Wir müssen sicherstellen, dass sie auf dem richtigen Weg bleibt. Möchten Sie sie nach Hause fahren, oder soll ich sie mit dem Bus fahren lassen?«

»Ich fahre sie nach Hause«, sagte Avery und dachte darüber nach, wie sich ihre Pläne für den Nachmittag geändert hatten. »Das gibt uns mehr Zeit zum Reden.«

Der Schulleiter tätigte einen kurzen Anruf bei Sophias Lehrerin. Fünfzehn Minuten später machten sich Mutter und Tochter inmitten eines Schwarms von Schulbussen auf den Heimweg.

Sophia war still auf der Fahrt nach Hause. Avery erwähnte nicht, warum sie in der Schule war, aber sie vermutete, dass ihre Tochter es wusste. Sie waren fast zu Hause, als Avery einen Umweg nahm. Sie bog links von der Hauptstraße ab und steuerte ihr Auto in Richtung des nächsten Strandzugangs.

Das kleine Mädchen runzelte die Stirn und schaute aus dem Fenster, als sie bemerkte, dass sie die falsche Straße genommen hatten. »Wo fahren wir hin?«

»Ich dachte, wir könnten einen Spaziergang am Strand machen. Was meinst du?«

Sophia zögerte, schüttelte dann den Kopf und sank tiefer in ihren Kindersitz. »Ich möchte heute keine Muscheln suchen.«

»Wir müssen keine Muscheln suchen. Lass uns einfach spazieren gehen.«

Avery parkte das Auto am Eingang der Rampe, öffnete dann Sophias Tür und betrachtete ihre Tochter. Sie war noch so jung. Averys eigene Gefühle waren in letzter Zeit wie der Ozean, rollend und gegen eine felsige Küste schlagend. Diese Veränderungen mussten für Sophia noch schwieriger sein.

Sie streckte ihrer Tochter die Hand entgegen und lächelte. »Ich fühle mich besser in der Nähe des Wassers. Komm schon.«

Die beiden gingen Hand in Hand zum sandigen Strand. Avery bog an der Hochwassermarke nach links ab und ging am Ufer entlang, wobei sie darauf achtete, den Wellen auszuweichen, die an ihre Füße schwappten. Sie gingen schweigend.

Nach ein paar Minuten drückte Avery die Hand ihrer Tochter. »Die Schule hat mich heute angerufen. Was glaubst du, was sie mir gesagt haben?«

Sophia zuckte mit ihren kleinen Schultern. Sie zog ihre Hand weg und ging auf das Wasser zu, starrte auf die Wellen.

»Sie haben mir gesagt, dass du bei einem Mathetest geschummelt hast und dass das nicht das erste Mal war. Stimmt das?«

Sophia zuckte erneut mit den Schultern und grub im Sand, um eine große Muschel herauszuziehen. Als Sophia bemerkte, dass sie kaputt war, warf sie die Muschel weit ins Wasser hinaus.

Avery seufzte. Sie versuchte, sich in die Lage ihrer Tochter zu versetzen. Als Kind war sie selbst nie bereit gewesen, zuzugeben, dass sie im Unrecht war. Als Erwachsene war es auch nicht einfach. Sie zog ihren Mantel aus und wappnete sich gegen die kühle Meeresbrise in nur einem Pullover und Jeans. Sie breitete den Mantel auf dem trockenen Sand aus und zog ihre Tochter zu sich, um neben ihr zu sitzen.

»Du bist gut in Mathe. Warum hast du geschummelt?«

Sophia schaute endlich zu ihrer Mutter auf, Tränen liefen über ihr Gesicht. »Ich war nicht gut genug.«

»Was meinst du? Du hattest Einsen und Zweien in deiner alten Schule. Das sind tolle Noten. Du musst nicht schummeln.«

»Zweien sind nicht gut genug«, wiederholte das Mädchen und wischte mit ihrem Mantelärmel über ihr Gesicht. »Papa meinte, ich sollte Einsen bekommen. Wenn ich besser in der Schule bin, lässt er uns vielleicht nach Hause kommen.«

Avery spürte einen Anflug von Wut gegenüber ihrem baldigen Ex-Mann. Wie konnte er es wagen, dieses wunderbare Mädchen das Gefühl zu geben, seiner Liebe nicht würdig zu sein? Eric war derjenige, der nicht gut genug war.

Sie schloss ihre Augen und hörte dem Wellenrauschen am Ufer zu. Als Avery die Augen öffnete, wischte sie ein paar ihrer eigenen Tränen weg. »Dein Vater hat uns nicht wegen deiner Noten gebeten zu gehen. Du weißt das, oder?«

Das Mädchen schaute zu ihrer Mutter auf, ihre Augen glänzten vor Tränen. »Nein. Ich weiß nicht, warum wir gehen mussten. Ich will zu Papa nach Hause. Können wir jetzt nach Hause gehen?«

Oh je. Es war schwer gewesen zu gehen, aber Avery hatte keine Lust zurückzukehren. Natürlich dachte ihre Tochter anders – sie wusste nicht, dass Eric sie betrogen hatte. Sie wusste nicht, dass ihr Vater bereits weitergezogen war.

»Das ist jetzt unser Zuhause«, sagte sie und wählte ihre Worte mit Bedacht. Sie hasste es, Sophia zu versprechen, dass sie in Sunset Cove bleiben würden, wenn alles so unsicher war. Dieses ganze Durcheinander, von ihrer enttäuschten Tochter bis zu ihren finanziellen Problemen, war alles Erics Schuld. Aber egal was passierte, sie würden nicht nach Philadelphia zurückziehen. »Sollen wir zu Opas Haus zurückgehen? Ich dachte, der Strand wäre ein besserer Ort zum Reden, aber wir können gehen.«

Sophia schüttelte den Kopf. »Ich will nach Hause. Zu Papa. Ich kann es besser machen. Ich verspreche es.«

Avery drückte ihre Tochter und hielt sie an ihre Seite, während sie sprach. »Du machst das großartig. Ich möchte, dass du dein Bestes gibst. Du musst nicht perfekt sein. Wir können aber nicht zurück in die Wohnung. Dies ist jetzt unser Zuhause.«

»Kann Papa herkommen? Sag ihm, dass ich großartig bin. Vielleicht will er hierher ziehen.«

Avery unterdrückte ein Lachen. Eric, nach Sunset Cove kommen? Der Mann hatte während ihrer gesamten Verlobung und Ehe keinen Fuß in ihre Heimatstadt gesetzt. Sie bezweifelte, dass er jetzt herkommen würde, nicht einmal, um seine Tochter zu besuchen. Der Anwalt hatte ihr bereits mitgeteilt, dass Eric plante, sein Sorgerecht aufzugeben. »Er wird nicht herkommen. Aber das ist in Ordnung. Wir haben immer noch einander.«

Zu ihrer Überraschung riss sich Sophia aus den Armen ihrer Mutter los und begann zu schreien. »Das ist nicht fair! Wir haben einen Papa-Donut-Tag. Er ist mein Papa, und er muss dabei sein. Sag ihm, er soll kommen.«

Avery presste ihre Lippen zusammen und ließ ihre Tochter wegziehen und wieder zu den Wellen rennen. Plötzlich ergab alles mehr Sinn. Ihre Tochter dachte, Eric hätte sie aus einem bestimmten Grund weggestoßen, und sie versuchte, es zu beheben. Sie hatte sich wahrscheinlich schon eine Weile so gefühlt. Der Papa-Donut-Tag hatte alles zum Ausbruch gebracht.

Avery hob ihren Mantel auf, klopfte den Sand von der wasserdichten Hülle und ging zum Ufer. »Wann ist der Papa-Donut-Tag?«

»In zwei Tagen.«

»Wie lange weißt du das schon?«

»Sie haben uns Erlaubnisscheine gegeben, als ich mit der Schule angefangen habe. Ich habe ihn in meinem Zimmer versteckt, falls Papa uns besucht.«

Avery streckte wieder die Hand aus und drückte die Hand ihrer Tochter. »Ach, Schätzchen. Das hättest du nicht tun müssen. Dein Papa wird es nicht schaffen, aber ich kann stattdessen kommen.«

Sophia riss ihre Hand weg und verschränkte die Arme. »Nein! Ich kann nicht meine Mama zum Papa-Donut-Tag mitbringen. Wenn Papa nicht kommt, brauche ich einen neuen Papa.«

Trotz des ernsten Gesprächs lachte Avery. Sie konnte nicht anders. Einen neuen Papa in zwei Tagen finden? Sie hätte als alleinerziehende Mutter schon Glück, überhaupt ein Date zu finden, geschweige denn jemanden, der bereit wäre, ein Stiefvater zu werden.

Grant hatte Interesse gezeigt. Er schien Sophia zu mögen. Aber es war zu früh, um zu daten. Sobald Grant verstehen würde, was es bedeutete, ein älteres Kind, das nicht sein eigenes war, mitzuerziehen, könnte er auch weggehen. Sie konnte das nicht riskieren. Nicht, während Sophia so verletzlich war.

Wie üblich arbeitete der frühreife Verstand ihres Kindes schnell. Sie runzelte die Stirn und schaute ihre Mutter an. »Lach nicht. Ich brauche in zwei Tagen einen Papa. Wird Grant mein Papa sein? Er war wirklich nett am Leuchtturm.«

Das wischte das Lächeln von Averys Gesicht. »Liebes, wir können dir nicht in zwei Tagen einen neuen Papa finden. Grant ist ein netter Kerl. Aber er ist nicht dein Papa.«

»Vielleicht will er es sein. Hast du ihn gefragt?«

Avery hätte fast ihre Zunge verschluckt, als sie über dieses Gespräch nachdachte. »Habe ich nicht, und ich kann nicht. Es ist kompliziert.«

»Ich verspreche, nicht wieder zu schummeln. Du kannst ihm sagen, dass ich Einsen und Zweien bekomme. Vielleicht reicht das.«

Avery schloss wieder die Augen und atmete tief ein, während sie Eric und sein Streben nach Perfektion verfluchte. Wenn sie dachte, er würde ihren Anruf wieder annehmen, würde sie ein sehr lautes, wütendes Gespräch darüber planen, wie viel Schaden er angerichtet hatte. »Liebes, du musst nicht perfekt sein, damit dich jemand mag. Vielleicht finden wir eines Tages jemanden, der dein Papa sein will. Er wird ein sehr glücklicher Mann sein. Aber es wird nicht heute passieren. Und auch nicht morgen.«

»Okay, also ist Grant heute nicht mein Papa. Kann ich ihn trotzdem zum Papa-Donut-Tag mitbringen?«

Avery starrte auf die Wellen hinaus und überlegte ihre Möglichkeiten. Sie wollte Sophia nicht verwirren, aber sie wollte auch nicht, dass ihre Tochter sich ausgeschlossen fühlte. Es war nicht die Schuld des Mädchens, dass Eric sie verlassen hatte. Konnte Grant mehr in ihr Leben einbezogen werden, ohne das Herz ihrer Tochter zu riskieren?

Sie legte ihren Arm um Sophia und drückte sie noch einmal. »Grant ist nicht dein Papa, aber er ist ein guter Freund. Würdest du ihn als Freund zum Donutessen einladen?«

Ihre Tochter dachte einen Moment nach, ihr kleines Gesicht in Gedanken versunken. »Ich würde es mögen, wenn Grant mein Freund wäre. Lass uns ihn fragen, ob er Donuts mag. Kann ich auch eine Muschel für ihn finden? Vielleicht mag er Muscheln.«

Avery schüttelte den Kopf, als Sophia am Ufer entlang hüpfte. Sie hatte als Kind auch die Fensterbänke ihres Großvaters mit Muscheln vollgestellt. Als Teenager war sie wählerischer geworden, aber Grant hatte sie immer unterstützt, als sie ihre Suche nach der perfekten Muschel fortsetzte. Es war ihre gemeinsame Zeit gewesen, zwischen den Wellen zu laufen und über ihren Tag zu sprechen.

Der Blick zurück ließ sie erkennen, dass sie schon damals halb in Grant verliebt gewesen war. Die Rückkehr nach Hause hatte diese Gefühle wieder aufgewühlt. Aber wie zuvor war der Zeitpunkt nicht richtig. Sie war noch verheiratet, und jetzt würde sie sowohl ihr eigenes als auch Sophias Herz aufs Spiel setzen.

Als ihre Tochter quietschte und eine perfekte, intakte Muschelschale hochhielt, fragte sich Avery, was Grant wohl zu diesem Geschenk sagen würde. Würde es ihn an ihre gemeinsame Zeit am Strand erinnern? Oder würde er nichts bei diesem einfachen Geschenk denken?

Egal was er dachte, sie musste vorsichtig sein. Sie riskierte sowohl Sophias Herz als auch ihr eigenes.

18

Grant

GRANT SASS VORNE IM The Cove, trommelte mit den Fingern auf den Restauranttisch, während er auf Averys Ankunft wartete.

Sie hatte gestern angerufen und um ein Treffen gebeten. Er freute sich auf das Mittagessen mit ihr. Wer würde das nicht? Es war eine wunderschöne Umgebung mit einer wunderschönen Frau.

Grant beobachtete die Wellen und lächelte. The Cove war ihr Lieblingsort gewesen, als sie Teenager waren. Im Sommer war es voller Touristen, aber die ruhige Aussicht im Herbst und Frühling war das Warten wert.

Er dachte an die Burger und Pommes zurück, die er mit Avery, Brook und Nick an diesem Tisch geteilt hatte. Die Aussicht war unschlagbar. Wehendes Seegras und ein breiter Sandstreifen trennten das Außenrestaurant von den Wellen. Er konnte sich nicht vorstellen, Sunset Cove und all das hier zurückzulassen.

»Entschuldige die Verspätung«, sagte Avery, während sie durch den leeren Speisebereich eilte. Sie bahnte sich ihren

Weg zum Tisch. »Ich sehe, du hast unseren üblichen Tisch genommen. Kommst du oft hierher?«

»Klar. Das Essen ist immer noch gut. Der alte Mann, dem es gehörte, ist letztes Jahr gestorben, also ist einiges anders. Sein Sohn führt jetzt das Geschäft.«

Avery runzelte die Stirn, als sie sich setzte und ihre Handtasche unter einen Stuhl schob. »Das ist schade. Ich hatte gehofft, Henry wäre heute hier. Er hat die besten Milchshakes in Sunset Cove gemacht.«

»Das hat er auf jeden Fall. Sein Sohn macht es aber auch gut. Ich habe Milchshakes und Burger für uns bestellt. Ich hoffe, das ist okay für dich?«

Avery legte ihre Hand auf ihren Bauch und stöhnte. »Ich kann nicht mehr wie ein Teenager essen. Aber nur her damit. Ich bin sicher, du wirst alles aufessen, was ich übrig lasse.«

Sie saßen ein paar Momente schweigend da und beobachteten die brechenden Wellen. Das Seegras wiegte sich in der Brise. Schließlich räusperte sich Avery und rutschte auf ihrem Sitz hin und her. »Danke, dass du dich mit mir triffst. Ich muss dich um einen Gefallen bitten.«

Grant wandte sich vom Wasser ab und schenkte Avery ein Lächeln. »Für dich? Natürlich. Was brauchst du?«

Avery verzog das Gesicht. »Es ist eine große Bitte. Sophia braucht jemanden für den Papa-Donut-Tag. Würdest du mit ihr hingehen?«

War er bereit, als Ersatz für Sophias Vater einzuspringen? Er zögerte einen Moment. Er wollte sich nicht noch mehr an das kleine Mädchen binden, wenn diese Beziehung nirgendwohin führte. Trotzdem war Sophia ein gutes Kind. Sie verdiente es nicht, ausgeschlossen zu werden, nur weil ihr Vater nicht da war.

Avery schien sein Zögern zu spüren. Sie schüttelte den Kopf. »Vergiss es. Vergiss, dass ich gefragt habe. Es ist nicht fair, dich zu bitten, für Sophias Vater einzuspringen.«

Er schaute auf, als ihre Bedienung mit dicken, cremigen Schokoladen-Milchshakes und zwei übergroßen Burgern erschien. Sie stellte einen Korb mit Pommes frites zwischen sie. Grant dankte der Kellnerin und reichte Avery die Hälfte der Servietten.

Ach was soll's. Es konnte nicht schaden, mit Averys Tochter Donuts zu essen. Er genoss die Zeit mit ihr. Er drückte einen großzügigen Klecks Ketchup auf seinen Teller und hielt ihr den Pommes-Korb hin. »Es ist okay. Ich mag Donuts und ich mag Sophia auch. Ich will sie aber nicht verwirren.«

Avery nickte. »Ich habe ihr bereits gesagt, dass ihr nur als Freunde geht, falls du mitkommen kannst.« Ihre Stimme wurde sanfter, als sie Pommes vom Stapel pflückte. »Sie hat schon so viel durchgemacht. Kann ich dir ein Geheimnis verraten? Sie denkt, du wirst ihr neuer Papa. Sei vorsichtig, mach ihr keine falschen Hoffnungen.«

Grant ließ seinen Burger auf den Teller fallen und nahm sich Zeit beim Kauen, während er überlegte, was er sagen sollte. Er würde im Handumdrehen Sophias Vater werden, wenn das nötig wäre, um Avery für sich zu gewinnen. Er verliebte sich in beide, hatte Avery aber versprochen, sie nicht zu drängen. »Jeder Mann wäre glücklich, Sophias Vater zu sein«, sagte er, schluckte sein Essen hinunter und beobachtete, wie Avery auf den Tisch starrte. »Ihr beide verdient das Beste.«

Avery zuckte mit den Schultern und stocherte in ihrem Essen herum. »Ich würde mich mit einem Leben zufriedengeben, das Sophia nicht das Gefühl gibt, etwas falsch gemacht zu haben. Sie glaubt, die Scheidung sei ihre Schuld.«

»Dieses süße kleine Mädchen? Warum sollte sie das denken?«

»Eric war ziemlich hart zu ihr. Er erwartete von ihr, perfekt zu sein: perfekte Noten, perfekte Tanzaufführungen, das perfekte Kind. Sie hat sich so sehr bemüht, aber er hat sie ständig kritisiert.«

Grants Magen verkrampfte sich, als er daran dachte, wie Eric Sophia behandelt hatte. Es war ein riesiger Kontrast zu seiner eigenen Kindheit. Seine Mutter hatte mit ihrer Gesundheit zu kämpfen gehabt, und Geld war knapp gewesen. Aber sie hatte ihn bedingungslos geliebt.

Er hoffte, seine Kinder genauso zu behandeln. Kinder sollten wissen, dass sie einen Erwachsenen haben, der sie unterstützt. Sein eigener Vater war gegangen, als seine Mutter krank wurde. Er konnte mit dem Stress nicht umgehen und ist einfach abgehauen.

Grant streckte die Hand aus und drückte Averys Hand. Was auch immer für Bedenken er hatte, sein eigenes Herz zu schützen, er musste sie beiseiteschieben und an Sophia denken. »Sie ist ein starkes Kind und sie hat eine fantastische Mutter, die sie liebt. Es wird alles gut werden. Also ja, ich nehme sie mit zum Papa-Donut-Tag. Es wäre mir eine Ehre.«

Grant hatte Zweifel. Wie konnte er versprechen, nur der Freund dieses kleinen Mädchens zu sein? Er hatte sich bereits in sie und ihre Mutter verliebt.

Die Probleme begannen am Morgen des Papa-Donut-Tages. Sophia war auf der Veranda auf und ab gegangen, als er ankam. Sie schaute mit großen blauen Augen und einem breiten Lächeln zu ihm auf und reichte ihm eine perfekte Muschelschale. Die Geste traf ihn wie ein Schlag in die Magengrube. Sie warf ihn zwanzig Jahre zurück, als ein anderes Mädchen ihre besten Muscheln mit ihm teilte.

Avery hatte das Meer immer geliebt, und er hatte das immer an ihr geliebt. Manche Menschen nahmen den Sand und die Wellen in ihren Hinterhöfen als selbstverständlich hin. Nicht Avery. Sie hatte Salzwasser in ihren Adern, und er hoffte, ihre Tochter würde genauso fühlen.

Sophia umarmte ihre Mutter fest und sprang in Grants Truck, ihre kleinen Beine hüpften in die Fahrerkabine. Es erinnerte Grant an all die Male, als Avery in der Highschool in seinen alten Pickup gesprungen war.

Grant half Sophia, den Sicherheitsgurt anzulegen, und schlug die Tür zu. Er drehte sich zu Avery um. »Ich bringe sie in zwei Stunden zurück.«

»Lasst euch Zeit. Viel Spaß.«

Er streckte die Hand aus, um ihre Wange zu berühren. Dann dachte er an Sophia und gab Avery einen unbeholfenen Klaps auf die Schulter, bevor er seinen Arm sinken ließ. »Es gibt Donuts. Natürlich werden wir Spaß haben.«

Sophia plauderte während der gesamten Fahrt fröhlich und erzählte von den Freunden, die sie vielleicht treffen würden. »Bree und Abby werden da sein. Ich esse mit ihnen zu Mittag. Wir werden heute auch zusammensitzen.«

Grant nickte, seine Augen auf die Straße gerichtet, während er ihr zuhörte. Bree und Abby waren Nicks Töchter. Er hatte nicht gewusst, dass die Mädchen befreundet waren. Zumindest würde er einen Vater in der Cafeteria kennen.

Ein paar Minuten später fuhr er auf den Schulparkplatz und grinste. Ihr Timing war perfekt. Nick parkte neben einem freien Platz, und er stieg gerade mit seinen Mädchen aus dem Auto aus. Sophia quietschte und griff nach dem Türgriff, als sie sie sah.

Grant berührte Sophias Arm. Er wollte nicht, dass sie sich weniger als zehn Minuten nach dem Verlassen des Hauses verletzte. »Langsam. Lass mich dir aus dem Truck helfen, okay? Du bist es nicht gewohnt, herauszuspringen.«

»Du hilfst Mama auch aus dem Truck. Ist er zu groß für uns?«

Grants Gesicht lief rot an, als er sich an das letzte Mal erinnerte, als er Avery geholfen hatte. Er hatte ihr nur die Hand gereicht, um sie zu stützen, wollte aber so viel mehr tun. Er schob diesen Gedanken beiseite und streckte seine

Hände nach Sophia aus, dann grunzte er, als sie in seine Arme sprang. Das Kind hielt sich nicht zurück.

Nick grinste, während er auf dem Parkplatz wartete und die Hände seiner Mädchen hielt. »Guten Morgen, junge Dame. Bist du bereit für Donuts?«

Sophia jubelte und griff nach Grants Hand, die sie fest umklammerte. Er schaute überrascht auf ihre verbundenen Hände. Er hatte ein- oder zweimal Averys Hand gehalten, seit sie nach Hause gekommen war. Es war schön, diese körperliche Verbindung zu haben. Er hatte noch nie die Hand eines Kindes gehalten. Er spürte, wie er in den Beschützermodus verfiel, als ob nichts wichtiger wäre, als sicherzustellen, dass das Kind, das seine Hand hielt, sicher blieb. Sie war seine oberste Priorität. Er mochte, wie sich das anfühlte.

Nick folgte dem Blick seines Freundes mit hochgezogenen Augenbrauen. Er sagte nichts, während er seine Töchter zur Schule ziehen ließ. Als sie in der Cafeteria waren, stürmten die drei Mädchen zu einer Schlange, die sich vorne bildete. Jede von ihnen nahm einen Teller und wählte sorgfältig einen Donut aus.

Sophia hielt Grant einen zweiten Teller hin. »Ich bin froh, dass du gekommen bist. Ich wünschte, mein Daddy wäre hier, aber du kannst heute mein Daddy sein.«

Grant räusperte sich und nahm den Teller, dann tippte er ihr damit leicht auf den Kopf. »Ich bin nicht dein Daddy, aber ich bin auch froh, dass ich gekommen bin.«

Die fünf fanden einen leeren Tisch und machten sich über ihre Donuts her. Die Mädchen steckten die Köpfe für ein privates Gespräch zusammen und kicherten leise, während sie sich unterhielten. Grant und Nick sprachen über ihre Arbeitspläne für die nächste Woche.

Grant fand es überraschend einfach, zusammen zu sein. Er war seit Jahren mit Nick befreundet, verbrachte aber nicht viel Zeit mit seinen jüngsten Kindern. Er schaute zu den Mädchen hinüber und lächelte, als er Abbys Gesicht voller Streusel sah. Sophia tupfte an ihrem Gesicht herum und entfernte einen großen Klecks Schokoladenglasur. Für einen Moment erlaubte er sich vorzustellen, dass Sophia seine echte Tochter wäre.

»Ich muss auf die Toilette«, kündigte Bree an. Sie stand auf und wischte sich die Hände mit einer Serviette ab.

Sophia stand ebenfalls auf. »Komm schon, Abby. Komm mit uns.«

Grant beobachtete, wie die Mädchen zur Damentoilette gingen und die Tür hinter sich schlossen. »Kinder bewegen sich auch in Rudeln? Ich dachte, nur Frauen machen das.«

Nick nickte zustimmend. »Sie fangen früh damit an. Also… du bist heute der Papa? Datest du jetzt die Mama?«

»Nein, nein. So ist es nicht. Sophia war traurig, dass ihr Vater nicht kommen würde. Sie hat mich stattdessen gefragt.«

Nick nahm sein Getränk und nahm einen Schluck. »War ihr Vater eingeladen?«

Grant zuckte mit den Schultern. Er hatte nicht daran gedacht, Avery diese Frage zu stellen. »Soweit ich weiß, will Averys Mann nichts mit ihnen zu tun haben.«

»Das ist schade. Sophia ist ein tolles Kind. Ich könnte mir nicht vorstellen, meine Mädchen zu verlassen. Oder meinen Stiefsohn. Ich würde meine Kinder nie verlassen.«

Grants Herz setzte einen Schlag aus, als Sophia mit ihren Freundinnen aus dem Badezimmer kam. Er verstand, wie Nick sich fühlte. Er kam Sophia und ihrer Mutter jeden Tag näher. Aber es wäre vielleicht nicht seine Entscheidung, zu bleiben oder zu gehen. Es wäre Averys Entscheidung. Sie würde entscheiden, ob er in ihr Leben treten dürfte.

Der Gedanke beunruhigte ihn. Kinder machten die Dinge komplizierter. Grant bereute es nicht, auf die richtige Frau gewartet zu haben, um eine Familie zu gründen, aber er würde viel Herzschmerz erleiden, wenn es mit Avery nicht klappen würde.

Sie beendeten ihre Donuts und gingen zu den restlichen Aktivitäten des Morgens. Es gab eine Gesichtsbemalungsstation, eine Fotoecke und eine kleine Kunstgalerie mit Schülerarbeiten.

Die Mädchen gingen durch die Kunstgalerie und stießen Freudenschreie aus, als sie die Projekte ihrer Freunde fanden. Sophia war noch nicht lange genug in der Schule, um etwas ausstellen zu können. Bree und Abby fanden beide Gemälde aus dem Kunstunterricht.

Nick lobte seine Töchter für ihre harte Arbeit, was breite Grinsen bei den Mädchen hervorrief.

»Ich liebe eure Kunstwerke!«, stimmte Sophia zu. »Wir können nächstes Jahr wiederkommen, um auch mein Gemälde an der Wand zu sehen, oder? Grant? Wirst du wieder mitkommen?«

Grant dachte an Averys Warnung zurück – lass das Mädchen nicht zu sehr an dich gewöhnen. Dann dachte er auch an die Reaktion ihres Ex-Mannes auf Sophias harte Arbeit. Es klang, als hätte der Mann Sophia nicht sehr oft gelobt. »Ich würde gerne wiederkommen, wenn es für dich und deine Mutter nächstes Jahr in Ordnung ist. Mal sehen, was passiert. Ich bin sicher, du bist eine großartige Künstlerin.«

Sophia strahlte. »Ich bin eine ausgezeichnete Künstlerin. Du wirst schon sehen! Können wir jetzt zur Fotoecke gehen?«

Grant ließ sich zur Fotoecke ziehen und warf Nick einen Blick zu. »Klar, wir können ein Foto machen. Vielleicht nur ihr drei?«

Bree schüttelte den Kopf und verschränkte die Arme. »Nein. Wir bekommen immer ein Bild mit unseren Vätern. Es wäre kein Daddy-Donut-Tag ohne Papa.«

Sein Freund grinste nur und hielt den Vorhang der Fotoecke für Grant und Sophia auf. »Sie hat recht. Lass uns zwei Fotos ausdrucken. Ich bin sicher, Sophia möchte eine Kopie haben.«

Grant stöhnte fast. Avery würde nicht glücklich sein. Er hatte versprochen, Sophia nicht zu verwirren. Aber er ließ zu, dass Nicks Familie sich mit ihm in die Kabine quetschte, dann lächelte er für die Kamera.

Die ausgedruckten Fotos überraschten ihn. Sie alle sahen so glücklich zusammen aus. Wenn er es nicht besser gewusst hätte, würde er denken, sie wären alle Teil einer großen Familie. Der Gedanke ließ ihn langsamer werden wollen. Aufhören, Sophia so nahe zu kommen, und Avery eine Chance geben, ihn zu akzeptieren, bevor er sich noch mehr an sie band.

Beim Betrachten des Fotos wusste er, dass das nicht möglich war. Dieses kleine Mädchen war bereits Teil seiner Welt, genau wie ihre Mutter. Er betete, dass Avery aufholen würde, wenn sie bereit war.

19

Avery

Avery lächelte während sie ihr Handy von einem Ohr zum anderen wechselte. Trotz der Probleme, mit denen sie jonglierte, hatte ihre finanzielle Notlage auch etwas Gutes bewirkt – sie sprach fast täglich mit ihrem Bruder.

Heute hatte Brad Neuigkeiten zu berichten. Seine lokale Bank hatte ihm ebenfalls einen kleinen Kredit genehmigt. Er würde ihr das Geld am Wochenende überweisen. »Es ist nicht viel, aber mehr kann ich nicht tun, bis ich mehr Arbeit finde. Ich habe allerdings jede Menge Freizeit. Ich könnte dich an Thanksgiving besuchen kommen.«

»Besser als nichts. Und es wäre schön, dich zu sehen. Ich reserviere dir einen Platz bei unserem Singles-Thanksgiving-Dinner. Hoffen wir, dass es nicht das letzte Mal sein wird, dass wir in diesem Haus zusammen sind.«

Brad grunzte ablehnend. »Wir werden die Steuern bezahlen. Vielleicht kann mein Chef noch ein anderes Projekt für mich finden.«

»Das bezweifle ich. Er hat nie Aufträge im November.«

Brad arbeitete für ein Bauunternehmen in West-Pennsylvania. Er arbeitete lange Stunden während des Sommers und Herbstes und schlug sich dann mit Gelegenheitsjobs durch, bis der Frühling kam. Sein letzter Auftrag für dieses Jahr war diese Woche zu Ende gegangen.

Sie dachte an Grant, der kein Angestellter in einer Baufirma war. Er besaß das Unternehmen. Grant blieb das ganze Jahr über beschäftigt, indem er im Winter Arbeiten im Innenbereich erledigte und Sturmschäden in der Stadt reparierte.

Das war einer der großen Unterschiede zwischen der kleinen Küstenstadt und West-Pennsylvania. Grant mochte nicht reich sein, aber er bot seinen Mitarbeitern einen Vollzeitjob.

Brad hatte zwischen Thanksgiving und Ostern viel freie Zeit. Das brachte sie auf eine Idee. »Fahr nicht nach Thanksgiving wieder weg. Warum packst du nicht ein paar Taschen und bleibst über den Winter? Sophia würde ihren Lieblingsonkel gerne sehen. Es ist eine Ewigkeit her, dass sie Zeit mit dir verbringen konnte.«

Brad lachte. »Natürlich bin ich ihr Lieblingsonkel. Ich bin ihr einziger Onkel. Wie lange ist es her, seit wir uns getroffen haben? Ein Jahr? Zwei Jahre?«

Avery rechnete im Kopf nach, während Schuldgefühle an ihr nagten, als sie die Monate zusammenzählte. Eric hatte ihre Familie nicht ermutigt, zu Besuch zu kommen. Sie hatte ihren Großvater selten gesehen, und ihr Bruder hatte behauptet, zu beschäftigt zu sein, um nach Philadelphia zu fahren.

Sie kannte den wahren Grund, warum er sich ferngehalten hatte. Ihr Bruder und ihr Ehemann waren von Anfang an aneinandergeraten, beide wollten etwas anderes von ihr. Brad wollte, dass sie glücklich ist. Eric wollte eine Trophäenfrau. Ein ländlicher Schwager aus der Arbeiterklasse passte nicht in dieses Bild.

Was hatte sie sich nur dabei gedacht? Sie hätte Eric schon vor Jahren verlassen sollen, Jahre bevor er ihre Ehe beendete. Zum Glück hielt ihr Bruder es ihr nicht vor. »Es ist viel zu lange her«, stimmte sie zu. »Komm. Bleib in Opas Haus. Wenn wir das Geld auftreiben können, um es zu behalten, gehört dir die Hälfte des Hauses.«

Sie hatten tagelang nach Möglichkeiten gesucht, die Steuerschuld zu bezahlen. Sie hatten die Hälfte ihres Ziels erreicht. Es war ein Anfang, aber sie brauchten noch viel mehr Geld. Trotzdem war Avery dankbar für die täglichen Anrufe ihres Bruders. Vielleicht würden sie das Haus nicht retten können. Das bedeutete nicht, dass sie nicht ihre Beziehung zu Brad retten konnte.

Er schwieg einen Moment, während er ihr Angebot überdachte. »Hier hält mich nichts bis zum Frühling. Ich habe nicht viel Geld, aber ich kann dir helfen, das Haus in Ordnung zu bringen. Ich bin sicher, dass der Leerstand dem alten Haus nicht gutgetan hat.«

»Da hast du nicht Unrecht. Pack deine Sachen. Komm zu Thanksgiving und bleib zumindest bis Weihnachten. Selbst wenn wir umziehen müssen, bist du herzlich eingeladen, mit uns zu kommen.«

»Denkst du immer noch, dass ihr umziehen müsst?«

Avery überlegte sorgfältig, bevor sie ihm antwortete. Was dachte sie tief in ihrem Inneren? Sie war besorgt. Sie mussten in kurzer Zeit viel Geld auftreiben. »Ich bin mir nicht sicher. Es ist, als würden wir ein Dutzend Teller jonglieren und darauf warten, welcher zuerst fällt. Vielleicht brauchen wir Hilfe, um die Scherben aufzusammeln.«

Brads Stimme wurde sanfter. »Du kannst immer auf mich zählen. Das weißt du, oder? Und du hast Freunde in Sunset Cove.«

Sie seufzte und ging im Wohnzimmer auf und ab. Wenn das Leben nur so einfach wäre. »Ja, ich habe meine Freunde aus der Highschool. Es ist gut, zu Hause zu sein, und Brook war wirklich eine Retterin in der Not. Ich habe dir erzählt, dass sie mir einen Job gegeben hat. Aber die Dinge mit Grant sind kompliziert.«

»Natürlich sind sie kompliziert. Der Mann ist seit seiner Jugend in dich verliebt.«

Avery hörte auf zu gehen und starrte ihr Handy an. »Wovon redest du da?«

»Grant ist seit Jahren verrückt nach dir. Jeder wusste das…«, Brad verstummte und ließ eine peinliche Stille die Leitung füllen. »Außer dir, anscheinend. Ich dachte immer, du hättest Grant anstatt Eric heiraten sollen.«

Avery musste zugeben, dass sie das auch schon ein paarmal gedacht hatte. Sie erlaubte sich wieder zu überlegen, wie das Leben wäre, wenn sie in Sunset Cove geblieben wäre. Oder wenn sie zum Studium weggegangen wäre, aber nach dem College zurückgekehrt wäre. Es hätte weniger schicke Mittagessen und Spendenaktionen für Privatschulen gegeben – aber auch weniger Zeit allein in einer großen, leeren Stadtwohnung.

Jetzt, da sie zurück in Sunset Cove war, musste sie zugeben, dass sie die Kleinstadt und alles, was sie bot, vermisst hatte. Sie liebte es, in der Bäckerei zu sein und Sophia an Backtagen mit zur Arbeit zu nehmen. Sie brachte ihre Tochter zur Schule, bevor sie zurückkehrte, um die Morgenschicht zu beenden. Sie hatte viel weniger Geld, aber auch viel weniger Stress.

Alles würde sich ändern, wenn sie das Haus ihres Großvaters verlieren würden. Sie konnte sich kein Haus leisten, das nah genug an der Bäckerei lag, um ihren Job zu behalten. Wenn sie aus Sunset Cove wegziehen würden, müsste Sophia wieder die Schule wechseln. Sie könnte auch nicht mehr jeden Tag Zeit mit Grant verbringen.

Die glücklichen Gedanken über ihre zweite Chance in Sunset Cove verblassten.

»Es ist zu spät, um die Vergangenheit zu ändern. Ich kann nur das Beste aus der Zukunft machen«, sagte sie zu ihrem Bruder. »Ich habe Eric geheiratet, nicht Grant. Wir hatten ein Kind zusammen. Wenn die Dinge mit Grant zu weit gehen und wir wegziehen müssen, könnte Sophia verletzt werden. Sie hängt schon zu sehr an ihm. Sie hat ihn zum Daddy-Donut-Tag mitgenommen.«

Avery erzählte ihm, wie aufgeregt Sophia gewesen war. Das kleine Mädchen hatte nicht aufgehört, von dem Spaß zu erzählen, den sie mit Nick und seinen Töchtern gehabt hatten, und bat Avery, Grant zum Abendessen einzuladen.

Sie nahm das Foto der Schule von den Mädchen und ihren Männern in die Hand. Nick strahlte vor Stolz, seine Arme um beide Töchter geschlungen. Sie war überrascht gewesen, wie entspannt Grant aussah. Er hatte offensichtlich eine gute Zeit gehabt. Er war nicht so entspannt wie Nick, aber er vergötterte Sophia. Seine Hand ruhte auf ihrer Schulter, während er auf das kleine Mädchen hinuntergrinste.

Sie seufzte und wandte ihre Aufmerksamkeit wieder dem Telefon zu. »Was soll ich tun? Ich kann nicht zulassen, dass Sophia sich in ihn verliebt. Wenn wir wieder umziehen müssen, wird sie am Boden zerstört sein. Sie denkt bereits, Grant sollte ihr Vater sein. Sie kann nicht zwei Vaterfiguren in einem Jahr verlieren.«

»Dann verlier ihn nicht. Finde es heraus, während ihr vorangeht.«

Wenn sie sich nicht so niedergeschlagen gefühlt hätte, hätte Avery vielleicht gelacht. Brad hatte bei Frauen nie gezögert. Er stürzte sich kopfüber hinein und beschäftigte sich später mit möglichen Folgen. Er hatte nie seine eigenen Wünsche mit den Bedürfnissen eines Kindes jonglieren müssen. »Das kann ich nicht tun.«

»Nimm einen Tag nach dem anderen. Reserviere mir einen Platz an Thanksgiving. Ich werde noch einmal mit dem Anwalt sprechen und mehr Geld auftreiben. Wir werden das Haus retten und das beste Kleinstadt-Weihnachten feiern, das du je gesehen hast. Du wirst den ganzen Winter mit mir feststecken. Du kannst dir über Grant Gedanken machen, sobald wir die Steuerrechnung bezahlt haben. Abgemacht?«

Avery blickte noch einmal auf die Fotos vom Daddy-Donut-Tag. Sie wischte sich ein paar Tränen aus den Augen. Es gab keine Zeit zum Weinen; Sophia würde bald aus der Schule nach Hause kommen. »Einen Tag nach dem anderen«, wiederholte sie. »Wir sehen uns an Thanksgiving.«

20

Grant

GRANT WARF EINEN BLICK auf Avery, während sie darauf warteten, dass die Sitzung des Wohltätigkeitskomitees begann. Obwohl sie direkt neben ihm saß, wirkte sie meilenweit entfernt.

Er stieß mit seinem Knie gegen ihres und schenkte ihr ein kleines Lächeln. »Ich hatte Spaß beim Daddy-Donut-Tag. Ich hoffe, die Mädchen hatten nicht zu viel Zucker. Wie war Sophia heute in der Schule?«

Avery lächelte zurück, aber es erleuchtete ihr Gesicht nicht so, wie er es gehofft hatte. »Sophia war in Ordnung. Sie lebt für raffinierte Kohlenhydrate. Gib ihr zwei Stunden Schlaf und eine Schüssel zuckrige Cerealien, und sie ist bereit für den Tag. Ich wünschte, ich hätte die Hälfte ihrer Energie.«

Grant lachte. Sophia hatte wirklich viel Energie. Er brauchte ein herzhaftes Frühstück und zwei Tassen Kaffee, um jeden Morgen das Haus zu verlassen.

Wann war das passiert? Als Kind hatte er genauso viel Energie wie Sophia gehabt. Er war etwas langsamer geworden, als er sein eigenes Unternehmen gründete. Aber wenn er darüber nachdachte, hatte er schon seit der Highschool erwachsene Verantwortung getragen.

Avery hatte sich nicht um ihre Eltern oder ihren Großvater kümmern müssen, wie er sich um seine Mutter gekümmert hatte, aber keiner von ihnen hatte eine einfache Kindheit gehabt. Er betete, dass dies nicht auch bei Sophia der Fall sein würde. Das Mädchen verdiente ein paar unbeschwerte Jahre.

Pastor Rick ging zum Tisch und klatschte in die Hände, wodurch Grants Aufmerksamkeit zurück in den Raum gelenkt wurde. »Guten Abend, allerseits. Danke, dass ihr gekommen seid. Es ist viel schwieriger, Leute zum zweiten Treffen zurückzubekommen. Ihr seid die Art von Freiwilligen, die ich brauche – diejenigen, die immer wieder kommen und etwas bewirken.«

Er machte eine Pause und sah jedem Mitglied in die Augen. Grant war überrascht festzustellen, dass der Pastor recht hatte. Es waren weniger Menschen im Vergleich zum letzten Mal. Weniger als ein Dutzend Personen saßen um den Tisch, darunter Harry, der silberhaarige Mann, der mit Averys Großvater befreundet war.

Dennoch lächelte Pastor Rick die Verbliebenen herzlich an. »Wir werden bald einen Vorstand bilden. Heute Abend sind wir ein Arbeitsausschuss, und wir werden Freiwillige brauchen, die mitarbeiten. Aber wir werden auch einen offiziellen Vorstand brauchen, der Projekte genehmigt. Ich hoffe, dass jeder von euch eine Mitgliedschaft im Vorstand in Betracht ziehen wird. Aber genug davon für den Moment!« Er zeigte über den Tisch auf Grant. »Ich möchte unser erstes

Team anerkennen, das ein Projekt abgeschlossen hat. Grant und Avery, würdet ihr bitte aufstehen?«

Grant stand widerwillig auf. Er genoss keine besondere Aufmerksamkeit. Sie hatten Marys Rampe nicht für ein Schulterklopfen gebaut; sie hatten sie fertiggestellt, um jemandem zu helfen.

Trotzdem drehte er sich um und bot Avery eine Hand an, als sie aufstand. »Es war keine große Sache«, sagte er. »Ich bin froh, dass wir helfen konnten. Mary sollte in der Lage sein, noch lange zu Hause zu leben, und die Rampe hat nur ein paar Stunden gedauert.«

Pastor Rick nickte und bedeutete ihnen, sich zu setzen. »Danke. Das ist die Einstellung, die wir brauchen! Mary sagte, ihr habt einen tollen Job gemacht.«

Er ging um den Tisch herum und reichte jedem ein Paket Papier. »Dies sind unsere Budgetziele für das Jahr. Wir können ohne Geld nicht viel tun. Das Holz und die Arbeit für Marys Rampe wurden gespendet. Wir werden nicht immer so viel Glück haben. Wir brauchen auch Bargeld, um Tankgutscheine und Lebensmittelgutscheine zu verteilen oder Kleidung für Menschen nach einem Hausbrand zu kaufen. Diese Dinge kosten Geld.«

Er hörte auf zu reden und drehte sich zum hinteren Teil des Raums. Grant schaute auf und sah Brook durch die Tür kommen. Sie grinste ihre Freunde an und nahm den einzigen freien Platz auf der anderen Seite des Tisches ein.

Sie nickte Pastor Rick zu. »Tut mir leid, dass ich zu spät komme. Meine letzte Lieferung hat länger gedauert als erwartet. Was habe ich verpasst?«

Pastor Rick reichte ihr eine Kopie des Budgets. »Du kommst genau richtig. Wir sprechen über Möglichkeiten, Geld zu sammeln. Wir haben vielleicht großartige Ideen, wie wir der Gemeinschaft helfen können, aber wir sind durch unser Budget begrenzt.« Er stellte sich hinter Brook und legte seine Hand auf ihre Schulter. »Falls ihr Brook noch nicht kennengelernt habt, werde ich sie sich selbst vorstellen lassen. Sie kam am Sonntag mit einigen Fundraising-Ideen zu mir.«

Brook stand auf, um sich vorzustellen. Ihr ganzer Körper war angespannt und von dem, was Grant für Aufregung hielt, durchdrungen. Nachdem sie allen erzählt hatte, dass sie die lokale Bäckerei besaß und in der Gegend geboren und aufgewachsen war, kam sie zu ihrer Fundraising-Idee. »Wir brauchen etwas Großes, richtig? Es muss auffällig sein. Es muss viele Menschen anziehen, und es muss diese Menschen dazu bringen, ihre Geldbörsen zu öffnen und für unsere Sache zu spenden.«

Grant unterdrückte ein Schnauben. Die Geldbörsen öffnen, ja? Brook kam immer direkt auf den Punkt.

Sie warf Grant einen vielsagenden Blick zu und fuhr dann fort. »Wir brauchen etwas Auffälliges, wie einen Gemeinschaftsjahrmarkt. Die Leute wollen etwas zu tun haben, während die Touristen weg sind, auch wenn es draußen ein bisschen kalt ist. Die Stadt hat zwischen dem Leuchtturmfest und Weihnachten nichts zu bieten.

Wir können den Jahrmarkt mit Averys Idee kombinieren. Ich schlage ein kleines Festival vor, mit Essen und Handwerkskunst zum Verkauf im Freien. In der Halle veranstalten wir einen dreistündigen Zumbathon! Du kannst gehen, wenn du musst, aber die Musik wird nicht aufhören und der Spaß auch nicht. Eine Spende von zwanzig Euro bringt dich durch die Tür. Bleib für eine Stunde oder für die ganze Zeit.«

Harry hob seine Hand. »Wir haben beim letzten Treffen über Zoom Gone Wrong gesprochen. Sind die Tänzer bereit, uns zu helfen?«

Brook grinste und zeigte auf sich selbst. »Du siehst gerade auf die neueste Zumba-Trainerin in Sunset Cove. Ich habe mit den anderen Instruktoren gesprochen, und sie helfen gerne.«

»Solange ich nicht tanzen muss, bin ich dabei«, sagte Grant.

»Das ist eine großartige Idee.« Brook nickte. »Halten wir Grant vom Tanzen ab.«

Alle um den Tisch herum begannen zu lachen. Harry wischte sich Tränen des Lachens aus den Augen, bevor er aufstand und sich zu Brook umdrehte. »Ich bin dabei«, sagte er und zeigte mit seinem Stock auf sie. »Ich werde zehn Stunden lang tanzen.« Er schlenderte durch den Raum, schlurfte in Kreisen, bevor er Brook aus ihrem Stuhl hob, um sich ihm anzuschließen.

Grant drehte sich zu Avery und schüttelte den Kopf. »Es ist erst das zweite Treffen. Sollte das Tanzen nicht bis zur Weihnachtsfeier des Komitees warten?« Er beobachtete besorgt, wie Averys Gesicht bei der Erwähnung von Weihnachten erblasste. »Alles in Ordnung?«

»Mir geht's gut. Ich bin mir nur nicht sicher, was wir zu Weihnachten machen werden.« Sie wurde von ihrem klingelnden Telefon unterbrochen. Ihre Stirn runzelte sich besorgt. »Entschuldige. Mein Handy war auf lautlos. Der einzige Anruf, der durchkommen sollte, ist von Emma, da sie auf Sophia aufpasst. Ich muss rangehen.«

Sie schlüpfte durch die Tür, nur um Momente später zurückzukehren. »Ich muss gehen. Meine Tochter ist krank.«

Grant stand auf und eilte an ihre Seite. »Soll ich mitkommen?«

»Es ist schon gut«, sagte sie und deutete ihm, zurück zum Tisch zu gehen. »Ich treffe Emma zu Hause. Ich kann laufen. Es sind nur ein paar Blocks.«

»Sei nicht albern.« Er holte seine Autoschlüssel heraus und legte sie ihr in die Hand. »Lass die Schlüssel im Zündschloss. Park in deiner Einfahrt. Ich gehe zu Fuß zu deinem Haus, wenn wir hier fertig sind.«

Sie nickte und stellte sich auf die Zehenspitzen, um ihm einen schnellen Kuss auf die Wange zu geben. Dann war sie weg.

Sobald die Tür hinter ihr zugefallen war, führte Brook ihren Tanzpartner zurück zu seinem Platz. »Lass uns dieses Treffen beenden, damit Grant zu Averys Haus gehen kann. Das Zumba-Team ist bereit, eine Tanzparty für das

Wochenende vor Thanksgiving zu planen. Es ist nicht viel Zeit, aber wir können es schaffen.«

»Lasst uns darüber abstimmen. Alle, die für einen Gemeindekarneval und Zumba sind, heben die Hand.« Pastor Rick schaute sich im Raum um. Jede Person hatte die Hand gehoben. »Wir sind uns alle einig. Brook, gibt es eine Anmeldeliste?«

Sie nickte und zog einige Papiere aus ihrer Tasche. »Wir haben genau aufgelistet, was benötigt wird. Unsere Lehrer werden für die Musik sorgen und Leute anlocken, aber wir brauchen mindestens vier Freiwillige am Eingang, die den Eintritt kassieren. Ich brauche Leute, die die Cupcakes und Muffins der Bäckerei verkaufen. Und wir suchen nach anderen Unternehmen, die einen Stand aufbauen und einen Teil ihrer Einnahmen spenden könnten.«

Sie reichte das Papier um den Tisch herum. Grant trug sich selbst für den Bäckereistand ein und fügte Averys Namen hinzu. Sie hatten beim Leuchtturmfest zusammengearbeitet. Er hoffte, dass es ihr nichts ausmachen würde, wieder für die Bäckerei zu arbeiten, solange es Sophia besser ging.

Alle packten ihre Notizbücher ein und zogen ihre Jacken an. Grant ging zur Tür, als Brook ihn zurückrief.

»Grant, warte. Ich muss mit dir reden. Allein.«

Er runzelte die Stirn, ließ aber den Rest der Gruppe zuerst durch die Türen gehen. Als alle weg waren, wandte er sich seiner Freundin zu. »Ist alles in Ordnung? Was brauchst du?«

Die ganze Energie, die Brook zum Treffen mitgebracht hatte, verließ ihren Körper. Sie sank in den Stuhl, der ihr am nächsten war, und schüttelte den Kopf. »Nichts ist in Ordnung. Ich denke seit Tagen darüber nach und musste es dir sagen. Avery hat mich gebeten, es nicht zu tun, aber…«

»Stop«, sagte Grant. »Wenn Avery mir etwas sagen will, wird sie es tun. Sie hat dir etwas im Vertrauen erzählt, weil sie dir vertraut. Brich dieses Vertrauen nicht.«

Brook schüttelte den Kopf. »Du verstehst nicht. Sie steckt in Schwierigkeiten. Wir müssen ihr helfen. Und ich kann ihr nicht alleine helfen.«

Avery hatte heute Abend abwesend gewirkt, aber er war sich nicht sicher, warum. Er dachte, sie stünden sich nahe genug, um keine Geheimnisse voreinander zu haben. Es überraschte ihn zu erkennen, dass er ein wenig verletzt war. Er wünschte, sie wäre zuerst zu ihm gekommen, um Hilfe zu suchen. »Ich würde fast alles für sie tun. Aber wenn sie nicht will, dass ich es weiß, bin ich mir nicht sicher, was ich tun kann.«

»Sie wird das Haus verlieren und Sunset Cove verlassen.«

Er drehte sich um und starrte seine Freundin an. Avery würde wieder weggehen? Sein Herz schmerzte bei dem Gedanken. »Warum?«

»Es gab ein Durcheinander im Steueramt des Bezirks. Sie schuldet Grundsteuern aus den letzten zwei Jahren. Wenn sie das Geld nicht auftreiben kann, nehmen sie ihr das Haus Ende des Monats weg.«

Plötzlich ergab alles Sinn: ihre Distanziertheit heute Abend und ihre Reaktion, als er Weihnachten erwähnte.

Was konnte er tun, um zu helfen? Er pfiff leise, als er über das Problem nachdachte. Die Steuern in Sunset Cove waren nicht billig. Sie lebten in einer der schönsten Städte New Jerseys. Die öffentlichen Schulen waren großartig. Aber die Stadt war auf Grundsteuern angewiesen, um den Betrieb aufrechtzuerhalten.

»Das ist ein großes Problem. Aber sie will nicht, dass ich es weiß, oder?« Er spürte einen weiteren Stich des Verrats. Selbst wenn sie nur Freunde waren, hatte er gehofft, dass sie ihn um Hilfe bitten würde. »Sie wird vielleicht keine Hilfe von mir annehmen.«

»Wir müssen ihr helfen. Sie zur Vernunft bringen.«

Grant verzog das Gesicht, als ihre Worte ihn trafen. Avery war schon immer eine unabhängige Frau gewesen. Sie mochte es nicht, wenn andere Leute ihre Probleme lösten. »Ich werde es versuchen. Ich kann mit ihr reden. Aber es könnte nicht gut ausgehen.«

Brook wischte eine verirrte Träne weg und nickte. »Du musst es versuchen. Wir haben unsere beste Freundin vor zehn Jahren verloren und haben sie gerade erst zurückbekommen. Wir können sie nicht noch einmal verlieren.«

21

Avery

AVERY STRICH IHRER TOCHTER die Haare von der fiebrigen Stirn und zog ihr die Decke bis zum Kinn hoch. »Ich bin gleich den Flur runter«, versprach sie. »Ich habe Wasser auf den Nachttisch gestellt, falls du durstig wirst. Mach die Augen zu und schlaf ein bisschen.«

Ihre Tochter nickte schläfrig und drehte sich im Bett um. Emma hatte nicht übertrieben, als sie sagte, dass Sophia krank war. Ihre Tochter hatte sich innerhalb weniger Stunden von einer aufgeweckten, gesprächigen Erstklässlerin in ein krankes Kind verwandelt.

Avery runzelte die Stirn, während sie über ihre Optionen nachdachte. Sie hatte noch nicht einmal einen Kinderarzt vor Ort ausgesucht. Sie müsste morgen früh einige Anrufe tätigen.

Avery schloss die Tür ihrer Tochter, ließ aber einen Spalt offen, falls Sophia sie brauchen sollte. Sie ging den Flur entlang und zögerte an ihrer eigenen Schlafzimmertür. Es war noch zu früh fürs Bett. Sie war erschöpft, glaubte aber nicht, dass Hinlegen zu Schlaf führen würde.

Also machte sie sich, anstatt sich bettfertig zu machen, auf den Weg zu einer Tür, die seit ihrer Ankunft verschlossen geblieben war. Sie hatte sich seit dem Tod ihres Großvaters nicht mehr in sein Büro gewagt. Es bewahrte zu viele Erinnerungen an den Mann, der sie und ihren Bruder gerettet hatte.

Doch mit ihrer ungewissen Zukunft lief ihr die Zeit davon. Avery musste das Büro durchsuchen, nach Unterlagen suchen, die ihre finanzielle Situation verbessern könnten, und die Dinge einpacken, die sie behalten wollte. Sie schnappte sich einen leeren Umzugskarton und begann, den Raum zu sortieren.

Sie öffnete die oberste Schublade von Großvaters Schreibtisch, nicht sicher, was sie finden würde. Nichts Ungewöhnliches: einige Stifte, Bleistifte, einen Taschenrechner und einen Notizblock.

Die nächste Schublade versprach mehr. In einem verblassten Umschlag befanden sich mehrere Sparbriefe auf den Namen ihres Großvaters. Sie schienen nicht viel wert zu sein, aber sie könnten helfen. Sie schickte ihrem Bruder ein Foto der Sparbriefe, bevor sie sie beiseite legte.

In den anderen Schreibtischschubladen versteckte sich nichts Aufregendes. Sie machte sich nicht die Mühe, viel einzupacken. Sie wusste nicht, wohin sie als Nächstes ziehen würden, wenn sie nicht bleiben konnten, aber nichts davon schien wichtig genug, um es zu behalten.

Als sie den Aktenschrank öffnete, klappte ihr der Kiefer herunter. Reihen über Reihen von Hängeregistern begrüßten sie. Die Namen auf jedem der Ordner verwirrten sie. Sie hatte ordentliche, übersichtliche Dokumente mit der Aufschrift »Steuerunterlagen« oder »Investitionen« erwartet. Stattdessen war die erste Akte, die sie herauszog, mit »Weihnachtsgeschenke« beschriftet.

Sie öffnete die Akte und spürte, wie ihre Augen feucht wurden. Ihr Großvater hatte Sophias letzten Weihnachtswunschzettel aufbewahrt. Avery hatte ihn ihrem Großvater geschickt, nachdem er nach Geschenkideen gefragt hatte. Er hatte die meisten Dinge auf der Liste besorgt und war zu ihrer Wohnung gefahren, um sie Sophia zu überreichen.

Averys Herz sank, als ihr klar wurde, wie viel diese Geschenke ihn gekostet haben mussten. Seine Bankkonten waren bei seinem Tod fast leer gewesen, und er hatte seiner Urenkelin jedes Geschenk gekauft, das sie sich gewünscht hatte.

Sie drehte das Blatt um und kniff die Augen beim nächsten Dokument zusammen. Sie hielt einen weiteren Weihnachtszettel in den Händen, aber er war nicht von Sophia. Er stammte von einem Jungen namens Tommy Fritzinger, der sich einen Müllwagen und Pyjamas wünschte. Die nächste Liste war von Megan Townsend. Sie wollte eine Puppe mit echtem Haar und Süßigkeiten zum Teilen mit ihrem großen Bruder.

Unten auf beiden Listen standen Datum und Uhrzeit. Avery fragte sich, ob das die Zeit war, zu der er die Geschenke geliefert hatte. Es schien etwas zu sein, das ihr Großvater tun würde. Sie schloss den Ordner und dachte erneut darüber nach, wie anders das Leben gewesen wäre, wenn sie in Sunset Cove geblieben wäre. Sie hätte an der Großzügigkeit ihres Großvaters teilhaben können, gemeinsam daran arbeiten können, ihre Stadt zu einem besseren Ort zu machen. Stattdessen war sie auf dem besten Weg, alles zu verlieren – das Haus, ihre Freunde und jede Chance, in ihrer Heimatstadt zu bleiben.

Sie überflog die restlichen Akten. Sie würde jede einzelne durchgehen, aber keine sah aus wie Investitionen oder Ersparnisse. Es war unwahrscheinlich, dass dieser Aktenschrank die Antwort auf ihre Probleme enthielt. Neugierig kehrte sie zur obersten Schublade zurück und zog erneut die Liste der Weihnachtsgeschenke heraus.

Als die Türklingel läutete, eilte Avery aus dem Raum. Sie wollte nicht, dass die Klingel ein zweites Mal läutete und Sophia weckte. Als sie durch den Türspion schaute, war sie überrascht, Pastor Rick draußen zu finden.

»Ich bleibe nicht lange«, sagte er. »Ich wollte nur nach dir und Sophia sehen. Brauchst du irgendetwas?«

»Sie sollte in Ordnung sein. Aber ich könnte den Namen eines Kinderarztes gebrauchen.«

»Ich werde mich umhören. Ich schicke dir morgen früh ein paar Namen per SMS.« Er deutete auf die Akten, die sie in der Hand hielt. »Habe ich dich unterbrochen?«

Avery runzelte die Stirn und blickte auf ihre Hände. Sie war mit dem Ordner, der die Weihnachtslisten ihres Großvaters enthielt, aus seinem Büro geeilt. Sie öffnete die Akte und drehte sie in Richtung des Pastors. »Ich sehe seine alten Unterlagen durch. Ich habe diese Liste aus dem Jahr vor seinem Tod gefunden. Mir war nie bewusst, dass er für so viele Kinder Geschenke gekauft hat.«

Pastor Rick streckte die Hand aus und fuhr mit dem Finger über den Namen des ersten Kindes. »Clint wollte nie, dass jemand davon erfuhr. Er nannte sich selbst einen Weihnachtsmann. Er brachte Geschenke zur Kirche und ließ sie mich ausliefern. Tommy war so begeistert von dem Müllwagen. Ich wünschte, Clint hätte Tommys Gesichtsausdruck gesehen, als er sein Geschenk öffnete. Aber so war dein Großvater«, sagte er mit emotionsgeladener Stimme. »Er wollte für nichts Anerkennung. Er hat große Fußstapfen hinterlassen.«

Pastor Rick nahm Avery die Akte ab und blätterte durch die Papiere. »Jetzt, da er nicht mehr da ist, habe ich keine Bedenken, dir alles zu erzählen, was er getan hat. Er führte ein einfaches Leben und gab nicht gerne viel Geld für sich selbst aus – aber er spielte fast zwei Jahrzehnte lang den Weihnachtsmann. Ich bin noch nicht lange in Sunset Cove. Ich habe die Aufgabe, die Geschenke zu liefern, vom letzten Pastor übernommen«, lachte er. »Clint hätte derjenige sein sollen, der den Bart trägt. Er vergab jedes Jahr zu Schulbeginn ein Mensa-Stipendium an ein Kind, aber er wollte auch dafür keine Anerkennung. Dein Großvater ließ mich mit den Lehrern sprechen und eine Familie finden, die keinen Anspruch auf kostenlose Mahlzeiten hatte, sich diese aber nicht leisten konnte. Er kaufte diesem Kind das ganze Jahr über warmes Mittagessen. Ohne Fragen zu stellen.«

Er schloss die Akte behutsam und gab sie Avery zurück. »Wir hatten letztes Jahr nicht genug Geld, um viele Geschenke zu verteilen. Es war unser erstes Weihnachten ohne Clint. Ich hoffe, wir können bei dem Zumbathon genug sammeln, um den Secret Santa fortzuführen.«

Weitere Tränen rannen über Averys Wange. Wenn sie nicht in den nächsten Wochen viel Geld auftreiben würden, hätte sie vielleicht nicht mehr viel Zeit in Sunset Cove, um über Opa zu sprechen. »Er war ein wunderbarer Großvater und ein großartiger Mann. Ich hatte sehr viel Glück.«

»Du hast sehr viel Glück. Und ich hoffe, du nimmst es mir nicht übel, wenn ich sage: Falls wir dir helfen können, wieder auf die Beine zu kommen, lass es uns wissen. Du hattest ein hartes Jahr. Wir sind froh, dass du hergekommen bist, um neu anzufangen.«

Sie sah den freundlichen Pastor an und versuchte zu lächeln. Es war tatsächlich ein hartes Jahr gewesen, und es war noch nicht vorbei. »Danke.«

Nachdem Pastor Rick gegangen war, machte sie eine Liste mit Möglichkeiten, Geld zu finden. Sie könnte zusätzliche Schichten in der Bäckerei übernehmen. Es wäre nicht viel. Sie arbeitete bereits in der Frühschicht und half bei der Vorbereitung des Mittagessens, und die Bäckerei war abends nicht geöffnet. Trotzdem zählte jetzt jeder Euro.

Sie schrieb »Haus verkaufen« auf die Liste und strich es dann durch. Es war töricht zu zögern, aber sie hatte immer noch keinen Makler angerufen. Der Gedanke verursachte ihr Bauchschmerzen. Das war albern, denn ob sie das Haus verkaufte oder das Finanzamt es beschlagnahmte, das Ergebnis wäre dasselbe. Sie müsste gehen, und jemand anderes würde hier leben.

Dennoch fühlte sich der Verkauf wie Aufgeben an. Das konnte sie nicht tun. Es gab zu viele Menschen, die auf sie angewiesen waren.

Sie neigte den Kopf und betete um ein Wunder, etwas, das sie seit Jahren nicht getan hatte. Es würde einen großen Glaubenssprung und ein kleines Wunder brauchen, um in Sunset Cove bleiben zu können.

22

Avery

Avery lief auf ihrer Veranda auf und ab. Sophia hatte sich schnell von ihrem Fieber der letzten Woche erholt. Sie würde bald aus der Schule nach Hause kommen, aber Grant wollte vorbeischauen, um am Gemeindejahrmarkt zu arbeiten. Die Spendenaktion fand dieses Wochenende statt, und sie mussten noch letzte Details klären.

Grant fuhr mit seinem Pickup vor. Er war wie üblich pünktlich.

Sie winkte halbherzig und dachte an all die Male zurück, als er sie in seinem alten, lauten Pickup abgeholt hatte. Sein neuer Wagen war leise und viel größer. Eine praktische Wahl für die Arbeit, aber der lautere Truck passte besser zu ihm.

Tat er das wirklich? Grants Kanten waren im Laufe der Jahre weicher geworden. Er war zu einem anständigen Mann herangewachsen. Jede Frau könnte sich glücklich schätzen, ihn zu haben.

Avery seufzte. Ihr eigenes Glück ging zur Neige, und sie sah keine Zukunft für ihre Beziehung. Die Steuerschuld ihres Großvaters war eine riesige Komplikation. Selbst wenn sie die Steuerschuld begleichen könnten, würde sie jeden

Cent ausgeben, den sie hatte. Zu bleiben würde viele Opfer bedeuten und für eine Weile von der Hand in den Mund leben. Es wäre nicht fair, Grant auf diese holprige Fahrt mitzunehmen.

Sie hielt Grant die Tür auf und folgte ihm dann in das Haus ihres Großvaters. Grant nickte dankend und ging direkt in die Küche, wo er eine überquellende Einkaufstüte abstellte.

»Pastor Rick hat uns gebeten, Dekorationen zu basteln. Kann Sophia uns helfen? Ich denke, es würde ihr Spaß machen. Zu dritt wären wir schneller fertig.«

Avery stimmte zu und räumte etwas Platz auf dem Küchentisch frei. Sophia war offensichtlich in Grant verliebt, und das machte ihr Sorgen. Sie hatte nicht gewollt, dass das kleine Mädchen sich an ihn bindet. Es war zu riskant. Jetzt war es zu spät. Beide Herzen standen auf dem Spiel, trotz ihrer ungewissen Zukunft. Was sollte sie nur tun?

Heute würde sie ihre gemischten Gefühle beiseitelegen und sich auf die Aufgabe vor ihr konzentrieren. »Das können wir machen«, sagte sie. »Bevor sie nach Hause kommt, müssen wir die Liste der Anbieter durchgehen, die zugesagt haben. Wir müssen anrufen und ihre Ankunftszeit bestätigen.«

Sie setzte sich an den Küchentisch. Grant zog den Stuhl neben ihr heraus. Er lehnte sich näher, seine Augen überflogen die Liste. »Du hast die Liste in zwei Seiten aufgeteilt. Ich nehme die erste Seite. Sollen wir jetzt anfangen?«

Averys Kopf wurde leer. Seine Nähe machte ihr Gehirn ganz benebelt. Es würde nicht viel brauchen, um einen Zentimeter näher zu rücken und einen Kuss auf seine Lippen zu platzieren.

Sie zuckte auf ihrem Stuhl zurück und nickte. Was dachte sie nur? Sie waren Freunde. Kein Küssen erlaubt. Sie räusperte sich. »Ich nehme den zweiten Zettel. Ich gehe ins Wohnzimmer. Du kannst deine Anrufe von der Küche aus machen.«

Zwanzig Minuten später trafen sie sich wieder in der Küche. Die Anrufe waren schnell erledigt, und die Spendenaktion war noch auf Kurs. Averys Herz fühlte sich leichter an. Mit so viel Ungewissheit in ihrem Leben war es schön, wenigstens bei einer Sache Fortschritte zu machen, auch wenn es nur eine Spendenaktion für die Stadt war.

Sie setzten sich wieder an den Tisch und schütteten Pastor Ricks Dekorationen aus. Grant sichtete den Haufen. »Wir haben ein Thanksgiving-Thema. Viele Blätter und ein paar Füllhörner. Das sollte Spaß machen.«

Sie arbeiteten ein paar Minuten schweigend, klebten Papierstücke zusammen, um den vorgegebenen Mustern zu entsprechen. Grant legte ein fertiges Füllhorn beiseite und konzentrierte sich auf Avery. »Sophia wird bald zu Hause sein, oder?«

»Ja. Ihr Bus kommt in etwa zehn Minuten.«

»Gut. Ich wollte vorher mit dir reden.«

Averys Herz schlug schneller. Grant löste diese Reaktion in ihr aus. Sie verbarg ihre Aufregung mit einem Lächeln und griff nach ein paar weiteren Blättern, um ihre Dekoration zu vollenden. »Du kannst jetzt reden. Wir haben ganze zehn Minuten für uns.«

Grant streckte die Hand aus, um ihre Hände zur Ruhe zu bringen. Er schaute ihr in die Augen, als suche er nach Antworten auf Fragen, die er nicht stellen konnte. »Sophia ist ein wundervolles Kind. Du machst einen tollen Job bei ihrer Erziehung.«

»Danke. Sie ist ein bisschen verwirrt wegen des Umzugs und der Veränderungen, aber sie ist in den letzten Wochen sehr gewachsen. Ich auch.«

Grant drückte ihre Hand. »Ich bin stolz darauf, wie gut du das meisterst. Hat der Anwalt wegen der Scheidung angerufen?«

Avery zog ihre Hand sanft aus seinem Griff. »Noch nicht. Warum?«

»Du weißt warum.«

Averys Herz schmerzte, als sie Grant anschaute. Das Leben war so unfair. Der perfekte Mann saß direkt vor ihr. Er mochte sie und er mochte ihr Kind, aber das Timing war furchtbar. Sie konnte sich nicht auf eine Beziehung einlassen, während ihr Leben so ein Chaos war.

Die Stille dehnte sich zwischen ihnen aus. Es war klar, dass sie beide zueinander hingezogen wurden, aber sie musste immer noch an Sophia denken. Es war nicht fair, Sophia oder Grant hinzuhalten, bis sie wusste, was passieren würde.

Da war es wieder, dieses Wort: fair.

Nichts schien fair zu sein. Wenn das Leben fair wäre, hätten sie sich damals in der Highschool ineinander verliebt. Sie hätten gemeinsam ein Zuhause aufbauen können, mit ihrer Familie und Freunden an ihrer Seite. Aber nein, das Leben war nicht fair. Es war auch nicht einfach. Es hatte keinen Sinn, sich etwas anderes vorzumachen.

»Es ist... kompliziert«, sagte sie.

»Das muss es nicht sein. Ich mag dich, Avery.«

Sie seufzte und stand vom Tisch auf. Da sie etwas mit ihren Händen zu tun brauchte, ging sie zur Arbeitsplatte und goss zwei Tassen Kaffee ein, und sprach, während ihr Rücken noch immer zu ihm gewandt war. »Ich mag dich auch. Aber das reicht vielleicht nicht. Ich weiß nicht, wo wir in sechs Wochen sein werden, geschweige denn in sechs Monaten. Ich habe mehr Sorgen als nur die Scheidung.«

»Geht es um das Haus? Das Steuergeld?«

Avery wirbelte herum, wobei heißer Kaffee aus den Tassen über den Tisch schwappte. Sie starrte ihn schockiert an. Sie hatte nur wenigen Leuten von ihren Problemen erzählt, nur Brook und Brad. Woher wusste er es?

Emotionen rasten durch ihren Kopf. Überraschung und Scham kämpften miteinander, aber Wut stieg an die Oberfläche. »Du wusstest es und hast nichts gesagt. Wer hat es dir erzählt?«

Grant stand auf und nahm ihr vorsichtig die dampfenden Kaffeetassen aus der Hand. Er stellte sie auf die Arbeitsplatte und schnappte sich einen Lappen, um die verschütteten Getränke aufzuwischen. »Es ist kein Gerücht, das in der

Stadt umgeht, falls du dir darüber Sorgen machst. Brook hat es mir erzählt. Sie macht sich Sorgen um dich. Ich auch. Ich kann dir etwas Geld leihen…«

Avery schüttelte den Kopf und riss Grant den Lappen aus der Hand. »Das ist mein Chaos. Ich kann es selbst aufräumen«, sagte sie, nicht sicher, ob sie die verschütteten Getränke oder ihr eigenes chaotisches Leben meinte. »Ich brauche keinen Mann, der mich rettet.«

Grant hob kapitulierend die Hände. »Ich versuche nicht, dich zu retten. Wir wollen helfen. Das machen Freunde. Sie helfen einander.«

Sie atmete tief ein und versuchte, ihre Wut zu beruhigen. Es war nicht Grants Schuld. Wenn jemand zu beschuldigen war, dann Eric. Er hatte gelogen und das Problem versteckt, bis es zu spät war. »Ja, ich schulde Steuern für das Haus. Sie sind nächsten Monat fällig. Wenn ich das Geld nicht auftreiben kann, müssen wir umziehen.«

»Umziehen? Wohin?«

Avery zuckte mit den Schultern und ließ sich gegen die Küchentheke sinken. »Ich weiß es noch nicht. Wir können uns keine Wohnung in Sunset Cove leisten. Die Preise sind hier verrückt. Wenn wir dieses Haus an das Finanzamt verlieren, müssen wir etwas Günstigeres im Landesinneren finden.«

Ihr Herz schmerzte, als sie diese Worte aussprach. Sie hatte Sophia gerade erst an den Ozean herangeführt, und beide verliebten sich in Sunset Cove und diesen wunderbaren Mann, der hier stand. Aber was konnten sie tun? Sie würde

Grants Geld nicht annehmen. Sie musste das selbst in Ordnung bringen. »Es tut mir leid. Ich wollte dich nicht hinhalten. Ich kann jetzt keine Beziehung mit dir anfangen, oder mit irgendjemand anderem.«

Grant seufzte und nickte. »Ich habe nicht gedacht, dass du das Geld nehmen würdest, aber ich bin bereit zu helfen. Ich sorge mich um dich und Sophia. Ich verliebe mich in euch beide. Aber ich habe versprochen, dich nicht zu bedrängen, und das werde ich nicht tun. Soll ich gehen, bevor Sophia hier ist?«

Avery unterdrückte ein Schluchzen und schloss ihre Augen. Er war in sie verliebt? Sie wünschte, ihr Leben wäre einfach, dass ein Junge und ein Mädchen sich ohne Folgen verlieben könnten. Aber das Leben war nicht einfach. Und sie waren keine Teenager mehr. Sie war eine alleinerziehende Mutter, und ihre kleine Tochter kam Grant viel zu nahe.

Für ihr eigenes Herz war es zu spät, aber sie konnte nicht auch das Herz ihrer Tochter riskieren. »Ja, es wäre besser, wenn du gehst. Lass die Basteleien hier. Sophia wird mir helfen, sie fertigzustellen. Ich bringe sie vor Samstag zu Pastor Rick.«

»In Ordnung.« Er schob seinen Stuhl zurück und legte sein Füllhorn zu dem Stapel Dekorationen, die sie fertiggestellt hatten. »Ich gebe dir etwas Raum. Aber ich möchte trotzdem Freunde sein. Verstanden? Ich gehe nicht weg. Ich würde dir nie absichtlich wehtun.«

Avery nickte. Grant trat auf die Veranda und schloss langsam die Haustür hinter sich. Er würde vielleicht nicht versuchen, ihr oder Sophia wehzutun, aber sie hatte gute Arbeit geleistet, ihm wehzutun. Sie beobachtete durchs Fenster, wie sein Truck vom Bordstein wegfuhr.

Wenige Augenblicke später kam der Schulbus an. Sophia stürmte durch die Haustür, ein Wirbelwind aus Energie und Lärm, auf den Avery nicht vorbereitet war.

»Mama! Ich habe Grants Truck gesehen! War er hier?«

»Er musste gehen, aber ja. Er war hier.«

»Ich habe heute in der Schule eine Karte für ihn gebastelt. Willst du sie sehen?«

Sophia kramte in ihrer Schultasche und zog eine zerknitterte grüne Karte heraus. Auf der Vorderseite hatte sie unzählige Kreise gezeichnet und »Danke, dass du mein Donut-Papa bist!« gekritzelt.

Avery zwang sich zu einem weiteren Lächeln. Ihre Nerven waren bis zum Äußersten gespannt, aber es war nicht die Schuld ihrer Tochter. Es war auch nicht Grants Schuld. »Lass sie uns hier hinlegen, und wir können sie ihm am Samstag geben. Okay? Wir werden heute Abend einige Blätter auf diese Dekorationen kleben.«

Sophia jubelte und griff nach dem Kleber. Avery zeigte ihr, wie man die erste Dekoration macht, aber ihre Gedanken wanderten während der Arbeit. Was hatte sie getan? Anstatt Grant für seine Unterstützung zu danken, hatte sie ihn wieder weggestoßen. Sie hatte ihn wochenlang mitgeschleift, ihn auf Nicht-ganz-Dates mitnehmen und sie auf die Wange küssen lassen. Jetzt würde sie ihn verlieren, und dieses Haus, und alles, was sie in Sunset Cove zusammenzufügen versucht hatte.

Sie war wirklich schlecht darin, eine gute Freundin zu sein. Vielleicht sollte sie das Haus aufgeben und gehen. Sie würden zurück in die Stadt ziehen, wo sie einsam und isoliert gewesen war. Sie würde in ihre alten Gewohnheiten zurückfallen, in denen Freundschaften nicht außerhalb des PTO-Abends existierten.

Der Gedanke tat ihrem Herzen weh. Ihre Freunde aus der Stadt waren nie für späte Nachtspaziergänge am Strand verfügbar oder bereit, ihr einen Job zu geben, wenn sie vom Pech verfolgt war. Ihre Freunde aus der Kindheit waren da gewesen, als sie sie am meisten brauchte, und sie hatte sie weggestoßen.

Was hatte sie nur getan?

23

Avery

Avery beendete die Reinigung der Bäckereiküche, wischte die Arbeitsflächen ab und verstaute die letzten sauberen Schüsseln.

Normalerweise war sie um diese Zeit schon zu Hause. Der Schultag war fast vorbei. Seaside Cupcakes blieb freitags länger geöffnet, um den Wochenendtouristen die Chance zu geben, Backwaren auszusuchen, aber Brook übernahm gewöhnlich die Nachmittagsschicht alleine.

Brook warf einen letzten prüfenden Blick durch die Küche, nickte dann und band ihre Schürze ab. »Bist du sicher, dass du heute schließen willst? Ich kann jetzt die Türen abschließen, und wir können beide nach Hause gehen. Ich erwarte nicht viele Kunden. Du musst die Bäckerei nicht offenhalten.«

Avery winkte ihre Bedenken ab. Sie nahm die Schürze aus der Hand ihrer Chefin und warf sie auf den Wäschestapel. »Ich bin sicher. Sophia übernachtet heute bei einer Freundin. Ich halte den Laden offen, solange wir noch etwas zu verkaufen haben.«

Brook schaute ihre Freundin besorgt an. »Du arbeitest zu hart.«

Avery arbeitete tatsächlich hart. Sie war diese Woche jeden Tag früh gekommen und hatte Überstunden gemacht, um einen größeren Gehaltsscheck zu bekommen. Heute war das letzte Treffen des Wohltätigkeitskomitees vor der großen Spendenaktion. Sie würden die Halle dekorieren und Schilder für die Außenstände aufhängen. Anstatt bei den Vorbereitungen zu helfen, hatte sie angeboten, die Bäckerei für Brook offen zu halten.

Es machte ihr keinen Spaß, das Treffen zu verpassen, aber es war zu früh, um Grant zu sehen. Sie hatten seit ihrem Streit kaum miteinander gesprochen. Er hatte ihr zweimal eine Nachricht geschickt: einmal, um sicherzugehen, dass es ihr gut ging, und noch einmal, um zu bestätigen, dass sie bei der Spendenaktion gemeinsam Backwaren verkaufen würden. Er hatte seinen Ton freundlich und leicht gehalten und sein Versprechen gehalten, sie nicht zu bedrängen.

Avery sah dem Treffen mit Grant morgen nicht gerade entgegen. Sie wollte nicht den Tag mit ihm verbringen und so tun, als wären sie nur Freunde. Wie könnte sie das, wenn sie wusste, dass er sie liebte? Sie verliebte sich auch in ihn. Es würde schwer sein, mit Grant befreundet zu sein. Aber sie musste es versuchen, für Sophias Willen.

»Wenn du dir sicher bist.« Brook wirkte unschlüssig, als sie nach der Türklinke griff. »Ich sage allen, warum du heute Abend nicht dabei bist. Schreib mir, wenn du gehst, damit ich deine Stunden zur Gehaltsabrechnung nächster Woche hinzufügen kann.« Sie öffnete die Tür, zog sie dann wieder zu und wandte sich ihrer Freundin zu. »Ich habe gehört, du hast mit Grant Schluss gemacht. Wenn ich irgendetwas damit zu tun hatte…«

Avery unterbrach sie mit einem Kopfschütteln. »Wir waren nicht zusammen, also haben wir auch nicht Schluss gemacht. Außerdem ist es nicht deine Schuld. Ich hätte nicht von dir erwarten sollen, die Steuerrechnung geheim zu halten. Das war nicht fair dir gegenüber.«

»Du solltest nicht allein damit umgehen müssen. Es ist ein großes Problem.«

»Ich bin nicht allein. Ich habe meinen Bruder. Wir werden das lösen.«

»Das werdet ihr. Aber du kannst trotzdem um Hilfe bitten.«

Averys Augen wurden feucht, als sie zu Brook eilte, um sie zu umarmen. »Danke, dass du mich zurückgenommen hast. Ich war keine gute Freundin, seit ich weggezogen bin. Ich werde meine Freunde nie wieder als selbstverständlich ansehen. Was würde ich ohne dich tun?«

Brook löste sich aus der Umarmung, um ihre Freundin anzulächeln. »Das wirst du nicht herausfinden. Wir sind für dich da.«

Vier Stunden später saß Avery allein in einem dunklen Haus. Sie hatte aufgegeben, nachdem die Bäckerei eine volle Stunde lang keine Kunden hatte.

Jetzt saß sie im Gästezimmer ihres Großvaters. Sie hatte ihre übrigen Kisten in eine Ecke gestellt und gehofft, sie auspacken zu können, wenn sie Zeit hätte. Jetzt lief die Zeit davon. Bald könnten sie obdachlos sein.

Obwohl sie das Packen und Umziehen erst letzten Monat durchgemacht hatte, schien es diesmal anders zu sein. Beim letzten Mal waren sie auf einen Neuanfang und eine zweite Chance auf Glück zugefahren. Jetzt wurden sie von dieser zweiten Chance weggedrängt. Avery würde ihr Bestes tun, um Sophia eine sanfte Landung zu ermöglichen, aber sie war nicht sicher, wohin das Leben sie als Nächstes führen würde. Sie betete, dass ihre Kleine nicht ihre sonnige Einstellung und ihr leichtes Lächeln im Prozess verlieren würde.

Ihr Klingelton riss Avery aus ihren tiefen Gedanken. Sie griff nach dem Telefon und sah die Nummer ihres Bruders auf dem Bildschirm.

Sie setzte ein falsches Lächeln auf, entschlossen, ihrem Bruder keine Sorgen zu bereiten. Sie hatte gelernt, dass wenn dein Gesicht fröhlich aussah, deine Stimme auch fröhlich klang. Es war der beste Weg, Traurigkeit oder Einsamkeit zu verbergen. Ihr Lächeln verrutschte, als ihr bewusst wurde, wie oft sie ihre Einsamkeit verbarg.

»Hi Brad!«, zwitscherte sie mit ihrer besten Imitation einer munteren Stimme. »Packst du schon deine Taschen?«

»Fast fertig. Ich wollte dich auf den neuesten Stand bringen. Mein Chef sagt, es gibt keine Arbeit bis zum Frühling. Tut mir leid.«

Averys Magen verknotete sich. Sie hatte nicht erwartet, dass Brads Chef sich melden würde. Es wäre trotzdem schön gewesen. Brad hatte dort jahrelang gearbeitet, aber er war immer noch ein einfacher Angestellter. Avery vermutete, dass er unter einem anderen Chef besser dran gewesen wäre – jemandem, der ihn fairer behandelte, mit regelmäßigen Arbeitszeiten.

»Ist schon okay.« Die Fröhlichkeit verschwand aus ihrer Stimme, und sie konzentrierte sich darauf, glücklicher zu klingen. »Ich habe diese Woche Überstunden gemacht, und wir haben noch Zeit. Sobald du zum Thanksgiving hier bist, bin ich sicher, werden wir das lösen.«

Avery wollte ihren eigenen Worten glauben, aber sie war sich in diesem Moment nicht sicher.

Ihr Bruder schien ihre aufgesetzte Fröhlichkeit nicht zu bemerken. »Da ich nicht arbeite, kann ich nach Thanksgiving bei dir bleiben. Du brauchst Onkel Brad. Ich mache jeden fröhlicher.«

Avery lachte aufrichtig. Sie vermisste ihren großen Bruder. Er wusste, wie er sie zum Lächeln bringen konnte. »Du bist definitiv die Seele jeder Party. Wann kommst du an?«

»Ich fahre Mittwochnachmittag los. Passt das? Ich bin vor Sophias Schlafenszeit da.«

»Das ist perfekt. Ich mache den Truthahn in meinem Haus, und meine Freunde bringen die Beilagen und Desserts mit. Du wirst nicht viel zu tun haben, aber es wäre schön, Gesellschaft zu haben, während ich koche. Sophia freut sich, ihren Onkel zum Thanksgiving hier zu haben. Du kannst sie ein bisschen ablenken, während ich den Truthahn vorbereite.«

»Klingt nach einem Plan. Ich konnte sie lange nicht verwöhnen. Ich freue mich darauf.«

Avery stöhnte und schüttelte den Kopf, bemerkte dann aber, dass ihr Bruder sie durch das Telefon nicht sehen konnte. »Kein Verderben, bis wir herausgefunden haben, wo wir wohnen werden«, sagte sie. Sie hielt inne, als die Aussage einen weiteren Stich durch ihr Herz sandte. »Wir brauchen keine zusätzlichen Spielsachen zum Einpacken und Umziehen.«

»Ich komme vorbereitet, um mit ihren vorhandenen Puppen und Teetassen zu spielen.«

Er behielt einen Anflug von Humor in seiner Stimme, und Avery tat ihr Bestes, seinem Beispiel zu folgen. »Sehr vernünftig. Ich bin mir sicher, dass meine Freunde es lieben würden, dich auf dem Boden unseres Wohnzimmers zu sehen, wie du mit all ihren Puppen Tee trinkst.«

Brad lachte laut auf. »Wer kommt überhaupt zu Thanksgiving? Jemand, den ich kenne? Und werden sie sich zu unserem Tee gesellen?«

Avery zählte die Namen ihrer Freunde auf. »Du kennst Brook natürlich. Ich bin mir nicht sicher, ob du die anderen

Mädchen schon kennengelernt hast. Wir sind alle Single und wollten nicht, dass jemand an Thanksgiving allein ist. Aber wir haben abgestimmt und dich in unsere Gruppe aufgenommen.«

Brad räusperte sich. »Thanksgiving für Singles. Ist das eine Verkupplungsaktion?«

Jetzt war es an Avery zu lachen. »Nein, nichts dergleichen. Wir haben alle beschlossen, dass Freunde während der Feiertage genauso wichtig sind wie Familie. Keiner von uns hat Familie in der Nähe. Oder zumindest hatte ich keine, bis du beschlossen hast zu Besuch zu kommen. Ich bin aber froh, dass du kommst. Du solltest meine Freunde kennenlernen.«

»Klar, klingt nach Spaß. Wird Grant auch dort sein?«

Avery zögerte. »Nein, er wird nicht bei Thanksgiving sein.«

»Werde ich ihn überhaupt sehen? Es wäre schön, mit ihm aufzuholen.«

Sie hielt erneut inne, während sie überlegte, wie sie ihre Antwort formulieren sollte. Würde er Grant sehen? Wahrscheinlich. Es war schwer, Leute in einer kleinen Stadt wie Sunset Cove zu vermeiden. Avery war überrascht, dass sie Grant seit ihrem Streit noch nicht über den Weg gelaufen war. Sie würden beide bei der Spendenaktion sein. Aber nach morgen? Sie wollte mit ihm befreundet bleiben, aber es wäre vielleicht sicherer, ihre Interaktionen auf zufällige Begegnungen im Lebensmittelgeschäft zu beschränken.

Sie dachte an ihr buchstäbliches Zusammenstoßen letzten Monat im Sunset Market. Damals, als sie noch gespannt auf einen Neuanfang in Sunset Cove war. Sie würde fast alles dafür geben, zu diesen ersten Tagen zurückzukehren, als sie dachte, dass sie in ihrer Heimatstadt feste Wurzeln schlagen würden.

Jetzt war sie sich nicht sicher, was passieren würde. Wenn sie das Haus ihres Großvaters nicht behalten konnten, wäre das Beste, worauf sie hoffen konnten, eine billige Wohnung in der Nähe. Die würde nicht leicht zu finden sein. Aber sie gab noch nicht auf. Sie hatte noch zehn Tage und plante, jeden dieser Tage zu nutzen, um für ihr Zuhause zu kämpfen.

Hätte sie so leicht bei Grant aufgeben sollen? Die Frage traf sie hart. Sie ließ das Telefon von ihrem Gesicht weggleiten. »Ich habe einen Fehler gemacht«, flüsterte sie.

»Was war das? Ich kann dich nicht hören.« Brads Antwort war kaum hörbar, da das Telefon so weit weg war.

Sie kehrte abrupt zu ihrem Gespräch zurück und zog das Telefon wieder an ihr Gesicht. »Ich habe einen Fehler gemacht. Grant und ich hatten einen Streit. Ich sagte ihm, wir sollten nur Freunde sein, aber ich habe ihn zu weit weggestoßen. Ich glaube nicht, dass du ihn im Haus sehen wirst. Und das ist meine Schuld.«

Brad seufzte. Sie hatte ihren Bruder seit Ewigkeiten nicht gesehen, aber sie stellte sich vor, wie er sich mit den Händen übers Gesicht rieb, wie er es immer tat, wenn er seine nächsten Worte abwog.

»Ich bin nicht die beste Person, um Beziehungsratschläge zu geben. Aber ich habe jemanden verloren, der mir wichtig war, weil ich Angst hatte, meine Gefühle für sie zuzugeben.

Ich war verwirrt, also habe ich sie in die Freundschaftszone verbannt.«

Averys Augenbrauen hoben sich. Brad zögerte nie, eine Frau um ein Date zu bitten. Er bildete auch nie enge Beziehungen. Er mochte einfache Dates mit unkomplizierten Frauen. Sie hatte ihn nie länger als ein paar Wochen in einer Beziehung gesehen. »Wann ist das passiert? Du hast mir nie davon erzählt.«

»Du warst zu jung, um darüber zu sprechen. Ich habe eine großartige Sache verpasst, weil ich nicht Mann genug war, meine Fehler zuzugeben.«

»Also... sollte ich männlicher sein?« fragte sie.

Brad lachte laut. »Bitte nicht. Es ist okay, Fehler zu machen. Lass nur nicht zu, dass sie dich zurückhalten. Wenn du einen Fehler mit Grant gemacht hast, sprich mit ihm.«

Avery nickte nachdenklich, stand dann überrascht auf, als sie die Uhrzeit bemerkte.

»Ich werde das im Hinterkopf behalten, aber ich muss jetzt los. Wir stehen früh auf für die Spendenaktion. Wir sehen uns in ein paar Tagen?«

»Wir sehen uns in ein paar Tagen. Ich werde der Onkel sein, der vorgibt, Tee zu trinken.«

24

Grant

Grant betrat den Gemeinschaftsraum der Gnadenkirche. Es war jetzt ruhig, aber nicht mehr lange.

Vorne deutete Brook auf verschiedene Wände und half Leuten, Schilder aufzuhängen. Als sie Grant bemerkte, jubelte sie und rannte auf ihn zu. »Du bist hier! Danke, dass du so früh gekommen bist. Ich wollte mit dir sprechen, bevor Avery hier ist.«

»Warum? Was hast du vor?«, fragte er und hob die Augenbrauen.

»Gib nicht mir die Schuld. Es war Pastor Ricks Idee. Wir sammeln Geld für einen Fonds im Namen ihres Großvaters und wollten, dass es eine Überraschung wird.«

Brook zog Grant zu einem Tisch mit einem gerahmten Bild von Clint Brown, Averys Großvater. Ein Schild stand neben dem Foto: Der Clint Brown Freundlichkeitsfonds: Spenden Sie heute!

Sie winkte in Richtung des Tisches mit Clints Namen und Bild. »Du wolltest eigentlich Cupcakes verkaufen, aber du solltest stattdessen hier arbeiten. Das gibt Avery die Chance zu sehen, was ihr Großvater für diese Stadt getan hat.«

»Bist du sicher, dass sie damit einverstanden sein wird?«, fragte Grant und starrte auf Clints Bild. »Sie hat kein Geld zum Spenden. Avery könnte sich schuldig fühlen.«

»Wir können mehr als nur Geld spenden, erinnerst du dich? Pastor Rick sagte, unsere Zeit sei unbezahlbar. Hinter diesem Tisch zu stehen wird eine große Hilfe sein. Bitte. Überzeug sie, das zu tun.«

Grant seufzte und nickte, dann beobachtete er, wie seine Freundin zurück zum vorderen Teil des Raumes hüpfte, um den Rest ihrer Freiwilligen anzuleiten. Er hoffte, dass Avery über ihre Planänderung nicht verärgert sein würde.

Sie hatten diese Woche nicht oft miteinander gesprochen, aber er hatte ihr ein paar Nachrichten wegen der Spendenaktion geschickt. Er wollte wieder mit einem Abendessen oder einem weiteren prächtigen Blumenstrauß bei ihr zu Hause auftauchen. Sie umarmen und versprechen, dass sie in Sunset Cove immer ein Zuhause haben würde, auch wenn sie sich das Haus ihres Großvaters nicht leisten konnte. Aber er hatte sich zurückgehalten.

Sein Herz schmerzte, als ihm bewusst wurde, wie sehr er sich wünschte, ein Leben mit Avery aufzubauen. Sein eigenes Haus war zu klein, zu still. Er hatte versprochen, Avery Raum und Zeit zu geben, aber es brachte ihn innerlich um. Er war bereit, sesshaft zu werden.

Er schüttelte den Kopf und schaute auf die Uhr an der Wand. Avery würde in ein paar Minuten hier sein. Er versuchte sich abzulenken, indem er die Tischdecke auf ihrem Ausstellungstisch glatt strich und das Spendenglas von einer Seite auf die andere stellte.

Nein, das half nicht. Er konnte seine Gedanken nicht von Avery fernhalten.

Er träumte wieder vor sich hin, als Pastor Rick ihn überraschte, hinter Grant auftauchte und einen Arm um seine Schultern legte. »Es ist fast so weit! Brauchst du noch etwas, bevor die Leute kommen?«

»Ich bin bereit. Ich hoffe nur, dass Avery dafür bereit ist«, sagte Grant und drehte sich um, um erneut auf Clints Bild zu schauen.

»Das wird sie sein. Wir sind alle heute und in Zukunft für sie da. Sie macht gerade viel durch, aber keine Sorge. Wir werden nicht zulassen, dass eure Mädels obdachlos werden.«

Grants Augen flogen zum Pastor. »Du weißt von dem Haus?«

»Natürlich weiß ich das. Ich weiß alles, was in dieser Stadt passiert. Ich höre Dinge.«

Grant verschränkte die Arme und betrachtete den Pastor vor ihm. »Was hast du sonst noch gehört?«

»Ich habe gehört, dass du über Averys Weggang verärgert bist. Stimmt das?«

»Natürlich bin ich verärgert. Ihre Rückkehr nach Hause ist das Beste, was mir je passiert ist.« Grants Stimme brach. Er räusperte sich, erschrocken darüber, wie nah er den Tränen war.

Der Pastor nickte. »Sie ist eine besondere Frau. Ihre kleine Tochter ist auch etwas Besonderes.«

»Was kann ich tun? Sobald das Haus ihres Großvaters weg ist, hat sie keinen Grund mehr zu bleiben.«

»Du bist ein kluger Mann. Überzeug sie zu bleiben«, sagte Pastor Rick und hob die Augenbrauen. »Wir können ihr Haus vielleicht nicht retten, aber wir können dafür sorgen, dass sie Wahlmöglichkeiten in Sunset Cove hat. Diese Möglichkeiten werden nichts bedeuten, wenn sie geht. Gib ihr einen Grund, hier zu bleiben.«

»Wie mache ich das? Sie hat die Stadt vor zehn Jahren verlassen und nicht zurückgeschaut. Sie wird jetzt nicht bleiben.«

»Hast du sie gebeten zu bleiben? Oder hast du zugesehen, wie sie wegging, dein Pech verflucht und geglaubt, es läge nicht in deiner Hand?«

Grant zögerte. Er hatte Avery nicht gebeten zu bleiben, nicht einmal als Freund. Er hatte ihr nicht gesagt, dass sie etwas Besonderes war oder sie um ein Date gebeten. Er hatte sie nach dem Abschluss nicht unter den Sternen geküsst, selbst als Avery kurz vor dem Gehen stand. Es war eines seiner größten Bedauern.

Pastor Rick nickte. »Das dachte ich mir. Ich verschwinde jetzt aus deinen Haaren. Aber vorher erzähle ich dir von dem Mann, der während einer Überschwemmung um Hilfe betete. Gott schickte diesem Mann ein Rettungsboot. Was glaubst du, was er tat?«

»Er stieg in das Boot, hoffe ich.«

»Tat er nicht. Er sagte dem Bootsbesitzer, er bräuchte keine Hilfe. Gott würde ihn retten. Er betete weiter um ein

Wunder und lehnte die Hilfe von einer Person nach der anderen ab, bis er ertrank.« Pastor Rick legte den Kopf zur Seite und musterte Grant. »Manchmal ist das Wunder, auf das wir warten, direkt vor uns. Warte nicht auf ein Zeichen. Tu dir selbst einen Gefallen und steig ins Boot. Bitte Avery zu bleiben.«

Der Pastor ging weg und sang dabei leise »Rudere, rudere, rudere dein Boot«.

Grant schüttelte den Kopf. Er hatte noch nie jemanden wie Pastor Rick getroffen. Vielleicht sollte er sich die Sonntagspredigten des Mannes mal anhören.

Sein Handy vibrierte, als Brook die Stereoanlage einschaltete und den Saal mit energiegeladener Musik füllte. Grant zog das Handy aus seiner Tasche. Er sprach ein stilles Gebet, dass Avery ihn nicht versetzen würde.

Avery

Tut mir leid, ich komme zu spät. Kannst du die Cupcakes ohne mich regeln?

Lass dir Zeit.

Aber verpasse es nicht. Brook spielt deine Lieblingslieder.

Avery

Bin in 30 Minuten da.

Grant ließ einen Atem aus, von dem er nicht gemerkt hatte, dass er ihn angehalten hatte. Sie sagte nicht ab. Sie war nur spät dran.

Er richtete seine Aufmerksamkeit auf die Menschen, die in die Halle kamen. Einige kamen zu seinem Tisch, angezogen von dem Schild für den Clint Brown Kindness Fund. Als er nach unten blickte, bemerkte er einen Stapel Flyer, die zum Verteilen bereitlagen. Sie waren neben einer Spendenbox gestapelt.

Grant erwartete nicht, dass sein Tisch viel zu tun haben würde. Das Kindness Committee verlangte bereits zwanzig Dollar für jeden Erwachsenen, der zum Zumbathon kam. Nur wenige Leute würden eine zweite Spende geben.

Zu seiner Überraschung hatte sein Tisch einen langsamen, aber stetigen Besucherstrom.

Ein kleiner Junge gab ihm fünf Dollar. Er erklärte, dass Clint sein Mittagessen gekauft hatte, als er sein Geld zu Hause vergessen hatte. »Ich wollte es ihm heute zurückzahlen«, sagte er und grinste Grant an. »Er wollte das Geld letztes Jahr nicht von mir annehmen.«

Eine ältere Frau steckte zwanzig Dollar in die Box. Clint hatte ihrem Enkel vor zwei Jahren einen neuen Schulrucksack gegeben, erzählte sie. Das Geld war knapp gewesen, aber

Clint hatte dafür gesorgt, dass ihr Enkel einen sauberen Rucksack voller Schulmaterial bekam.

Brook hielt an, um einen Hundert-Dollar-Schein von einem anonymen Spender zu spenden, und fügte dann ihre eigene Handvoll Zwanzig-Dollar-Scheine hinzu. »Er hat immer gut Trinkgeld gegeben«, sagte sie und zwinkerte Grant zu.

Er schaute mit Erstaunen zu, wie eine Person nach der anderen gab, was sie konnte, alles im Andenken an Averys Großvater.

Als Pastor Rick wenige Minuten vor Averys erwartetem Eintreffen kam, um nach ihm zu sehen, nickte er, als er die verschlossene Box öffnete. »Ich dachte, sie würde sich schnell füllen. Clint Brown war ein großzügiger Mann. Er dachte oft mehr an andere als an sich selbst.« Der Pastor nahm das Geld aus der Box und tat es in eine Banktasche. Sie würden die Spenden im Kirchentresor aufbewahren. »Wir geben der Stadt eine Chance, ihm ein letztes Mal zu danken. Ich vermute, du wirst heute sehr beschäftigt sein.«

Grant nickte. Er hoffte, dass Avery bald hier sein würde. Sie verdiente es, die Unterstützung der Stadt zu sehen.

25

Avery

Avery hantierte unbeholfen mit dem schweren Korb in ihrem Kofferraum und versuchte, den Henkel mit einer Hand zu halten, während sie den Kofferraumdeckel schloss. Sophia bei Emma übernachten zu lassen, war ein Fehler gewesen. Sie waren den ganzen Morgen in Eile gewesen. Jetzt waren sie fast eine Stunde zu spät.

»Schätzchen, kannst du meine Handtasche holen? Sie liegt auf dem Vordersitz.«

»Ich kann deine Handtasche holen! Und deinen Mantel! Da spielt Musik«, rief ihre Tochter aufgeregt. »Wirst du mit mir tanzen?«

»Ich versuche es, Sophia. Ich weiß nicht, wie beschäftigt ich sein werde. Aber du kannst die ganze Zeit mit Brook tanzen.«

Ihre Tochter nickte, zufrieden mit Averys Antwort. Sie hüpfte neben ihrer Mutter her und ließ die Handtasche und den Mantel bei jedem Schritt mitschwingen.

Sie liefen durch den Jahrmarkt. Avery eilte voraus, während Sophia langsamer wurde, um die Szenerie in sich aufzunehmen. Es würde später Zeit zum Erkunden geben, aber jetzt mussten sie nach drinnen kommen.

Der Duft von herzhaftem Barbecue und Funnel Cake ließ ihr das Wasser im Mund zusammenlaufen. Zu ihrer Überraschung füllte sich der Kirchenparkplatz bereits mit Menschen. Brook hatte recht gehabt. Nicht einmal die Kälte des Novembers konnte hungrige Leute fernhalten.

Als sie endlich den Gemeinschaftsraum erreichten, entdeckte Avery Brook und winkte ihre Freundin zu sich herüber. »Tut mir leid, dass ich zu spät bin. Sophia wollte das Haus ihrer Freundin nicht verlassen. Dann hat sie Saft über ihre Kleidung verschüttet. Es war ein verrückter Morgen.«

»Kein Problem. Die Musik hat gerade erst angefangen, dein Timing ist also perfekt. Ich nehme den Korb«, sagte sie und hob ihn von Averys Arm. »Die Verlosung ist hier hinten. Ich werde vorne mit Sophia sein und die Menge anleiten. Aber es gab eine Planänderung für deinen Tisch.«

»Oh! Stimmt etwas nicht mit den Cupcakes? Ich hätte anrufen sollen, um nachzufragen. Kann ich etwas für dich richten?«

»Die Cupcakes sind in Ordnung«, sagte Brook und zeigte auf einen Tisch, an dem Emma und Kerry Backwaren verkauften, so schnell sie sie in Papiertüten stecken konnten. »Wir brauchen dich an einem anderen Tisch. Gib mir eine Minute.«

Ihre Freundin schleppte den Korb zum Lostisch, wo eine andere Freiwillige sie begrüßte und eine Nummer an ihre Spende heftete. Avery schaute verwirrt in der Halle umher.

Wo war Grant? Warum verkauften sie nicht gemeinsam Cupcakes?

Schließlich entdeckte sie Grant, als Brook sie über den belebten Boden führte. Er stand hinter einem Tisch und unterhielt sich mit den Lebensmittelladenbesitzern. Er hatte ein breites Lächeln im Gesicht, als ob er sich auf dieses Gespräch mit den Hollands freute. Grant war so gut mit Menschen. Er ließ sie immer das Gefühl haben, wichtig zu sein.

Ihr Herz schmerzte, als sie ihn sah. Sie würde ihn so sehr vermissen, wenn sie gehen müssten.

Es waren nur noch wenige Tage übrig, um die Rechnungen ihres Großvaters zu bezahlen. Sie hatte hart gearbeitet, aber sie hatten immer noch nicht genug.

Als Herr und Frau Holland sich vom Tisch abwandten, bemerkten sie Avery und winkten sie zu sich herüber. Sie lächelte und winkte, während sie sich langsam durch die Menge bewegte, um sich ihnen anzuschließen.

Frau Holland umarmte sie herzlich und drückte sie extra fest, als sie sich vorbeugte, um über die laute Musik hinweg zu sprechen. »Wir haben gehofft, dass du hier sein würdest. Ich bin so froh, dass jemand daran gedacht hat, deinen Großvater einzubeziehen. Wenn er noch leben würde, wäre er vorn im Raum und würde die Leute anfeuern.«

Avery löste sich aus der Umarmung und starrte Frau Holland an. »Sie haben meinen Großvater einbezogen? Was meinst du damit?«

Die Frau deutete auf Grants Tisch. Averys Mund klappte auf, als sie das Bild von Großvater auf dem Tisch sah. Sie starrte das Bild einen Moment lang an, von Emotionen überwältigt. Als sie endlich sprechen konnte, wandte sie sich wieder Frau Holland zu und gab ihr noch eine Umarmung. »Damit habe ich nicht gerechnet, aber es ist eine schöne Überraschung. Du hast Recht. Großvater wäre vorne im Raum gewesen. Er war der beste Cheerleader.«

Frau Holland klopfte Avery ein letztes Mal auf den Rücken und grinste dann. »Die Korbverlosung ruft nach mir. Es ist für einen guten Zweck, richtig? Ich hoffe, ich gewinne den Korb mit den Weingutscheinen.«

Avery lachte immer noch, als das Paar durch die Menge davonschlurfte. Sie glitt um den Tisch herum und stupste mit der Schulter an Grant. »Ich schätze, wir servieren keine Cupcakes?«

Grant suchte in ihren Augen, um ihre Reaktion einzuschätzen. »Keine Cupcakes. Pastor Rick dachte, es wäre gut zu sehen, welchen Einfluss dein Großvater auf Sunset Cove hatte. Ist das in Ordnung für dich? Ich habe dich nicht gerne überrascht. Ich wurde erst heute über den Tisch informiert.«

Avery beobachtete, wie ein kleines Mädchen zu ihrer Geldkassette lief und schüchtern lächelte, als sie ein paar Münzen hineinwarf. Einen Moment später trat ein älterer Mann vor, nickte und steckte einen Hundert-Dollar-Schein in die Kasse. Averys Augen weiteten sich. »Es ist überhaupt nicht das, was ich erwartet hatte, aber es ist wunderbar. Ich bin froh, dass mein Großvater dieser Stadt ein letztes Mal helfen kann.«

Sie holte tief Luft und drehte sich zu Grant. »Ich schulde dir auch eine Entschuldigung. Ich wollte dich letzte Woche nicht aus dem Haus werfen. Es war nicht deine Schuld, dass Brook dir von unseren Problemen erzählt hat. Du hast es gut gemeint.«

»Ich bin immer noch bereit zu helfen, wenn du mich lässt.«

Avery lehnte sich an Grants Schulter und seufzte. »Ich weiß. Aber ich muss das alleine schaffen. Egal, was die Zukunft bringt, ich möchte nicht, dass Sophia denkt, sie brauche einen Mann, um ihre Probleme zu lösen.«

Er legte seinen Arm um Avery und drückte sie kurz. »Es ist okay, Hilfe zu brauchen. Manche Probleme sind zu groß für eine Person allein. Das ist auch eine wichtige Lektion für Sophia.«

Die Freunde standen schweigend da und beobachteten, wie die Menge zur Musik hüpfte und sich bewegte. Das ist unglaublich, dachte Avery. Schau dir diese Menschen an, wie sie sich als Einheit bewegen. Sie arbeiten auch zusammen, um der Stadt zu helfen.

Nach Wochen voller Stress war es wunderbar, ihre Gedanken abzuschalten und sich zum Puls des Rhythmus zu wiegen. Grant streckte die Hand aus und ergriff ihre Hände, zog sie in einen verrückten Tanz. Sie folgten nicht der Gruppe, aber das war in Ordnung. Sie lachte, als sie ihre eigenen Bewegungen erfanden.

Sie hatte Grant so sehr vermisst. Ihre unkomplizierte Freundschaft, die Art und Weise, wie sie bei fast allem Spaß haben konnten. Wie könnte sie ohne ihn leben?

Pastor Rick erschreckte Avery aus ihren Gedanken, indem er ihr auf die Schulter tippte. Er rief, um über die Musik gehört zu werden: »Entschuldigung, ich wollte dich nicht erschrecken. Wie läuft es?«

Grant nahm seinen Arm von Averys Taille und grinste. »Es läuft gut. Du solltest die Geldkasse wieder leeren. Es war eine großartige Idee, einen Fonds in Clints Namen einzurichten. Ihm eine letzte Chance zu geben, etwas zu bewirken.«

Pastor Rick schüttelte den Kopf, während er Dollarscheine aus der Box in seine Geldtasche schaufelte. »Wenn es nach mir geht, wird dies nicht das letzte Mal sein, dass Clint etwas bewirkt. Ich würde daraus gerne einen jährlichen Fonds machen.«

Avery lächelte. Sie schlang ihre Arme um ihre Taille und fühlte sich leer, jetzt wo Grant nicht mehr mit ihr tanzte. »Das gefällt mir. Ich bin mir aber nicht sicher, ob wir nächstes Jahr noch hier sein werden. Wir ziehen vielleicht um. Aber wir werden in Kontakt bleiben.«

Grant versteifte sich neben ihr, als hätten ihre Worte einen Schock durch seinen Körper gejagt.

Pastor Ricks Gesichtsausdruck veränderte sich nicht. »In Kontakt bleiben? Ich hatte gehofft, du würdest im Vorstand der Kindness-Stiftung sein. Sag mir nicht, dass du das schon vergessen hast.«

Averys Kopf drehte sich bei seiner Erinnerung. Dem Kindness-Vorstand beitreten? Die Mission ihres Großvaters fortführen? Sie war sich nicht sicher, wie das möglich sein sollte. Es würde ein Wunder brauchen, um sie überhaupt in Sunset Cove zu halten. »Ich werde darüber nachdenken. Ich jongliere gerade mit vielen Dingen und bin nicht sicher, wo wir in ein paar Monaten sein werden.«

Grant räusperte sich leise. »Ich hätte dich gerne hier, in Sunset Cove. Selbst wenn du nicht im Haus deines Großvaters wohnen kannst.«

Sie drehte sich zu ihm um. Eine einzelne Träne lief über ihr Gesicht. »Ich will nicht gehen«, hauchte sie, ihre Stimme kaum hörbar über der Musik.

»Geh nicht«, sagte er, fast genauso leise. »Bleib. Wir werden es irgendwie hinkriegen.«

»Ihr zwei braucht eine Pause.« Pastor Rick schob Avery und Grant hinter dem Tisch hervor. »Warum holt ihr euch nicht etwas zu trinken? Vielleicht macht ihr einen Spaziergang draußen, wo es ruhiger ist. Ich werde ein paar Minuten auf den Tisch aufpassen. Nehmt euch Zeit.«

»Aber ich bin gerade erst angekommen«, sagte Avery verwirrt.

Zu ihrer Überraschung nickte Grant und holte ihre Mäntel. »Ich bin schon eine Weile hier. Mach eine Pause mit mir.«

Grant nahm zwei Wasserflaschen aus einer Kühlbox und tauschte sie gegen einen Fünf-Dollar-Schein. Er legte seine

Hand auf ihren Rücken und führte sie hinaus in die kühle Herbstluft.

»Es ist ein wunderschöner Tag für einen Jahrmarkt«, sagte sie und drehte die Wasserflasche in ihren Händen. »Mein Großvater wäre stolz auf das, was Pastor Rick hier gemacht hat. Mir war nicht bewusst, dass Opa so viele Menschen inspiriert hat. Ich hätte besser aufpassen sollen.«

»Clint hat all seine Arbeit im Stillen getan. Er wollte nicht viel Anerkennung.« Grant schüttelte den Kopf und berührte sanft Averys Gesicht. Er zog ihr Kinn nach oben, um ihr in die Augen zu sehen. »Er wäre auch stolz auf dich. Du arbeitest daran, deinem Kind ein besseres Leben zu geben. Genau wie er daran gearbeitet hat, allen in Sunset Cove zu helfen.«

»Ich tue nur das, was er für mich getan hat«, widersprach sie und trat von seiner Berührung weg. »Ich tue nichts Besonderes. Er hat Dutzenden von Menschen geholfen. Ich helfe kaum der ganzen Stadt.«

»Du machst das großartig, und es klingt, als würde Pastor Rick dir bei der Sache mit dem Stadthelden der nächsten Generation helfen. Wenn du bereit bist, es zu übernehmen.«

»Es ist nicht so einfach…«

»Dein Großvater würde nicht wollen, dass Geld dich vertreibt. Er wäre so glücklich, dass du zurückgekommen bist«, sagte Grant leidenschaftlich und gestikulierte in Richtung der Stadt. »Er wäre begeistert, dass du in seinem Haus wohnst. Clint hat dich gerne besucht, egal wo du gelebt hast. Aber du gehörst hierher. Nach Sunset Cove.«

»Ich will nicht gehen. Ich weiß nur nicht, wie ich bleiben kann.«

»Wir werden einen Weg finden.« Grant strich Avery die Haare aus dem Gesicht. »Ich möchte, dass du bleibst. Ich möchte dir und Sophia helfen. Nicht weil ich ein Mann bin und das für dich regeln muss, sondern weil ich euch beide liebe. Das tun Menschen, wenn sie sich umeinander kümmern. Sie arbeiten zusammen.«

Er beugte sich vor und gab ihr einen sanften Kuss auf die Wange. Nach einem Moment ging er rückwärts zur Tür. »Ich sollte dich nicht drängen. Ich gehe wieder rein. Es ist deine Entscheidung, ob du in der Stadt bleibst oder gehst. Aber ich werde immer dein Freund sein, und hoffentlich noch mehr.«

Avery sah ihm nach, wie er wegging. Als sich die Tür hinter ihm schloss, griff sie nach oben und berührte die Stelle, wo er sie geküsst hatte. Jedes Gefühl, das sie jemals in dieser Stadt empfunden hatte, kam an die Oberfläche. Angst, Bedauern und Liebe brodelten in ihr, jedes Gefühl kämpfte um Aufmerksamkeit.

Was wollte sie? War sie bereit, einen Menschen wie Grant zu verlassen? Oder würde sie den Rat ihres Bruders befolgen und sich äußern, bevor es zu spät war?

Grant war ihr bester Freund, und er hatte ihr schon ein paar Mal gesagt, dass er mehr als Freundschaft wollte. Sie wollte das auch, wurde ihr klar.

Sie hatte einmal zugelassen, dass ein Mann sie lenkte und kontrollierte, und schau, wohin sie das gebracht hatte. Sie könnte nächsten Monat obdachlos sein, alles dank Erics

Bedürfnis, ihr ganzes Leben zu bestimmen. Aber Grant war ganz anders als ihr Ex-Mann.

Sie mag allein nach Sunset Cove zurückgekehrt sein, ohne andere Optionen. Aber jetzt hatte sie Grant und Brook. Sie hatte Emma, Kerry und auch andere Freunde. Es schockierte sie zu erkennen, wie viel sich in den letzten Wochen verändert hatte.

Sie war natürlich immer noch eine alleinerziehende Mutter. Ihre Geldprobleme würden sich nicht von selbst lösen. Aber mit einem Moment der Klarheit erkannte Avery, dass sie Sunset County nie wieder verlassen könnte. Ihr Herz war hier, zusammen mit ihrer Familie. Sie rannte zur Tür, begierig darauf, Grant zu sagen, dass sie kämpfen würde, um ihre Beziehung zum Funktionieren zu bringen. Sie hoffte, es war nicht zu spät.

Sie hatte eine Spendenaktion zu leiten. Aber das war nicht alles, was auf sie wartete. Sie hatte ein Leben aufzubauen, hier in Sunset Cove.

26

Grant

GRANT LIEF HINTER DEM Tisch auf und ab und beobachtete, wie immer mehr Leute für Clints Spendenaktion spendeten. Brook stand vorne im Raum und führte die Menge durch ein fröhliches Lied. Er konnte die Energie im Raum kaum fassen. Der Saal war mit Musik gefüllt, die jedes Gespräch übertönte und seine Seele mit Klang erfüllte.

Die Leute klatschten, als das Lied endete und eine neue Zumba-Trainerin die Bühne betrat. So gern er auch mitgemacht hätte, Grant konnte nicht die Energie aufbringen, um zu jubeln.

Er war sich nicht sicher, wie er sich gerade fühlte. Grant wusste ohne jeden Zweifel, dass er draußen die Wahrheit gesagt hatte – er liebte Avery Brown. Er war seit Jahren in sie verliebt. Es hatte die Drohung, sie wieder zu verlieren, gebraucht, um ihn das erkennen zu lassen, aber schließlich war er dort angekommen.

Er hatte einen weiten Weg zurückgelegt seit seiner Teenagerzeit, als er zu ängstlich war, Avery um ein Date zu bitten. Dennoch befürchtete er, dass es zu spät sein könnte.

Immer mehr Menschen strömten in den Raum, begierig darauf, Geld für die Gemeinschaft zu sammeln. Aber ohne Avery an seiner Seite fühlte er sich völlig allein. Er suchte die Menge erneut ab und fragte sich, ob Avery zurückkommen oder einfach nach Hause gehen würde. Vielleicht hatte er sie zu sehr gedrängt.

Pastor Rick legte ihm eine Hand auf den Arm. »Sei nicht so angespannt. Du hast sie gebeten zu bleiben?«

»Ja, das habe ich.«

»Was hat sie gesagt?«

»Sie will nicht gehen. Aber sonst hat sie nicht viel gesagt.«

Pastor Rick klopfte Grant mit einem Grinsen auf den Rücken. »Sie hat nicht ›nein‹ gesagt. Das ist ein Anfang. Und ich glaube, dein Tag wird besser werden.«

Grant warf ihm einen verwirrten Blick zu und bemerkte dann, dass Avery auf den Tisch zukam. Sie war zurückgekommen. Wärme erfüllte seine Brust, als ihm bewusst wurde, wie glücklich ihn das machte. Aber was, wenn sie gekommen war, um sich zu verabschieden?

Pastor Rick schien jedoch nicht besorgt zu sein. Er grinste nur noch breiter. »Ich habe ein gutes Gefühl. Scheint, als hättest du sie gut davon überzeugt zu bleiben.« Er klappte die Geldkassette auf ihrem Tisch wieder auf und schob mehr Geld in seine Banktasche.

So abgelenkt wie er war, überraschte es Grant zu sehen, wie viele Scheine sie gesammelt hatten. Sogar ein paar Schecks waren in der Box verstaut.

»Ich werde im Kirchenbüro sein. Ich möchte allen mitteilen, wie viel Geld wir heute gesammelt haben. Das wird einen großen Unterschied in unserer Stadt machen. Aber ich vermute, du machst heute auch einen Unterschied in deinem Leben«, sagte Pastor Rick und nickte Grant zu. »Viel Glück.«

Grant atmete tief ein, als der Pastor wegging, und ließ die Luft langsam entweichen, während er Avery beim Durchqueren des Raums beobachtete. Sie schlängelte sich durch die Menge und hielt an, um mit einigen Freunden zu lachen, als sie aufeinander stießen. Dann blickte sie in seine Richtung.

Die Zeit schien stillzustehen, als sich ihre Blicke trafen. Aber während Grant erwartet hatte, dass das Lachen von ihrem Gesicht verschwinden würde, lächelte sie weiter. Vielleicht hatte Pastor Rick Recht damit, dass gute Dinge im Anzug waren.

Sie sagte noch ein paar Worte zu ihren Freunden, dann bewegte sie sich wieder auf ihren Tisch zu. Es dauerte ein paar Minuten, bis sie den belebten Raum durchquert hatte. Für Grant schien es wie eine Ewigkeit des Wartens.

»Du bist zurück. Ist alles in Ordnung?«, fragte er vorsichtig und bewegte sich auf Avery zu. Er blieb knapp außer Reichweite stehen. Er wollte sie unbedingt in den Arm nehmen, wollte ihr aber auch Raum geben.

»Mir geht es gut. Tatsächlich geht es mir besser als je zuvor.« Sie machte einen Schritt auf ihn zu und sah ihm in die Augen. »Wir bleiben in Sunset Cove. Ich habe nur noch eine Woche, um das Haus meines Großvaters zu retten, aber ich gebe nicht auf. Ich verdiene die Chance, hier zu bleiben. Wir verdienen eine Chance.«

Grants Herz platzte fast vor Freude. »Wir?«

»Wir. Du, ich und Sophia. Wenn du immer noch bereit bist, zu warten, bis die Scheidung rechtskräftig ist.«

Er schlang seine Arme um Avery und hob sie vom Boden hoch. »Du bist es wert, darauf zu warten. Ich werde alles in meiner Macht Stehende tun, um dir zu helfen, hier zu bleiben«, versprach er.

»Es tut mir leid, dass ich nach der Highschool weggegangen bin.«

»Du musstest gehen. Du hattest große Träume. Wenn du geblieben wärst, hättest du dich gefragt, was dich außerhalb unserer Stadt erwartet.«

Avery verzog das Gesicht, nickte aber. »Jetzt weiß ich, was da draußen ist. Viele Menschen finden ihr Glück in der Stadt, aber ich gehörte nicht dazu. Ich hatte solches Heimweh, dass es wehtat. Ich hatte einfach nie die Chance zurückzukommen. Eric hat mich immer ferngehalten.«

Wut durchströmte Grant, als Avery den Namen ihres Ex-Mannes erwähnte, aber er versuchte zu verbergen, wie sehr Eric ihn beeinflusste. »Du bist jetzt hier. Wir werden dir helfen zu bleiben. Was kann ich tun?«

Avery stieß einen Seufzer aus und schüttelte den Kopf. »Ich bin nicht sicher. Ich habe mein Sparkonto geleert, und mein Bruder hat dasselbe getan. Wir nehmen kein Geld von dir an. Wir sind auf halbem Weg, und es bleibt noch eine Woche, um das Geld zu finden.«

»Du wirst es finden«, sagte Grant zuversichtlich.

Avery schüttelte unüberzeugt den Kopf. »Vielleicht auch nicht. Das ist okay. Wir werden das, was wir haben, nutzen, um ein anderes Haus zu finden. Es liegt vielleicht nicht in der Stadt. Wir bleiben so nah wie möglich. In der Zwischenzeit hat Brook gesagt, dass wir ihr Gästezimmer nutzen können.«

»Ich habe auch ein Gästezimmer«, sagte Grant leise. Er dachte an das Zimmer, das er für seine Mutter eingerichtet hatte. Sie war gestorben, bevor er sie einziehen lassen konnte. Er hatte das Ersatzbett und die Kommoden behalten. Es war eine Erinnerung daran, immer Platz für die Familie zu schaffen.

War das, was Avery jetzt war? War sie Familie, seine beste Freundin oder etwas mehr? Er runzelte die Stirn und verdrängte die Frage aus seinem Kopf. Heute war nicht der Tag, um sich über Bezeichnungen Gedanken zu machen. Er würde die Tatsache feiern, dass Avery in Sunset Cove blieb.

Avery sah überrascht aus beim Angebot seines Gästezimmers. Dann schüttelte sie wieder den Kopf. »Ich würde mich nicht wohlfühlen, mit Sophia in deinem Haus zu wohnen. Nicht, während ich noch verheiratet bin.«

»Das ist verständlich. Wir werden es langsam angehen lassen.« Er wollte sie unbedingt wieder fest an sich ziehen, begnügte sich aber damit, sie einen Zentimeter näher zu ziehen.

Zu seiner Überraschung streckte Avery die Hand aus und berührte sein Gesicht. Sie lehnte sich eng an ihn. Er erwartete einen Kuss auf die Wange. Stattdessen gab sie ihm einen sanften Kuss auf die Lippen.

Grant schlang seine Arme um sie in einer Umarmung, diesmal behutsam. »Ich gebe dir so viel Zeit, wie du brauchst. Geh nur nicht weg, okay? Verlass die Stadt nicht. Wir werden das gemeinsam durchstehen.«

»Gemeinsam«, stimmte sie zu.

Sie wandten sich zur Vorderseite des Raumes, als die Musik aufhörte. Vorne klopfte jemand an ein Mikrofon, um ihre Aufmerksamkeit zu bekommen.

»Entschuldigung. Hallo. Können mich alle hören?« Pastor Rick hielt das Mikrofon in einer Hand und jonglierte mit einem Stapel Papiere im anderen Arm. »Ich habe einige Ankündigungen zu machen. Kann mich jeder hören?«

Brook eilte an seine Seite und nahm ihm die Papiere aus den Armen. Sie beugte sich vor, um mit ihm zu sprechen. Er nickte und nahm dann ein Blatt Papier vom Stapel. »Brook sagt, ihr könnt mich hören. Zuerst möchte ich allen danken, dass ihr heute gekommen seid. Ich freue mich, dass die Gemeinschaft von Sunset Cove unsere bedürftigsten Einwohner unterstützt. Dies ist ein wunderbarer Ort zum Leben.«

Grant spürte einen Anflug von Stolz für seine Stadt. Als er mit seinem Arm um Avery dastand und zuhörte, drückte er sie ein wenig und grinste sie an. Ja, dies war eine ziemlich fantastische Stadt.

Der Pastor hielt das Papier in seinen Händen hoch. »Bevor ihr heute geht, möchte ich, dass ihr wisst, was für einen Unterschied ihr gemacht habt. Indem ihr durch die Tür gekommen seid und Eintritt bezahlt habt, habt ihr mehr als dreitausend Dollar gesammelt.«

Die Menge klatschte. Einige Leute nickten einander zu, als ob diese Summe sie beeindruckte. Grant musste zugeben, dass es ein beeindruckender Betrag war.

»Seaside Cupcakes hat Hunderte von Cupcakes, Keksen und Muffins verkauft«, fuhr der Pastor fort. »Brook hat nichts mit einem festen Preis versehen. Sie bat euch, mit eurem Herzen zu bezahlen, und das habt ihr getan. Der Kuchenverkauf hat siebentausend Dollar eingebracht.«

Grant grinste, als Avery ihre Arme hob und jubelte, während sie auf ihre Freundin zeigte.

Der Pastor räusperte sich, bevor er wieder ins Mikrofon sprach. »Es gibt einen Mann, der heute mit uns feiern sollte. Clint Brown war immer der Erste, der auftauchte, wenn jemand Hilfe brauchte. Er öffnete sein Portemonnaie, seinen Terminkalender und sein Herz für jeden in dieser Stadt.«

Grant schaute auf Avery hinunter. Sie hatte einen wehmütigen Gesichtsausdruck, während sie nickte. Sie weinte noch nicht, aber Grant vermutete, dass Tränen nicht weit entfernt waren. Er hoffte, dass die Stadt in Clints Namen großzügig gewesen war.

Der Pastor fuhr fort: »Clint war der großzügigste Mensch, den ich je getroffen habe, aber die Großzügigkeit dieser Stadt hat mich umgehauen. Ihr habt ihm alle Ehre gemacht.

Ich freue mich, bekannt geben zu können, dass der Clint Brown Kindness Fund zusätzliche dreizehntausend Dollar eingebracht hat.«

Die Menge schnappte nach Luft.

Der Pastor nickte. »Es ist nur passend, dass eure außergewöhnliche Großzügigkeit genutzt wurde, um einen außergewöhnlichen Mann zu ehren. Meine Damen und Herren, das sind eine Menge Schulessen und Rampen für Menschen mit Behinderung. Wir haben heute Leben verändert.«

Tränen strömten über Averys Gesicht. Grant wusste, dass der Pastor mit dieser Spendenaktion hoch hinaus wollte, aber er hätte nie gedacht, dass sie so viel Geld sammeln würden.

Es schien, dass Clint Brown der entscheidende Faktor gewesen war. Die Familie Brown berührte die Herzen der Menschen. Grant schlang seinen anderen Arm um Avery in einer Umarmung. »Du hast es gut gemacht. Dein Großvater wäre stolz. Und ich denke, er ist heute hier, unter all diesen Menschen. Findest du nicht?«

Avery holte zitternd Luft an seiner Brust. Mit verstecktem Kopf nickte sie.

Er zwang sie nicht, mehr zu sagen. Allein zu wissen, dass sie bleiben würde und dass sie beide einen neuen Sinn in der Stadt gefunden hatten, war für heute genug.

27

Avery

Avery benutzte ihren Pulloverärmel, um ihre Augen trockenzutupfen. Es war ein unglaublicher Abend gewesen. Jetzt musste das Team die Dekorationen abbauen und den Raum aufräumen.

Sie unterhielt sich mit Grant, während sie vorsichtig die Schilder einrollten und das Bild ihres Großvaters verstauten. Der Clint Brown Wohltätigkeitsfonds war überaus erfolgreich gewesen. Sie hoffte, ihr Großvater wäre glücklich darüber. Er hatte nicht gerne geprahlt oder Anerkennung bekommen, aber er hatte sich nie gescheut, aufzustehen und andere zu ermutigen.

Pastor Rick kam zu ihr herüber, um sie zu begrüßen, als sie den Deckel einer Kiste zuschnappen ließ. »Wir hatten eine gute Beteiligung. Wir werden vielen Menschen helfen können, dank dir und dem Rest des Teams.«

Avery wehrte das Kompliment ab. »Ich habe kaum etwas getan. Es war deine Idee. Du bringst Menschen zusammen und inspirierst sie. Du bringst das Beste in allen zum Vorschein.«

Er grinste sie an. »Heißt das, du wirst Mitglied im Vorstand des Wohltätigkeitsfonds? Wir brauchen Leute, die diese Stadt verstehen und wissen, was sie braucht. Wir brauchen Menschen wie dich und Grant.«

»Gerne«, sagte Avery. »Was meinst du, Grant? Kein Druck. Wir müssen das nicht zusammen machen.«

»Wenn du dabei bist, bin ich dabei«, sagte er gelassen. »Ich bin bereit, ein paar mehr Mitarbeiter bei Grant Construction einzustellen. Weniger Nächte und Wochenenden bei der Arbeit. Mehr Zeit mit den Menschen, die ich liebe.«

»So gefällt mir das.« Pastor Rick streckte seine Hand aus, um beiden einen festen Händedruck zu geben. »Unser erstes Treffen ist am Montagabend. Wir werden eine Kinderbetreuung haben, also bring Sophia mit. Sie wird Spaß haben.«

Avery blickte zu Grant hinüber. Montag war nur zwei Tage entfernt. Pastor Rick arbeitete schnell. Vielleicht war das sein Geheimnis, wie er so viel bewirken konnte.

Brook ging vorbei und trug eine riesige Kiste mit leeren Muffinformen. Sophia marschierte hinter ihr her mit leeren Kartons. »Ich leihe mir deine Tochter für ein paar Stunden aus«, verkündete sie. »Gib mir deine Schlüssel. Ich hole ihren Kindersitz vom Parkplatz.«

Sophia grinste. Sie ließ die Kartons fallen und umarmte ihre Mutter. »Brook lässt mich wieder im Lieferwagen mitfahren! Ich liebe den Lieferwagen. Ist das okay, Mama?«

Avery zerzauste das Haar ihrer Tochter. »Das ist in Ordnung. Ich werde Grant beim Aufräumen helfen. Wir treffen uns dann im Laden.«

Brook schüttelte den Kopf. »Lasst euch Zeit. Holt euch vielleicht ein Stück Pizza. Der Hotdog-Stand hat uns Mittag spendiert, aber ihr seid sicher hungrig. Ich beschäftige Sophia. Sucht euch etwas zu essen und genießt ein bisschen Ruhe zusammen.«

Avery schaute ihre Freundin dankbar an. Brook wusste immer, wann sie ein paar Minuten allein mit Grant brauchte.

War es immer so schwierig, Zeit mit Menschen zu verbringen, die einem wichtig waren? Sie war sich nicht sicher. Eric war der erste Mann, mit dem sie wirklich ausgegangen war. Das Leben war jetzt komplizierter. Aber in vielerlei Hinsicht war das Leben so viel besser.

Mit leichtem Herzen half sie Grant, Tische zusammenzuklappen und an die Wände zu stellen. Sie nahmen Luftschlangen und Ballonbögen ab und leerten Mülleimer.

Als sie fertig waren, zog Grant sie zur Tür. »Lass uns diese Pizza holen. Ich verhungere.«

In der Pizzeria warteten sie auf ihre halb Peperoni, halb schlichte Pizza. Er streckte seine Hand aus, um ihre über den Restauranttisch hinweg zu umfassen. Sie betrachtete ihre verschränkten Hände und lächelte. Grant war schon lange Teil ihres Lebens. Hoffentlich würden sie für den Rest ihres Lebens zusammen sein.

Alles würde sich irgendwann regeln: die Scheidungsurkunde, das Steuergeld, ein Ort zum Bleiben. Sie hatte in den letzten Wochen gelernt, dass Familie und Freunde wichtiger waren als alles andere. Der Rest würde sich fügen.

Grant drückte ihre Hand und lächelte. »Was passiert jetzt?«

»Ich bin mir nicht sicher. Ich habe ungefähr eine Woche Zeit, um das Haus zu retten oder mit dem Packen zu beginnen. Ich werde noch einmal mit der Bank sprechen. Ich kann ihnen jetzt ein paar Wochen mit stetigem Einkommen vorweisen.«

»Ich könnte dir Geld leihen«, sagte er erneut. »Es ist immer noch eine Option.«

Sie schüttelte entschieden den Kopf. »Auf keinen Fall. Die Scheidung ist noch nicht einmal rechtskräftig. Ich muss erst die Knoten aus einer Beziehung lösen, bevor ich neue in eine andere hinzufüge. Ich will nicht verkomplizieren, was wir haben.«

»Das kann ich respektieren. Aber lass nicht zu, dass ich der Grund bin, warum du dein Haus verlierst.«

»Wenn ich das Haus verliere, wird es nicht deine Schuld sein. Es ist Erics Schuld. Damit habe ich meinen Frieden geschlossen und bin weitergezogen. Aber ich kann nicht bei jedem Problem zu dir laufen in der Hoffnung, dass du es lösen kannst.«

Grant schüttelte den Kopf, als könne er nicht verstehen, wie eine Frau so dickköpfig sein konnte. Er konnte es nicht verstehen. Er war nie in einer Beziehung mit jemandem wie Eric gewesen. Das nächste Mal, wenn sie Teil eines Paares sein würde, würde sie eine gleichberechtigte Partnerin sein. Sie würde nie wieder zulassen, dass jemand ihr Leben übernimmt.

Trotzdem drängte Grant nicht weiter. Er bot seine Hilfe an und trat dann zurück, damit sie ihre eigenen Entscheidungen treffen konnte. Avery schätzte seine Rücksichtnahme.

Er hob die Hände in einer abwehrenden Geste. »Ich kann dir kein Geld geben. Wir sind immer noch nur Freunde. Aber wie kann ich diese Woche helfen?«

Avery zögerte und spürte seine warme Hand auf ihrer, während sie ihre Möglichkeiten abwog. Es war zu früh, um ihre Sachen zu packen. Sie wollte Sophia nicht erschrecken, wenn sie das Haus noch retten könnten. Sie hatte noch eine Woche Zeit, um Berge für ihre Tochter zu versetzen.

Als sie Grant ansah, kam ihr ein anderer Plan in den Sinn. »Egal was mit dem Haus passiert, es muss trotzdem aufgeräumt werden. Es gibt antike Möbel zu verkaufen. Die könnten etwas wert sein. Und ich habe einen Dachboden voller Kisten. Vielleicht können wir dort oben einige Wertsachen finden.«

Sie schickte ein stilles Gebet, dass sie nicht einem Luftschloss nachlief. Sie mussten das Haus aufräumen, ob sie nun blieb oder nicht. Sie brauchten nur ein paar tausend Euro, die unter den Dielen versteckt waren. Sie kicherte in sich hinein. Das würde nicht passieren.

Grant schien ihren Gedankengang nicht zu bemerken, war aber begierig zu helfen. »Ich kann Möbel bewegen und dir beim Sortieren helfen. Nick ist ein Zauberer im Verkaufen von Dingen.« Er klang aufgeregt, während er seinen eigenen Plan neben Averys entwickelte. »Lass es uns tun. Je früher, desto besser. Können wir morgen anfangen?«

»Ich werde mir Zeit nehmen. Ruf Nick an und frag, ob er bereit ist zu helfen, bitte. Aber sag ihm vorerst nicht, warum wir Dinge verkaufen. Gerüchte verbreiten sich schnell in dieser Stadt. Ich kann Sophia nicht wissen lassen, dass wir in Schwierigkeiten stecken.«

Grant winkte ihre Bedenken mit einer Handbewegung ab. »Wir werden nicht zulassen, dass Sophia erfährt, warum wir Dinge verkaufen. Außerdem bist du nicht in Schwierigkeiten. Du bist in Sunset Cove. Es gibt keinen besseren Ort, wenn man Hilfe braucht.«

28

Grant

GRANT LIESS SEINE SEITE des Sofas fallen und war dankbar, dass es endlich die Treppe hinunter war. Er arbeitete zwar im Baugewerbe, aber die antiken Möbel waren aus massivem Holz. Er bevorzugte es, einzelne Holzstücke zu tragen, bevor er sie an Ort und Stelle festnagelte, vielen Dank auch.

Er konnte nicht glauben, dass Averys Möbel so schwer waren. Nicht dass er sich bei Avery beschweren würde, natürlich. Er würde alles in seiner Macht Stehende tun, um ihr Elternhaus zu retten.

Nick setzte sich auf das Sofa und holte Atem. Er strich über die kunstvoll geschnitzte Armlehne. »Es ist schwer, aber wunderschön. Das sollte im Antiquitätengeschäft des Einkaufszentrums einen hübschen Preis erzielen.«

Grant stöhnte bei dem Gedanken, das Sofa bis zu seinem Truck und in die Stadt zu schleppen. Es war schon schwer genug gewesen, es nach unten zu bringen. »Hast du einen Termin mit dem Laden? Oder schickst du Fotos?«

»Ich bin dir einen Schritt voraus.« Nick wedelte mit seinem Handy vor Grant. Er lachte und schenkte seinem Freund ein verschmitztes Grinsen. »Ich habe Fotos gemacht, bevor wir es bewegt haben. Ich habe Textnachrichten an drei verschiedene Leute geschickt: den Ladenbesitzer, den örtlichen Geschichtsverein und einen privaten Sammler. Sie wissen, dass sie gegeneinander bieten. Das könnte helfen, den Preis in die Höhe zu treiben.«

Grant streckte die Hand aus, um Nick einen Fauststoß zu geben. Nick anzurufen war die richtige Entscheidung gewesen, auch wenn Nick nicht wusste, warum sie Möbel verkauften.

Nick war immer die erste Person vor Ort, wenn sie einen Hausabriss oder Umbau durchführten, rettete Antiquitäten und half den Eigentümern, neue Einrichtungsgegenstände auszuwählen. Er hatte ein echtes Auge dafür.

Grant war froh, dass Nick genug Interesse hatte, um zu helfen. Avery brauchte natürlich jeden Euro, aber auch ohne von der Steuerschuld zu wissen, verstand Nick den Kampf alleinerziehender Mütter. Seine eigene Frau hatte ein Kind allein großgezogen, bevor sie geheiratet hatten.

Es war komisch, wie sich die Dinge im Kreis drehten. Er hatte gedacht, Nick sei verrückt, Jessica und ihren Sohn zu übernehmen. Jessica war großartig, aber damals konnte er sich nicht vorstellen, einen Stiefsohn wie seinen eigenen zu lieben.

Dann kam Avery zurück in sein Leben, und er lernte Sophia kennen. Er liebte beide innig. Es erstaunte ihn immer noch, wie einfach es gewesen war.

Grant grinste, als Avery staubbedeckt die Treppe herunterkam. Sie trug eine Kiste mit Tellern, Tassen und

Untertassen. »Diese sind vielleicht nicht viel wert.« Sie stellte die Kiste vorsichtig zu Nicks Füßen ab. »Im Bau verwendest du kein Porzellan. Möbel sind eher dein Ding. Könntest du deine Kontakte fragen, ob sie auch hieran interessiert wären?«

Nick nickte, blickte aber mit besorgtem Gesichtsausdruck zwischen den Tellern und Avery hin und her. »Sind die dir wichtig? Ich will keine Dinge verkaufen, von denen du dich noch nicht trennen willst.«

Avery schüttelte den Kopf und lächelte. »Das könnten Antiquitäten sein, die Grandpa bei einer Auktion gekauft hat. Ich weiß nicht, woher sie stammen, also habe ich keine Bindung zu ihnen. Ich behalte die Dinge, von denen ich weiß, dass mein Großvater sie benutzt hat.«

Nick nahm sein Handy heraus, machte ein Foto und führte dann eine Bildersuche im Internet durch. Er ließ einen leisen Pfiff hören. »Bist du sicher, dass du diese verkaufen willst? Sie könnten selten sein. Sie sind auf jeden Fall wertvoll.«

Avery stieß erleichtert einen Seufzer aus. »Gut. Ich hatte gehofft, dass sie etwas wert sein würden. Ja, ich bin sicher, dass ich sie verkaufen möchte.«

»Lass mich einige Leute kontaktieren. Mal sehen, wie viele Bieterkriege wir an einem Tag auslösen können.« Er grinste und tippte schnell eine Nachricht auf seinem Handy.

»Nick hat den Tag dem Auslösen eines kreisweiten Bieterkriegs gewidmet«, sagte Grant. Er klopfte auf das Sofa neben sich und hoffte, dass Avery sich eine Minute ausruhen würde. »Er ist entschlossen, Höchstpreise zu erzielen. Deine Antiquitäten sind in ausgezeichneten Händen.«

Avery nickte und starrte auf den Teppichboden. Besorgt zog Grant an ihrer Hand, bis sie neben ihm saß. Es musste schwer sein, sein Haus auseinanderzunehmen in der Hoffnung, genug Geld aufzubringen, um es zu retten.

Er hatte während seiner Kindheit genug Geldprobleme gehabt. Seine Mutter hatte während ihrer Krankheit über lange Zeiträume aufgehört zu arbeiten. Irgendwie hatten sie es immer geschafft. Sie hatten keine Besitztümer verkaufen müssen, um über die Runden zu kommen.

Sein Herz ging zu Avery über. Er legte sanft seinen Arm über ihre Schultern und drückte sie in einer seitlichen Umarmung. »Es wird alles gut. Keiner dieser Verkäufe ist endgültig, bis du einen Scheck hast. Wir können jederzeit aufhören.«

Avery lehnte sich näher an ihn und kuschelte sich an seine Schulter. »Wir können nicht aufhören. Egal was passiert, dieses Zeug muss weg.« Sie setzte sich auf und lächelte ihn an. »Es wird mir gut gehen, ich fühle nur ein wenig Bedauern. Es macht nichts, wenn wir dieses Zeug loswerden. Ich wünschte nur, mein Großvater wäre hier, um mir beim Sortieren zu helfen.«

Grant drückte sie noch einmal, da er anfing zu verstehen. Das vergangene Jahr war hart gewesen. Sie hatte ihren Großvater und ihre Ehe verloren. Jetzt könnte sie auch noch ihr Zuhause verlieren. Aber zu seiner Überraschung lächelte sie weiterhin.

»Das ist groß, oder? Egal was in den nächsten Wochen passiert, ich werde meinen Neuanfang haben. Außerdem mag ich dieses Sofa nicht einmal. Ich will Möbel, die Sophia benutzen kann. Wir behalten unseren alten, bequemen Sessel. Ich will meine Füße hochlegen, und ich tue das nicht auf antiken Möbeln.«

Nick drehte das Handy um, um seine neueste Nachricht zu zeigen. »Mein Sammler zahlt zweihundert Euro für die Teller und Tassen. Ich finde, er ist verrückt, aber es ist dein Zeug. Sollten wir warten, ob jemand mehr bietet?«

Averys Augen weiteten sich, als sie in die Kiste zu ihren Füßen blickte. Es war nicht einmal eine große Kiste. Es waren weniger als ein Dutzend Teller und Tassen. Wenn Nicks Freund bereit war, zweihundert Euro dafür zu bezahlen, würde sie nicht widersprechen.

Grant lachte und gab Avery einen weiteren Drücker. »Ich habe dir gesagt, Nick ist ein Zauberer. Mal sehen, wie viel er für dieses riesige Sofa bekommt.«

Acht Stunden später beendeten sie Phase eins der Operation Tabula Rasa. Nick hatte eine Liste mit vereinbarten Preisen und Abholzeiten für die antiken Möbel im Haus, einschließlich der Schlafzimmergarnitur ihrer Großeltern. Sie benutzten weder sein Zimmer noch dessen Möbel. Sie schlief im Gästezimmer, während Sophia ihr altes Kinderzimmer benutzte.

Avery hinderte sie jedoch daran, den Schreibtisch ihres Großvaters zu verkaufen. Er war froh, dass sie eine Grenze gefunden hatte.

Nick hatte den ganzen Tag hart gearbeitet und ihnen geholfen, Möbel herauszuziehen und durch Kisten auf dem Dachboden zu wühlen. Er hatte im Internet recherchiert, um herauszufinden, was wertvoll sein könnte. Es hatte sich gelohnt. Zusammen hatten sie tausende von Euro verdient. Grant schüttelte den Kopf, während er Nicks Liste durchging. Das Antiquitätengeschäft würde morgen einen Lieferwagen schicken, um die größten Möbelstücke abzuholen. Nicks privater Sammler war gekommen und wieder gegangen und hatte die Teller, einen Stapel Vintage-Schallplatten und mehr mitgenommen und ein paar hundert Euro in bar zurückgelassen.

»Ich kann euch gar nicht genug danken«, schwärmte Avery erneut. »Ihr wart beide eine riesige Hilfe. Ich hätte das alleine nicht so schnell geschafft.«

Nick schob seine Hände in seine Manteltasche und nickte. »Kein Problem. Wir werden morgen früh hier sein, um beim Verladen der Möbel zu helfen. Kann ich noch etwas für dich tun, bevor ich gehe? Jessica wartet auf mich, aber ich kann dir noch ein paar Minuten geben.«

Avery schaute sich im Raum um und schüttelte den Kopf. »Wir haben alles getan, was wir können. Geh nach Hause. Danke Jessica dafür, dass sie dich uns ausgeliehen hat.«

Nick lachte, als er zur Tür hinausging.

Grant sah sich noch einmal im Raum um und nahm die Möbelgruppen und einige Kisten voller Vintage-Kleidung wahr. »Wir haben gute Arbeit geleistet. Findest du nicht auch?«

»Wir waren großartig. Ich kann nicht glauben, dass Nick all das an einem Tag verkauft hat.«

»Der Mann hat Verbindungen. Er arbeitet bei Renovierungsarbeiten mit dem örtlichen Antiquitätengeschäft und einigen anderen Leuten zusammen. Manchmal sitzt er eine Stunde in seinem Wagen und sucht auf seinem Handy nach der perfekten Beleuchtung. Die Kunden lieben ihn.«

»Bist du sicher, dass er nicht Candy Crush spielt?«

»Kann sein. Aber er erledigt seinen Job«, sagte Grant lachend. Das Lachen verblasste, als er Avery mit einem ernsten Blick ansah. Er hatte versprochen, Avery nicht wegen der Steuerrechnung zu belästigen. Es ging ihn nichts an. Aber selbst wenn sie noch nicht miteinander ausgingen, waren sie immer noch beste Freunde. Er musste es wissen. »Es ist viel Geld. Aber reicht es?«

Sie seufzte und ging in die Küche. Sie holte zwei Tassen heraus und füllte etwas Kaffee in die Maschine, wobei sie seinen Blicken auswich. Als die Kaffeemaschine zum Leben erwachte, drehte sie sich mit einem traurigen Lächeln zu Grant um. »Es ist fast genug. Wir kommen dem Ziel näher.«

»Wie nah?«

»Viel näher als gestern«, sagte sie und vermied erneut seinen Blick. »Ich werde den Dachboden und das Büro meines Großvaters noch ein letztes Mal durchgehen. Hoffentlich hat Nick nichts dagegen. Ich schicke ihm vielleicht noch mehr Bilder.«

»Wir sind alle Freunde. Es wird ihm nichts ausmachen.«

»Dann lass uns das für den Moment vergessen.« Sie ging in die Küche und holte zwei Tassen aus den Schränken, während sie über ihre Schulter hinweg sprach. »Magst du immer noch Zucker in deinem Kaffee?«

Er schüttelte den Kopf, überrascht, dass sie sich erinnerte. »Ich habe vor ein paar Jahren angefangen, ihn schwarz zu trinken. Ich habe keine Zeit, bei der Arbeit nach Zucker zu suchen.«

»Klug. Ich bin eine müde Mutter, die in einer Bäckerei arbeitet. Ich nehme meinen Zucker, wo ich ihn finden kann. Sophia sollte bald zu Hause sein, und ich werde die Energie brauchen.« Sie goss sich einen großzügigen Schuss Sahne ein und fügte einen Löffel Zucker hinzu.

Die Freunde lehnten sich gegen die Küchentheke und nippten schweigend an ihren Getränken. Grant schaute sich in der Küche um und hoffte, dass dies nicht das letzte Mal sein würde, dass sie hier zusammen Kaffee tranken. Es schien, als sei es erst gestern gewesen, dass er durch diese Haustür gestürmt war, begierig darauf, sich einen Snack aus Clint Browns Keksdose zu schnappen, bevor er mit Avery Hausaufgaben machte.

Wie auf Kommando flog die Tür auf, und Sophia stürmte ins Wohnzimmer. »Mami! Wo bist du? Warum stehen hier so viele Stühle?«

»Wir sind in der Küche! Sind gleich da«, rief Avery. Dann drehte sie sich zu Grant und lächelte. »Danke für die Gesellschaft. Ich bin wieder im Mama-Dienst.«

Grant beobachtete, wie seine Freundin ihre Kaffeetasse in die Spüle stellte und hinausging, um ihre Tochter zu begrüßen. Er fragte sich, wie viel Energie es sie kostete, ein fröhliches Gesicht zu bewahren. Es war schon schwer genug, sich um die Zukunft zu sorgen; es musste doppelt schwierig sein, diese Sorgen vor deinem Kind zu verbergen.

Er spülte seine eigene Tasse aus und ging zum Wohnzimmer. Während Avery für ihre Tochter ein falsches Lächeln aufsetzte, als sie erklärte, warum ihre »schicken Möbel« unten standen, musste er nicht so tun. Allein das Geplapper des kleinen Mädchens zu hören, brachte ihn zum Grinsen.

Er stand in der Türöffnung, während Avery erklärte, dass sie die Möbel loswerden würden, die sie nicht benutzten. Sophia nahm es gelassen hin, fuhr mit ihrem Finger über das geschnitzte Holz des Sofas, bevor sie sich mit einem Seufzer in ihren alten Sessel fallen ließ.

»Können wir aus der Bibliothek einen Spielraum machen? Kendra hat einen Spielraum neben ihrem Schlafzimmer, und er ist voll mit Spielen und Spielzeug. Sie hat einen Tisch zum Basteln. Es ist toll!« Sophia hüpfte in ihrem Stuhl auf und ab. »Wenn wir einen Platz zum Spielen hätten, könnte ich sie einladen! Sie hat unser Haus noch nicht gesehen.«

Grant warf einen Blick auf Avery und sah den Schmerz in ihrem Gesicht. Sie verbarg ihn schnell mit einem weiteren falschen Lächeln. »Wir werden sehen, was passiert. Dieses Sofa hat viel Platz eingenommen, aber die Bibliothek ist noch nicht leer.«

Er nahm leise seinen Mantel und machte sich bereit zu gehen, da er spürte, dass Avery diese Zeit allein mit ihrer Tochter brauchte. Es war ein langer Tag gewesen. Sie setzte ein tapferes Gesicht auf, aber es konnte nicht leicht sein, zuzusehen, wie Leute deine Kindheitserinnerungen kauften.

Grant nickte ihr zu, während er in seinen Mantel schlüpfte. Er wollte ihr eine große Umarmung geben und einen weiteren Kuss stehlen, aber nicht vor Sophia. Es gab gerade zu viele Veränderungen. Es war am besten, wenn Avery den ersten Schritt machte. »Wirst du beim Treffen am Montag dabei sein?«

Averys leerer Gesichtsausdruck verriet ihm, dass sie es bereits vergessen hatte. »Welches Treffen?«

»Wir haben beide zugestimmt, im Vorstand des Kindness Committee zu sein. Wir besprechen die Spendenaktion und planen unser nächstes Projekt. Ich kann dich um sechs abholen.«

Sophia jubelte und griff nach dem Arm ihrer Mutter. »Kann ich wieder bei Kendra übernachten? Biiiitte? Emma hat gesagt, ich könnte. Sie kann mich morgens zur Schule bringen.«

Avery zog ihren Arm aus dem Griff ihrer Tochter und legte ihn stattdessen um ihre Schultern. Sie gab ihr eine Umarmung und lächelte. Grant war froh zu sehen, dass dieses Lächeln echt aussah. »Lass mich mit Emma sprechen, okay?

Aber wenn es für sie in Ordnung ist, ist es auch für mich in Ordnung.«

Grant ging zur Tür hinaus und wünschte sich mehr denn je, dass er seine beiden Mädchen nicht verlassen müsste.

29

Avery

Avery lief im Wohnzimmer auf und ab und wusste nicht, was sie mit sich anfangen sollte. Emma war vor ein paar Minuten mit ihrer Tochter gegangen; Grant würde in zehn Minuten hier sein, um sie für ihr Treffen abzuholen.

Das gab ihr ein paar Minuten zum Nachdenken. Sie ließ ihren Blick ein letztes Mal durch den Raum schweifen. Avery wollte es nicht zugeben, aber sie hatte Angst.

Sie hatte eine Menge Möbel verkauft und noch ein paar Sammlerstücke im Büro ihres Großvaters gefunden. Sie hatte den Kreditrahmen ihrer neuen Kreditkarte ausgeschöpft. Ihr Bruder hatte dasselbe getan, und trotzdem fehlten ihnen noch tausend Dollar, um die Steuerschuld zu begleichen. Tausend Dollar erschienen nicht wie viel Geld, aber sie kratzte bereits am Boden des Fasses. Es hätte genauso gut eine Million sein können.

Sie hatte Darlehen von beiden Freundinnen abgelehnt. Ihre Scheidung würde bald rechtskräftig sein, und sie war bereit, eine Beziehung mit Grant zu beginnen. Er hatte so geduldig gewartet. Er verdiente einen Neuanfang mit ihr, keine Beziehung, die durch Geld kompliziert wurde.

Avery würde nicht gehen. Aber sie wusste nicht, wie sie es sich leisten konnte zu bleiben.

Was für ein Schlamassel.

Dennoch würde Auf-und-ab-Laufen keine Probleme lösen. Avery musste ihre Sorgen für ein paar Stunden beiseitelegen und sich auf das Freundlichkeitskomitee und Grant konzentrieren. Sie würde dieser Stadt nach bestem Können helfen, und bald könnte sie Grant frei lieben.

Das Gefühl, das sie für Grant empfand, wurde jeden Tag stärker, besonders wenn er so liebevoll und sanft mit ihrer Tochter umging. Er würde ein großartiger Vater sein.

Avery seufzte und ging auf die Veranda, um auf Grant zu warten. Sie schloss die Tür hinter sich ab, als sein Truck am Bürgersteig vorfuhr. Das war Grant: immer pünktlich. Er würde nicht zu spät kommen oder das Meeting verzögern wollen.

Sie schüttelte den Kopf. Wie hatte sie jemals denken können, dass Eric der Richtige für sie war? Ihr Ex-Mann hatte an niemanden außer sich selbst gedacht.

Grant sprang aus dem Truck und öffnete die Beifahrertür. Er beugte sich vor, um ihr einen schnellen Kuss auf die Wange zu geben. Ihre Stimmung hellte sich auf, als sie ihm ein flüchtiges Lächeln schenkte. Beide konnten es kaum erwarten, bis ihre Scheidung endgültig war.

Er schloss geschmeidig die Tür, glitt auf seinen eigenen Sitz und fuhr auf die leere Straße. »Wir sind ein paar Minuten früh dran. Lass uns Kaffee für alle holen«, schlug er vor. Ein paar Minuten später fanden sie ein örtliches Café, das noch geöffnet hatte, und bestellten eine große Thermoskanne Kaffee.

Es war keine teure Aufmerksamkeit, aber eine durchdachte Überraschung. Sie lächelte in sich hinein, als er erwähnte, dass eines ihrer Mitglieder Diabetiker sei und künstlichen Süßstoff benötigte. Grant dachte immer an andere Menschen.

Sie half ihm, die Thermoskanne, Tassen und alles andere, was sie brauchen würden, hineinzutragen. Dann setzte sie sich neben Grant an den Konferenztisch und beobachtete, wie die Leute hereinkamen.

Harry war bald da. Der silberhaarige Mann war ein Stammgast bei den Treffen, und er zwinkerte Avery zu, als er den Raum betrat.

Zu ihrer Überraschung stand Pastor Rick im Gespräch mit Brook. Ihre beste Freundin hatte nicht erwähnt, dass sie dem Vorstand beitrat, aber es war gut, sie hier zu sehen.

Pastor Rick erhob sich, um die Gruppe zu Beginn der Sitzung im Gebet zu führen. Gemeinsam beteten sie um Führung und um Verständnis ihres Weges, während sie danach strebten, eine stärkere Gemeinschaft aufzubauen.

Der Pastor lächelte die zwölf Personen, die um den Tisch versammelt waren, warmherzig an und teilte eine Tagesordnung aus. »Lasst uns anfangen. Ich habe eine Liste mit Projekten zusammengestellt. Wir werden jedes Projekt besprechen, wie viel es kostet und den Zeitplan. Macht euch Notizen. Nachdem wir diese Projekte besprochen haben, werden wir darüber abstimmen. Ich möchte, dass unsere

Stimmen vertraulich bleiben. Ich schlage vor, dass wir nicht unser ganzes Geld bei diesem Treffen ausgeben. Einige dieser Projekte werden Zeit brauchen, und wir wollen, dass unser Geld bis zur nächsten Spendenaktion reicht.«

Avery nickte nachdenklich, während ihre Augen die Liste durchgingen. Er hatte natürlich recht. Geld war für alle knapp. Obwohl sie Tausende von Dollar gesammelt hatten, konnten sie nicht alles machen. Wenn sie das Dach einer Person für zehntausend Dollar reparierten, könnten sie nicht so viele kleinere Projekte durchführen. Es würde eine schwierige Entscheidung sein, ob sie ein großes Projekt oder viele kleinere Projekte durchführen sollten.

Sie hielt am Ende der Liste inne. Die meisten Punkte hatten Namen und Adressen, aber die letzten beiden Zeilen hatten keinen Namen oder Ort; sie lauteten einfach »krankes Kind« und »alleinerziehende Mutter«. Beide würden fünfhundert Dollar kosten.

Der Pastor ging die Liste durch und erklärte jedes Projekt. Eine Lehrerin an der Sunset Cove Grundschule bat um zehn Wintermäntel für Kinder in der Schule. Die örtliche Bibliothek erweiterte ihre Kinderabteilung, und jemand hatte eine »Freundlichkeitsbox« in der Bibliothek vorgeschlagen, gefüllt mit Kinderbüchern und Snacks. Die Tafel brauchte einen zweiten Gefrierschrank.

So viele Menschen in der Gemeinde hatten Wege vorgeschlagen, um anderen zu helfen. Avery fand es überwältigend, aber auch tröstlich. Sie war mit ihren

Schwierigkeiten nicht allein. Die Bewohner der Stadt würden ihre Probleme gemeinsam bewältigen.

Pastor Rick fuhr die Liste hinunter, bis er unten ankam. »Zwei Anfragen haben keine Namen. Ich wurde gebeten, die Privatsphäre dieser beiden Familien zu respektieren. Wir haben ein junges Kind in unserer Gemeinde, das operiert werden muss, und seine Eltern brauchen Geld für Essen und Benzin, während sie zum Children's Hospital of Philadelphia hin- und herfahren. Sie haben es noch nicht vielen Leuten erzählt. Beide Elternteile nehmen sich frei, daher wird das Geld knapp sein.«

Die Leute um den Tisch nickten, und Avery schrieb ein kleines »ja« neben diesen Punkt. Sie wusste, wie schwer es war, sein Einkommen zu verlieren und trotzdem für ein Kind zu sorgen.

»Die zweite Spende, über die wir abstimmen werden, ist für eine alleinerziehende Mutter in Sunset Cove. Sie steht vor Wohnungsproblemen, ohne dass sie daran Schuld trägt, und dieses Geld würde ihrer Familie etwas Stabilität geben.«

Avery nickte wieder und schrieb »ja« auf ihre Agenda. Warme Kleidung, Nahrung und Stabilität waren alles Geschenke, die sie unterstützen konnte.

Pastor Rick ging durch den Raum und teilte ein weiteres Blatt Papier für die Abstimmung aus. »Ihr könnt mit 'ja', 'nein' oder 'nicht jetzt' stimmen. Damit ein Projekt durchgeht, brauchen wir eine einfache Mehrheit. Viel Glück. Wir haben heute Abend einige schwierige Entscheidungen zu treffen.«

Avery stimmte stillschweigend zu. Es gab schwierige Entscheidungen zu treffen. Sie kreuzte sofort »nicht jetzt« für die Dachreparaturen an. Es war ein wichtiges Projekt, aber es kostete zu viel.

Die Mäntel, die Gefriertruhe und das kranke Kind waren ein leichtes »Ja«, aber sie zögerte, als sie die Wohnungsprobleme der alleinerziehenden Mutter abwog. Sie klangen sehr nach ihren eigenen Schwierigkeiten. Sie wusste, wie sehr ihre eigenen Probleme sie belasteten und wie hart sie kämpfte, um Sophia Stabilität zu geben.

Wie würde sie abstimmen, wenn es um ihre eigene Tochter ginge? Oder Emma? Natürlich würde sie mit »Ja« stimmen. Jede Familie verdiente ein stabiles Zuhause, und sie würde alles tun, was sie konnte, um lokale Familien zu unterstützen – selbst während ihre eigene Familie zu kämpfen hatte.

Sie faltete ihr Papier in der Mitte und reichte es mit den restlichen Stimmen nach vorne. Pastor Rick ging zur Tafel, wo er schnell die Stimmen auszählte. Es überraschte sie nicht, das größte Projekt, das Dach, vorerst abgelehnt zu sehen. Die Gruppe genehmigte alle kleineren Ideen. Sie konnten sogar den beiden ungenannten Familien helfen und blieben weit innerhalb ihres Budgets.

Pastor Rick sah zufrieden aus, als er die genehmigten Projekte fertig einkreiste. »Großartige Arbeit, alle zusammen. Wir sind zwölf Personen und haben fünfzehn Projekte für diesen Winter. Ich möchte, dass sich jeder von euch für mindestens zwei Projekte meldet. Ihr werdet für die Details verantwortlich sein. Das bedeutet, Aufgaben zu erledigen, Helfer bei unseren allgemeinen Treffen zu finden oder lokale Unternehmen zu bitten, ihre Zeit und Materialien zu spenden.«

Avery hob sofort ihre Hand. »Ich kann die Mäntel kaufen, wenn ihr die Kleidergrößen habt. Und ich werde den beiden ungenannten Familien helfen.«

Er nickte und kritzelte Averys Namen neben beide Projekte. Sie lehnte sich zurück, zufrieden. Sie hatte ihr Leben vielleicht nicht vollständig unter Kontrolle, aber es fühlte sich gut an, anderen Familien in Not zu helfen.

Jedes Vorstandsmitglied setzte seinen Namen zu einigen Projekten. Sie schlugen sogar Wege vor, um die »nicht jetzt«-Projekte kostenlos zu verwirklichen. Grant würde sich das Dach ansehen, das ersetzt werden musste; er hoffte, vor dem Winter alle Lecks mit seinen eigenen Materialien zu flicken.

Pastor Rick beendete die Sitzung, nachdem er die Ausschussmitglieder gebeten hatte, in zwei Wochen mit Updates zu ihren Projekten zurückzumelden. »Avery, ich würde morgen gerne einen Scheck an die Familie im Krankenhaus überbringen. Kann ich dich nach der Arbeit abholen?«, fragte er.

Sie dachte über ihren Zeitplan nach und nickte. »Sophia wird in der Schule sein, also ist das in Ordnung. Ich helfe gerne.«

Sie verließ das Treffen mit Grant, stieg dann in seinen Truck und seufzte.

Er setzte sich auf seinen eigenen Sitz und gab ihr ein schiefes Lächeln. »Das war schwer, oder? Zu entscheiden, wem wir helfen. Ich hatte nicht erwartet, dass es so schwierig sein würde.«

»Es war schwer«, stimmte sie zu. »Ich dachte, es würde einfach sein. Wir sammeln Geld und geben es aus. Ich hatte nicht realisiert, wie viele Menschen in dieser Stadt Hilfe brauchen. Es lässt meine eigenen Probleme so unbedeutend erscheinen.«

Grant winkte ab und startete seinen Truck, fuhr auf die Straße und in Richtung ihres Hauses. »Deine Probleme sind genauso wichtig wie die von jedem anderen. Um ehrlich zu sein, wollte ich fragen, ob wir dir auch helfen können. Wir alle möchten, dass du in Sunset Cove bleibst.«

Sie seufzte wieder und fuhr sich mit einer Hand durch die Haare. Es war ein krauses Durcheinander am Ende der meisten Tage. Trotz all der Sorgen in ihrem Leben wünschte sie, sie hätte für Grant besser ausgesehen.

Sie schüttelte diesen Gedanken ab und lächelte ihn an, als er die Tür des Trucks öffnete. »Willst du reinkommen? Sophia ist bei ihrer Übernachtungsparty. Ich habe ein paar Schokoladenkekse aus der Bäckerei.«

»Kekse klingen nach einer großartigen Art, den Abend zu beenden.«

Avery ließ ihre Handtasche auf die Theke fallen und drehte sich dann zu Grant um. »Lass mich nur schnell die Post holen. Ich hatte vorher keine Zeit dafür.«

Grant schüttelte den Kopf. »Mach die Kekse fertig. Ich hole die Post.«

Avery beschäftigte sich mit dem Tablett von Keksen, die vom Backen heute Morgen übrig geblieben waren. Sie holte Teller heraus und stellte sie auf den Küchentisch, dann goss sie zwei kleine Gläser Milch ein.

Sie errötete, als ihr klar wurde, dass dies das erste Mal war, dass sie wirklich allein waren. Sophia würde nicht so bald nach Hause kommen. Als Grant mit der Post hereinkam, breitete sich eine unangenehme Stille zwischen ihnen aus.

In dem verzweifelten Versuch, ruhig zu bleiben, begann Avery zu plappern. »Ich hoffe, du hast nichts gegen Vollmilch. Sophia sagt, alles andere schmeckt komisch, also kaufe ich, was sie mag. Sind wir zu alt für Milch und Kekse? Es schien eine bessere Idee zu sein als ein Schlummertrunk. Ich trinke nicht.«

»Milch und Kekse sind die perfekte Art, den Abend zu beenden«, sagte er. »Solange ich bei dir bin, ist alles perfekt.«

Die Angst um ihr Herz schmolz. Dieser Mann war perfekt. Warum hatte sie das nicht schon vor Jahren erkannt?

Grant tat so, als würde er unter dem Gewicht der Post taumeln, dann grinste er sie an, als er sie ihr übergab. »Es sieht aus, als hättest du den Briefkasten seit ein paar Tagen nicht geleert. Ich hätte fast alles fallen lassen, als ich es aus dem Kasten zog.«

Avery nickte und sortierte geistesabwesend die Umschläge. »Es sind ein paar Tage vergangen«, stimmte sie zu. »Ich war mit anderen Dingen beschäftigt. Eric hat sich um die Post gekümmert, und ich gewöhne mich daran, es selbst zu tun. Ich erwarte einen Brief von…«

Sie stotterte, als sie auf einen Umschlag von ihrem Anwalt stieß. Sollte sie ihn jetzt öffnen oder warten, bis Grant gegangen war? Sie war nicht sicher, ob der Brief mit der Scheidung zu tun hatte.

Grant schien die Stimmungsänderung zu spüren. Er nahm einen Keks und biss hinein, fing die Krümel vorsichtig in seiner Hand auf. »Diese Kekse sind großartig. Bist du sicher, dass du willst, dass ich bleibe? Du könntest die Post durchgehen, während Sophia weg ist.«

Avery schaute auf den Mann, der jahrelang ihr bester Freund gewesen war. Brauchte sie Privatsphäre? Oder war es Zeit, Grant in ihr Leben zu lassen?

Nach ein paar Sekunden Nachdenken schüttelte sie den Kopf. »Es ist in Ordnung. Egal, was in diesem Umschlag ist, ich werde es dir erzählen. Du kannst genauso gut hier sein, wenn ich ihn öffne.«

Sie legte den Rest der Post beiseite und schob einen Finger unter die Umschlagklappe. Sie riss ihn auf und zog das Papier heraus, hielt es mit zitternden Händen.

Nachdem sie das Papier überflogen hatte, lächelte sie. »Es geht nicht um das Haus. Es löst keines meiner Geldprobleme. Aber seit zwei Tagen bin ich offiziell frei. Eric hat die Papiere unterschrieben. Wir haben die Scheidung finalisiert.«

Grant schloss die letzten Meter zwischen ihnen. Er nahm ihr das Papier aus der Hand und ließ es auf den Küchentisch gleiten, dann zog er sie in seine Arme und hielt sie fest. Sie kniff die Augen zusammen und hielt die Tränen zurück, die zu fallen drohten. Sie trauerte nicht um das Ende ihrer Ehe. Dies waren Freudentränen.

Grant zog sich zurück und schaute Avery in die Augen. »Wie fühlst du dich?«

»Ich fühle mich... frei. Als wäre ich endlich bereit für diese zweite Chance.«

Er suchte weiter in ihren Augen, als ob er nach Antworten auf Fragen suchte, die er noch nicht gestellt hatte. »Glaubst du, ich werde Teil dieser zweiten Chance sein?«

»Ich hoffe es.«

»Bist du bereit für uns?«

Avery machte sich Sorgen, dass sie die Dinge überstürzte, aber tat sie das wirklich? Es war, als hätten sie dort weitergemacht, wo sie all die Jahre zuvor aufgehört hatten. Im Nachhinein betrachtet war sie schon lange bereit gewesen, mit Grant auszugehen.

Sie grinste und drückte seine Hand. »Ich bin bereit, wenn du es bist.«

Er vergrub seine Hände in ihren lockigen Haaren und zog sie langsam näher. Er küsste sie mit einer Leidenschaft, die sie von Kopf bis Fuß kribbeln ließ, und teilte stillschweigend die Frustration und Sehnsucht, die sie in den letzten Wochen gefühlt hatten.

Als sie sich schließlich voneinander lösten, lehnte sich Grant vor und legte seine Stirn auf ihre. »Ich war ein Narr. Ich hätte das vor zehn Jahren tun sollen, als ich die Chance hatte.«

»Es war nicht der richtige Zeitpunkt. Vielleicht hast du auch eine zweite Chance gebraucht.«

Grant verzog die Lippen, als würde er über die Idee nachdenken. »Das gefällt mir. Keine Reue diesmal. Ich bin voll dabei. Wie sieht's bei dir aus?«

»Ich bin auch voll dabei. Ich behalte vielleicht nicht dieses Haus, aber ich behalte dich.«

Grant warf den Kopf zurück und lachte laut. »Ich gehöre ganz dir, Frau. Ich gehöre dir schon seit Jahren. Wirst du mich jetzt mit dem Haus helfen lassen?«

Avery schüttelte erneut den Kopf. »Nein. Das ist mein Problem, und obwohl du Teil meines Lebens bist, werde ich niemand anderen in meine Probleme hineinziehen. Wenn wir das Haus verlieren, werde ich das Geld für eine Anzahlung woanders verwenden. Wir werden es schaffen. Es ist ein Dach und vier Wände. Wir werden ein anderes Dach zum Leben finden.«

Grant seufzte. »Es ist nur ein Dach, aber denk an all die Erinnerungen, die du hier hast. Ich möchte nicht, dass du das verlierst.«

»Ich habe noch ein paar Tage. Ich habe noch nicht aufgegeben«, sagte sie.

30
Avery

AVERYS HERZ DROHTE VOR Freude zu zerspringen, als sie am Dienstagmorgen die Bäckerei betrat.

Grant war gegangen, nachdem er seine Milch und Kekse aufgegessen hatte. Sie war dankbar, dass er sie nicht gedrängt hatte, zu schnell voranzugehen. Hoffentlich würden sie sich in Zukunft viel öfter sehen.

Die Türglocke der Bäckerei klingelte fröhlich. Sie ging in die Küche und sah Brook über einen riesigen Teighaufen gebeugt.

Ihre Freundin grinste und griff nach einem Handtuch, um ihre Hände abzuwischen. Ihre Augen funkelten schelmisch. »Du bist hier. Ich dachte, du würdest nach all der Aufregung gestern Abend ausschlafen. Wie lange bist du mit Grant aufgeblieben?«

Avery schnappte sich eine Schürze zum Schutz ihrer Kleidung und stupste Brook spielerisch an. »Du kennst mich besser als das. Er war um neun Uhr weg. Dreißig Minuten später habe ich geschlafen. Ich konnte mir die Chance auf einen frühen Schlafenszeit nicht entgehen lassen.«

Brook schüttelte den Kopf und bearbeitete den Teig erneut. »Ich bin enttäuscht von dir. Du bist die Einzige von uns mit der Chance auf eine interessante Geschichte, und du entscheidest dich für einen frühen Schlafensgang.«

»Es ist zu früh. Ich habe mich erst gestern scheiden lassen.«

Brooks Augen weiteten sich. »Warte. Ist es endlich offiziell? Bist du endlich frei von Eric?« Brook versetzte dem Teig einen enthusiastischen Schlag, als sie den Namen ihres Ex-Mannes aussprach.

»Ich bin offiziell wieder Fräulein Avery Brown.« Sie warf ihre Hände triumphierend in die Luft und hielt dann inne. »Zumindest werde ich es sein. Ich muss meinen Namen noch beim Amtsgericht ändern lassen.«

Brook quietschte und umarmte ihre Freundin, wobei sie überall Mehl verteilte. »Ich freue mich so für dich. Du verdienst diese zweite Chance. Oh, sieh mich an. Ich verteile überall Mehl.« Sie trat zurück und klopfte ihre Hände erneut mit einem Handtuch ab. »Ich habe deinen Gehaltsscheck bereit. Du hast vergessen, ihn gestern abzuholen.«

Brook nahm einen versiegelten Umschlag und reichte ihn ihrer Freundin. Avery musste zweimal hinsehen, als sie in den Umschlag spähte. »Das stimmt nicht. Das kann nicht mein Gehaltsscheck sein.«

»Natürlich ist er das. Das beinhaltet all die Überstunden, die du letzte Woche gearbeitet hast, plus zwanzig Prozent des Gewinns vom Leuchtturmfestival. Ich hätte es ohne deine Hilfe nicht geschafft.«

Avery war fast sprachlos. »Aber… Nein. Da sind mehr als tausend Dollar extra. Das kann nicht stimmen.«

»Es war ein sehr erfolgreicher Verkauf, dank dir. Ich habe doppelt so viele Backwaren mitgebracht wie sonst, und alles verkauft. Du verdienst einen Anteil.«

Avery starrte ihre Freundin einen Moment lang an, ging dann zum Küchenhocker und sank auf den Stuhl.

Brook eilte zu ihr, vergaß den Teig. »Geht es dir gut? Ich wollte dir all das zurückzahlen, was du für mich getan hast. Du warst eine große Hilfe. Die Bäckerei wächst dank dir. Wir könnten bald sogar expandieren.«

»Darum geht es nicht. Ich helfe gerne, und ich bin dankbar für den Job. Aber weißt du, wie viel dieses Geld bedeutet?«

»Es war ein schwerer Monat. Ich wünschte, ich könnte mehr geben, aber ich hoffe, das wird helfen.«

Avery starrte auf den Scheck. Ihre Augen füllten sich mit Tränen. »Du verstehst nicht. Mit diesem zusätzlichen Geld kann ich die Steuern für unser Haus bezahlen.«

Brook zog ihren eigenen Hocker heran und sprang auf den Sitz. »Warst du so nah dran? Warum hast du nichts gesagt? Ich hätte dir diesen Bonus schon vor Wochen geben können.«

Avery wischte sich die Tränen aus den Augen und staunte darüber, wie alles zusammengefallen war.

Ihr Lohn vom Leuchtturmfestival war das letzte Geld, das sie brauchte, aber sie hätte es ohne die Hilfe all ihrer Freunde nicht geschafft. Grant hatte Möbel bewegt und Sammlerstücke vom Dachboden getragen. Nick hatte Käufer für ihre Antiquitäten gefunden. Und ihr Großvater hatte ihr ein Zuhause in einer Gemeinschaft hinterlassen, die so voller Liebe und Güte war, dass sie bis zum Ende gekämpft hatte, um zu bleiben.

Sie blieb in Sunset Cove. Ihr Herz machte einen Satz, als ihr klar wurde, dass sie das Unmögliche erreicht hatte. Die Steuerrechnung ihres Großvaters würde bezahlt werden. Avery müsste Sophia nicht aus der Schule nehmen und von ihren neuen Freunden wegbringen. Sie müsste keine Beziehung zu Grant aus einer anderen Stadt aufbauen. Mit diesem letzten bisschen Geld konnte sie mit einer weißen Weste neu anfangen.

Avery stand auf wackeligen Beinen auf, um ihre Freundin in eine warme Umarmung zu schließen. »Danke für alles. Dafür, dass du meine Freundin warst, als ich es nicht verdient hatte, und dafür, dass du mir einen Job gegeben hast, den ich liebe. Ich werde dich nicht enttäuschen.«

Brook drückte ihre Freundin sanft zurück. »Ich weiß, dass du mich nicht enttäuschen wirst. Du schlägst endlich Wurzeln in Sunset Cove. Sie stehen dir gut. Jetzt lass uns an die Arbeit gehen. Das Brot wird sich nicht von selbst backen.«

Ein paar Stunden später saß Avery in Pastor Ricks Auto auf dem Weg zum örtlichen Krankenhaus. Dort würden sie die Familie mit dem kranken Kind treffen und sie mit dem Scheck des Hilfskomitees überraschen.

Er brachte sie während der Fahrt auf den neuesten Stand. »Das Mädchen heißt Olivia. Letzte Woche wurde bei ihr akute lymphoblastische Leukämie diagnostiziert. Sie bleibt im Sunset County Medical Center, bis sie ins CHOP verlegt werden kann. Ihre Prognose ist gut, aber die Familie hat einen langen Weg vor sich. Sie sind zurückhaltende Menschen. Bitte erzähle niemandem sonst von diesem Besuch.«

»Nein, natürlich nicht. Wie alt ist sie?«

»Sie ist drei. Ihre Eltern sind auch jung, Anfang zwanzig. Es war viel für sie zu bewältigen. Ich vermute, sie werden sich mit einem anderen jungen Elternteil besser identifizieren können, weshalb ich dich gebeten habe, mitzukommen.«

Avery schaute aus dem Fenster, während der Wald zwischen Sunset Cove und dem Krankenhaus an ihnen vorbeizog. Ihr Herz brach für das kleine Mädchen. Avery konnte sich nicht vorstellen, dass Sophia mit so etwas umgehen müsste, und betete, dass sie es nie müsste.

Die nächste Stunde war demütigend. Sie schrubbten ihre Arme und desinfizierten sich, um keine Keime auf die junge Patientin zu übertragen, und verbrachten Zeit mit Olivias Eltern, während ihre Tochter schlief.

Olivias Eltern waren dankbar für das Geld und noch dankbarer für die Gesellschaft. Sie waren allein in Sunset County, ohne Familie und mit wenigen Freunden, die sie unterstützten.

Avery zog ein Stück Papier aus ihrer Handtasche und kritzelte ihren Namen und ihre Telefonnummer darauf. »Ruf mich jederzeit an. Ich habe früher in Philadelphia gelebt, also kenne ich die Gegend gut. Wenn du irgendetwas brauchst, selbst eine Schulter zum Ausweinen, lass es mich wissen.«

Olivia schlief noch, als sie gingen. Abgesehen von den Schläuchen und Kabeln, die an ihren Händen und ihrer Brust befestigt waren, sah sie wie ein gesundes kleines Mädchen aus. Sie hatte noch alle ihre Haare. Ihr Vater erklärte, dass sie sie im medizinischen Zentrum stabil hielten. Die eigentliche Behandlung und all ihre Nebenwirkungen würden beginnen, sobald sie im CHOP ankämen.

Als Avery mit Pastor Rick das Krankenhaus verließ, führte er sie zu einer Bank nahe dem Eingang.

»Danke, dass du mitgekommen bist. Du hast diesen Eltern einen echten Rettungsanker gegeben. Es ist schon schwer genug, Eltern zu sein. Stell dir vor, durch eine Krankheit hindurch Eltern sein zu müssen.«

»Ich hoffe, ich war hilfreich. Ich kann mir nicht vorstellen, was sie durchmachen.«

Er nickte nachdenklich und drehte sich dann zu Avery, die auf den Gehweg starrte. »Ich hoffe, das bedeutet, dass du in Sunset Cove bleibst. Wie du heute gesehen hast, könnten wir Leute wie dich im Vorstand der Kindness-Stiftung gebrauchen.«

Trotz der letzten Träne, die ihre Wange hinunterlief, breitete sich ein breites Grinsen auf Averys Gesicht aus. »Ja, wir bleiben. Alles hat sich geklärt.«

Pastor Rick jubelte und ergriff ihre Hand. »Ich bin so froh. Hast du es Grant schon erzählt?«

»Noch nicht. Ich habe unsere Pläne erst heute Morgen endgültig festgelegt, und ich wollte seinen Tag nicht unterbrechen. Wir haben ihn heute Abend zum Pizza essen eingeladen. Ich wollte es ihm sagen, nachdem wir Sophia ins Bett gebracht haben.«

Er schüttelte den Kopf und zog sie zum Auto. »Warum sind wir noch hier? Geh und erzähl Grant die guten Neuigkeiten. Er wird nichts gegen die Unterbrechung haben.«

Ein paar Minuten später setzte Pastor Rick sie am O'Neill-Haus ab. Es war ein enormes Projekt gewesen, aber die Crew war fast fertig. Als Avery zum Haus aufblickte, musste sie an ihre eigenen Probleme denken. Es gab viel zu bewältigen, aber sie hatte sich durchgearbeitet, einen Tag nach dem anderen.

Avery klopfte an die Tür und trat ins Haus ein. Grant war im Wohnzimmer und befestigte den Teppichboden. Sein Gesicht leuchtete auf, als er sie sah. Er ließ den Hammer fallen und eilte an ihre Seite.

»Avery! Was machst du hier? Ist etwas nicht in Ordnung?«

»Alles ist großartig. Störe ich dich?«

Er beugte sich vor und gab ihr einen langsamen Kuss, der ihr den Kopf verdrehte. »Du störst mich nie. Ich könnte sowieso eine Pause gebrauchen.«

Grant führte sie durch das Wohnzimmer in die Küche, wo neue Schränke und Arbeitsplatten glänzten. Er goss zwei Tassen lauwarmen Kaffee aus einer Thermosflasche ein und deutete auf den Tisch. Anstatt sich zu setzen, nahm Avery die Tasse und grinste, während sie sich gegen die Arbeitsplatte lehnte.

»Ich gehe heute zum Finanzamt, um die Rechnung meines Großvaters zu begleichen. Ich dachte, du würdest es wissen wollen.«

Grant nahm ihr die Kaffeetasse aus der Hand und stellte beide Tassen auf die Arbeitsplatte. Dann hob er sie in einer enormen Umarmung vom Boden hoch. Als er sie endlich absetzte, ging sein Lächeln von einem Ohr zum anderen. Er griff um seinen Rücken, um seinen Werkzeuggürtel abzunehmen.

»Das ist die Unterbrechung wert! Wann fahren wir los?«

»Was meinst du? Kommst du auch mit?«

»Klar, wenn es dir nichts ausmacht. Es ist ein großer Schritt. Ich würde dich gerne unterstützen.«

Avery schloss für einen Moment die Augen und versuchte, die Tränen zurückzuhalten. Trotz ihrer Ehe war sie in den letzten Jahren so einsam gewesen. Sie sprach ein stilles Dankgebet, dass Grant wieder in ihrem Leben war.

»Das würde mir gefallen. Wir können losfahren, wann immer du bereit bist.«

Epilog: Avery

»Brad, kannst du den Truthahn aus dem Ofen holen?«

Avery beobachtete, wie ihr Bruder einen fünfundzwanzig Pfund schweren Truthahn auf den Herd wuchtete. Sie hatte für ihr erstes Thanksgiving vielleicht übertrieben, aber es war ein wichtiger Feiertag und ihre erste Familienzusammenkunft seit mehr als einem Jahrzehnt in Sunset Cove.

Ihre Familie war weit über ihren Bruder und ihre Tochter hinausgewachsen. Grant gehörte jetzt zu ihrer Familie. Brook und ihre anderen Freunde waren ebenfalls wie Familie. Obwohl dies nicht das »Single-Frauen«-Thanksgiving sein würde, das sie geplant hatten, freuten sich ihre neuen Freunde für sie. Sie war dankbar, so viele geliebte Menschen unter einem Dach zu haben.

Brad stöhnte, als er seine Hand auf seinen Rücken legte und sich streckte. »Du bringst mich um. Hebt dein Freund nicht beruflich schwere Sachen?«

Avery lachte nur. »Du arbeitest doch auch im Baugewerbe. Ein Truthahn sollte keinen von euch beiden stören. Grant und Sophia sind zur Bäckerei runtergelaufen, um Brook mit den Kuchen zu helfen. Du willst doch Kuchen, oder?«

»Ich esse alles, was Brook macht. Sie war in der Highschool eine fantastische Bäckerin. Hoffentlich hat sich daran nichts geändert.«

Avery schlug ihn spielerisch mit einem Geschirrtuch und legte Alufolie über den Truthahn. »Du hast genug von ihren Keksen und Kuchen gegessen, nicht wahr? Sie hat immer bei uns zu Hause experimentiert und die Reste in dein Wohnheim geschickt.«

Ihr großer Bruder war häufiger aus dem College nach Hause gekommen, nachdem Brook bei ihnen zu backen begonnen hatte. Manchmal fragte sie sich, ob er wegen des Kuchens oder wegen Brook kam. Dennoch waren die beiden nie über Freundschaft hinausgekommen.

Als könnte er ihre Gedanken lesen, hielt Brad das Gespräch auf Brook konzentriert. »Wie geht es ihr? Ich habe gehört, sie hat eine Bäckerei eröffnet, aber hatte nie Zeit vorbeizuschauen.«

»Ihr geht es gut. Wir arbeiten jetzt zusammen, aber das weißt du ja. Diese Mahlzeit war ihre Idee. Wir hatten sie nur für alleinstehende Frauen geplant, aber sie haben gerne zugestimmt, dass du und Grant mitmachen könnt.«

Er hob eine Augenbraue und dachte über ihre Worte nach. »Brook ist also immer noch Single?«

Avery schenkte ihrem Bruder ein schelmisches Grinsen und reichte ihm einen schweren Stapel Teller, um sie auf den Tisch zu stellen. »Sie ist noch Single. Was geht dich das an?«

Er zuckte mit den Schultern, während er jeden Teller an seinen Platz schob und sich dabei unwohl fühlte. Er ging zurück zur Schublade, um Besteck herauszuholen, und deckte den Tisch weiter. »Sie ist wie eine Schwester für mich. Es wäre seltsam, sie um ein Date zu bitten.«

»Lustig. Grant hat in der Highschool dasselbe gesagt. Er findet es nicht mehr seltsam, mit mir auszugehen.«

»Und sieh dich jetzt an. Ein Ring am Finger und…« Er eilte zum Ofen und öffnete die Tür. »Es ist noch kein Brötchen im Ofen. Zu früh?«

Avery streckte ihre Hand aus und bewunderte ihren Verlobungsring. Grant hatte keine Zeit verschwendet. Nachdem sie jahrelang gewartet hatten, um zueinander zu finden, waren sie begierig, ein neues Leben zusammen zu beginnen. »Natürlich ist es zu früh. Die Hochzeit ist erst in ein paar Monaten. Eins nach dem anderen.«

»Ich bin bereit für eine weitere Nichte oder einen Neffen. Ich liebe Chaos.«

»Bekomm deine eigenen Kinder, wenn du sie magst. Finde ein nettes Mädchen und lass dich nieder. Aber apropos Chaos…« Sie hielt inne und neigte ihr Ohr zur Haustür.

Einen Moment später riss Sophia die Tür auf und stürmte in den Raum, gefolgt von einem kalten Luftzug. Sie stellte eine Papiertüte auf die Theke und rannte in die Arme ihrer Mutter. »Ich habe Kekse! Papa hat die Kuchen. Und Brook sagt, sie beaufsichtigt uns nur, weil sie heute frei hat.«

Avery grinste. Sophia hatte ihren Wunsch erfüllt bekommen; Grants neuer Name war »Papa«. Sie fühlte sich glücklich, einen Mann gefunden zu haben, der ein Vater für Sophia sein konnte. Grant lebte bis zur Hochzeit in seinem eigenen Haus, verbrachte aber mehr Zeit mit Sophia als ihr Ex-Mann je getan hatte.

Grant kam nach ihrer Tochter herein und jonglierte mit einem halben Dutzend Kuchen. »Ich bringe Nachtisch und eine Bäckerin, die heute frei hat.« Er stellte die Kuchen auf die Theke und schlang seine Arme um Avery. Sie legte eine Hand auf seine Brust, um ihn von mehr als einem flüchtigen Kuss auf die Lippen abzuhalten.

Nach einer kurzen Kussunterbrechung beobachtete sie, wie Brad und Sophia ins Wohnzimmer rannten. Sophia quietschte vor Vergnügen. »Willkommen im verrückten Haus«, sagte Avery.

»Es wird nur noch besser. Emma bringt ihre Tochter mit, erinnerst du dich? Onkel Brad sollte genug Kinder zum Spielen haben.« Grant grinste, als er heimlich seine Hand in die Papiertüte steckte und eine Handvoll Kekse stibitzte.

Brook schlug ihm auf die Hand. »Die sind für nach dem Essen. Verdirb dir nicht den Appetit.«

Avery schüttelte den Kopf und lächelte, während die beiden stritten. Nichts hatte sich seit der Highschool geändert. Sie war dankbar, dass beide sie wieder in ihr Leben aufgenommen hatten. Sie war allein und ohne Optionen nach Sunset Cove zurückgekehrt. Jetzt lebte sie im Haus ihres Großvaters, umgeben von geliebten Menschen.

Nachdem alle eingetroffen waren, lotste Brook ihre Freunde und die Kinder ins Wohnzimmer. Sie hatten den Tisch vergrößert und genügend Stühle hineingezwängt, aber es war ein enges Plätzchen. Brook übernahm sofort das Kommando und führte die Leute zu ihren Plätzen.

Als noch einige leere Stühle übrig waren, bemerkte Avery ein unbeholfenes Hin und Her in der hinteren Ecke. Es schien, als würde Brad versuchen, nicht neben Brook zu sitzen. Interessant. Sie fragte sich, worum es dabei ging.

Sie unterdrückte ein Kichern, als Brad einen Stuhl für Brook herauszog und sich dann räusperte. Er flüchtete von dem leeren Stuhl neben ihr weg und setzte sich stattdessen neben seine Nichte.

Ihr Bruder würde bis zum Frühling in Sunset Cove bleiben – es blieb genug Zeit, um zu sehen, wie sich das entwickelte. Avery ließ sich auf den Platz zwischen Sophia und Grant nieder und versuchte, ein Grinsen zu verbergen, als sie über die Unbeholfenheit ihres Bruders nachdachte.

Ihre Tochter strahlte. »Wir sollten danken. Man sagt an Thanksgiving Danke!« Sie streckte die Hände aus, um die ihrer Mutter und ihres Onkels zu halten, und alle am Tisch folgten ihrem Beispiel. Dann beugte sich Sophia vor und flüsterte: »Was mache ich jetzt?«

Grant kicherte und flüsterte zurück: »Ich übernehme das, Kleine.«

Er drückte Averys Hand und erhob seine Stimme. »Wir haben dieses Jahr viel, wofür wir dankbar sein können. Ich möchte meinen Freunden danken und der neuen Familie, die wir aufbauen. Wir betrachten euch alle jetzt als Teil unserer Familie. Ich hoffe, ihr seht das genauso.«

Sophia kicherte. »Wir haben eine große Familie! Ich mag es, eine große Familie zu haben. Können wir jetzt essen?«

Ihr Onkel griff nach einem Stück Truthahn und legte die erste Scheibe auf Sophias Teller. »Fangen wir an.«

Ja, lass uns anfangen, dachte Avery. Ich bin bereit, mein neues Leben zu beginnen.

Bereit für mehr aus Sunset Cove? Lese Brooks und Brads Geschichte (und erlebe das Ende von Averys und Grants Hochzeitsreise) in Zweite Chancen in Sunset Cove.

Sie gibt keine zweiten Chancen. Er würde alles tun, um zu beweisen, dass er sich geändert hat. Werden die Funken fliegen, wenn diese ehemaligen Freunde gezwungen sind, zusammenzuarbeiten?

Brook Reed weiß, dass es Zeit ist zu gehen, wenn ein Mann dich schlecht behandelt. Deshalb tat es so weh, als ihr Freund Brad Brown nach ihrem ersten Date verschwand – keine Anrufe, keine Nachrichten und keine Erklärungen. Jetzt ist er für die Erweiterung ihrer Bäckerei verantwortlich, und sie wird bei der Hochzeit seiner Schwester in der Kleinstadt an Brads Seite sein.

Brad ist nicht stolz auf seinen Ruf als Speed-Dating-Typ. Er hat sich verändert, seit er aus Brooks Leben verschwunden ist, und keine andere Frau ist ihm so nahe gekommen, sein Herz zu erobern. Als er zurück in sein Elternhaus in Sunset Cove zieht, entdeckt Brad, wie viel er verloren hat, indem er vor Familie und Verantwortung davongelaufen ist. Er würde alles tun, um zu beweisen, dass er jetzt ein besserer Mann ist und der richtige Mann für Brook.

Als ein Sturm die Hochzeit seiner Schwester und die Bewohner von Sunset Cove bedroht, werden Brook und Brad erneut zusammengebracht. Können sie die Vergangenheit überwinden, um ihre letzte Chance auf Glück zu nutzen?

Lade jetzt das zweite Buch dieser süßen Kleinstadt-Strandserie herunter!

Kostenlose Kurzgeschichte

MÖCHTEST DU DIE VERLOBUNGSGESCHICHTE von Avery und Grant lesen?

Melde dich für Tori Mitchells Newsletter an unter https://BookHip.com/GLLAVJF und erhalte eine kostenlose Ausgabe von *Für immer zu Hause in Sunset Cove.* Du erfährst als Erste(r) von Toris kommenden Büchern, Rabatten und mehr.

Tritt dem Freundlichkeitskomitee bei

WENN DIR DIESES BUCH gefallen hat, würden wir uns freuen, wennAmazon oder in den sozialen Medien hinterlässt. Selbst eine kurze Rezension kann uns helfen, neue Leser zu erreichen und mehr Freundlichkeit zu verbreiten.

Wie verbreitet eine Geschichte Freundlichkeit? **Wenn du dieses Buch gekauft hast, bist du offiziell dem Sunset Cove Freundlichkeitskomitee beigetreten!** Zehn Prozent des Gewinns aus der Sunset Cove-Reihe werden an gemeinnützige Organisationen wie das Child Life-Programm des Kinderkrankenhauses von Philadelphia gespendet, das Kindern hilft, die mit einer schweren Krankheit oder einem Krankenhausaufenthalt konfrontiert sind.

Über die Autorin

Tori Mitchell schreibt herzerwärmende Liebesgeschichten in Kleinstadtkulissen mit einer Prise Glaube und garantiertem Happy End.

Sie hat ihr eigenes Kleinstadtglück in den Bergen des östlichen Teils der Vereinigten Staaten gefunden, wo sie mit ihrem Mann und ihren zwei Kindern lebt. Wenn sie nicht gerade liest, schreibt oder vom Strand träumt, findet man Tori dabei, wie sie eine absurde Menge an Tomaten und Rhabarber in ihrem Garten anbaut.

Erhalte die neuesten Nachrichten über Angebote, neue Bücher und mehr in Toris Newsletter unter https://torimitchell.kit.com/deutsch.

Printed in Poland
by Amazon Fulfillment
Poland Sp. z o.o., Wrocław

61282342R00173